들판에 기는 사랑

간다리 너희를 사랑물에 윤리리다

진리가 너희를 자유롭게 하리라

들꽃에 깃든 사랑

—

인쇄 2023년 7월 25일 1판 1쇄   **발행** 2023년 7월 31일 1판 1쇄

지은이 송태갑
펴낸이 강찬석
펴낸곳 도서출판 미세움
주소 (07315) 서울시 영등포구 도신로51길 4
전화 02-703-7507   **팩스** 02-703-7508   **등록** 제313-2007-000133호
홈페이지 www.misewoom.com

정가 19,000원

—

ISBN 979-11-88602-64-3   03810

진리가 너희를 자유롭게 하리라

들꽃에 깃든 사랑

송태갑 지음

美세움

새를 보듯 하늘을 우러러 본다.
꽃을 보듯 사람을 바라본다.
그래서 나는 매일 새와 꽃을 본다.
그리고 생각한다.

달이 기우니 그리움이 차오른다

사람은 누구나 꿈을 꾼다.

그 꿈은 대부분 어떤 사람이 되고 싶다거나 무엇을 갖고 싶다거나 어딘가로 여행하고 싶다는 것 등이다. 꿈은 누구나 꿀 수 있지만, 정작 중요한 것은 그 꿈을 혼자서는 이룰 수 없다는 사실이다. 자신의 꿈을 현실화하기 위해서는 누군가의 도움이 반드시 필요하다.

우리 인생 자체가 그렇다.

어머니가 먹여주고 안아주고 아버지가 걸음걸이를 도와준다. 친구와 동료들이 함께 걷고 뛰며, 어쩌다 넘어질 때면 누군가 손을 내밀어준다. 또 사람, 자연, 책 등을 통해서도 가르침을 받는다. 우리가 가고 싶은 나라를 여행하는 것도 마찬가지다. 여권을 만드는 사람, 자동차를 운전하는 사람, 공항에서 출입국 절차를 돕는 사람, 그리고 조종사와 승무원 등 많은 사람들이 내 여행에 직간접적으로 관여하고 있음을 알 수 있다.

꿈을 이룬 사람은 그 꿈을 온전히 자기 혼자 힘으로 이루었다고 착각해서는 안 된다. 그 꿈이 이루어지는 데에는 자신을 도와준 많은 사람들의 에너지가 함축되어 있음을 인식하고 감사하는 마음을 가져야 할 것 같다. 그것이 인지상정人之常情이다. 더불어 거기에는 하나님 사랑이 포함되어 있음도 잊어서는 안 된다. 인생의 궁극적인 설계자는 하나님이시기 때문이다.

꿈이라는 말이 참 아름답게 느껴지는 것은 그 안에 믿음, 소망, 사랑 등의 감정이 복합적으로 녹아 있기 때문이 아닐까. 믿음을 가지고 있는 사람이 믿음을 저버리는 행위를 하지 않을 것이고 소망을 가진 사람이 남의 소망을 짓밟지 않을 것이며 사랑을 추구하는 사람이 타인에 대한 배려가 없을 리 만무하다.

꿈이 있는 사람은 하늘을 자주 쳐다본다.

하늘에서 별을 따고 달을 따기 위해서가 아니다. 자신의 꿈을 이루기 위해서는 누군가의 도움이 절실히 필요하다는 것을 본능적으로 알기 때문이다. 요컨대 '하늘은 스스로 돕는 자를 돕는다'는 사실을 잘 알고 있기 때문이다.

담양에 가면 송순이 지은 면앙정俛仰亭이라는 아담한 정자가 있다. 호젓한 숲속에 위치하고 있어 고요를 즐기기에는 그만이지만, 무엇보다 눈길을 끄는 것은 정자의 이름이다. 송순은 여기서 〈면앙정가〉라는 시를 썼다. 벼슬에서 물러나 홀가분한 마음으로 고향에 내려와 정자를 짓고 후학들을 양성하며 지냈었다. 그가 지은 삼언시를 통해 그의 세계관을 엿볼 수 있다.

굽어보면 땅이요 우러러보면 하늘이라俛有地 仰有天

그 가운데 정자 지으니 흥취가 호연하여亭其中 興浩然

풍월을 부르고 산천을 청해보네招風月 揖山川

명아주 지팡이 짚고 백 년을 보내리라扶藜杖 送百年

이 시는 맹자 〈진심장盡心章〉에 나오는 군자삼락(君子三樂)의 두 번째 즐거움에 해당하는 "우러러 하늘에 부끄러움이 없고, 굽어 사람에게 부끄럽지 않은 것들이 둘째 즐거움이요仰不愧於天 俯不怍於人 二樂也"라는 구절을 차용하여 면앙정신의 의미를 되새기고 있다.*

송순이 주목한 것은 하늘과 땅, 요컨대 하늘을 우러러 부끄러움 없이 사는 것과 땅을 굽어보며 사람의 도리에서 어긋나지 않는 삶을 사는 것이었다. 이런 마음을 품는 것이 선비로서 가장 중요한 덕목이라고 생각했던 것 같다.

꿈을 꾸는 사람이 이루어야 할 것은 그저 경쟁에서 이기는 것만이 아니다. 그 꿈을 이루는 과정에서 하늘과 땅에 부끄러움이 없어야 하고 꿈을 이룬 다음에도 자신뿐만 아니라 하늘과 땅에 이로움을 주어야 한다.

하늘에 있는 것들은 우리로 하여금 꿈꾸게 한다.

푸른 창공을 보면 그 끝이 어디인지 궁금해진다. 밤하늘에 빛나는 달과 별을 보면 인간으로서는 범접할 수 없는 이 아름다움의 극치는 누구의 작품일까를 생각하게 된다. 하늘을 올려다보면 어렵지 않게 볼 수 있는 것이 있다. 다름 아닌 창공을 자유롭게 날아다니는 새들이다. 새야말로 인간에게 가장 많은 꿈을 꾸게 한 존재

---

* 송태갑, 풍경의 발견, p.60, 미세움

가 아닐까. 새들의 날갯짓을 통해 상상력을 키우고 진정한 자유에 대해 생각하게 된다. 새들은 잠자리, 먹을거리에 대해 염려하지 않는다. 그들은 울타리 치지 않고 경계를 짓지 않는다.

어떤 이데올로기나 편견에 사로잡혀 부질없는 논쟁을 하지 않는다. 사람들이 자신들의 영역을 앗아가도 괘념치 않고 다른 보금자리를 찾아 떠난다. 새들에게서 진정한 자유를 배운다.

땅에 있는 것들은 우리에게 감사를 가르쳐준다.

땅에 있는 모든 것들, 요컨대 사람, 동물, 식물 등은 하늘에 의존하며 살아간다. 비가 오지 않아도 비가 너무 많이 와도 땅에 사는 존재들은 어려움을 겪는다. 해가 떠서 너무 더워도 해가 뜨지 않아 흐린 날이 지속되어도 모든 생물에 문제가 생긴다. 땅은 하늘에 종속되어 있다. 그래서 땅은 하늘을 절대적으로 신뢰하지 않으면 안 된다. 태생적으로 땅은 교만해서는 안 된다. 하늘의 뜻을 거스르지 않고 하늘의 도움을 바라야 한다.

땅을 대표하는 것이 무엇일까?

두말할 것도 없이 땅을 대표하는 존재는 사람이다. 그래서 땅에서 일어나는 모든 일은 사람이 책임져야 한다. 자연이 교만할 리없다. 땅의 교만은 곧 사람의 교만이다. 지금 땅에 문제가 생기고 있다. 기후변화, 인구변화, 환경악화, 재난, 전쟁, 내란, 공동체 붕괴, 인간을 대신할 기계의 등장 등 이루 헤아릴 수 없이 많다.

이 모든 것이 사람의 탐욕, 이기심 때문이 아니고 무엇이겠는가? 하늘에 부끄럽지 않게 사는 것이 무엇이고, 사람으로서 도리를 다하는 것이 무엇인지 생각할 때다. 땅에서 가장 아름다운 것을 꼽으라고 하면 나는 꽃을 선택할 것이다. 경제적 가치나 실용적 가치를 따지지 않는다면 선물 가운데 최고는 꽃이 아니겠는가. 꽃을 싫어하는 사람은 많지 않을 것이다.

꽃은 아름답다는 이유 말고도 수많은 의미를 부여할 수 있어 좋다. 꽃마다 고유의 이름이 있고 꽃말이 있다. 사랑, 행복, 소망, 믿음, 기쁨, 탄생, 감사, 영원, 순결, 우정, 질투, 유혹 등 이루 헤아릴 수 없이 많다. 모든 꽃이 아름답지만, 제자리에 있는 꽃이 가장 아름답다. 탁자 위 수반에 꽂혀있는 꽃보다는 정원에, 정원에 있는 꽃보다는 들판에 있는 꽃이 더 아름답다. 아마도 비, 바람, 햇살 등 자연을 머금고 있어서 그런지 모르겠다. 강한 생명력을 느낄 수 있어서 좋다.

종종 들이나 산의 길섶에 홀로 핀 꽃을 발견할 때면 어떤 판단도 하지 않게 된다. 그저 그 꽃의 매력에 흠뻑 빠져들고 만다. 마치 무장을 해제한 병사처럼 두 손 두 발 다 들게 된다. 홀로 피어있는 꽃은 어느 꽃과도 비교하지 않는다. 아니 비교할 필요도 없다. 누가 기르지 않아도 특별히 차려입지 않아도 자체 발광한다. 들판에 핀 꽃을 보면 도회지에서 만나는 어떤 꽃보다 더 자세히 보게 된다. 더 천천히 보게 된다.

흔히 누군가에게 안부를 묻는 경우가 있는데 "요즘 너무 바빠요"라는 대답이 돌아올 때가 있다. 그때 "바쁘게 사는 것이 좋죠"라고 바로 응수하는 경우가 종종 있다. 이 대답을 싫어하는 사람을 별로 보지 못했다. 이유가 무엇일까? 어쩌면 바쁜 것이 일견 자랑이 될 수 있다고 생각하기 때문일 것이다. 또 바쁘지 않으면 사회에서 뭔가 자신의 위상이 위축되어 보일 수 있다는 교감이 우리 사회에 팽배하고 있기 때문일 수 있다.

그래서 생각해보았다. 다음에 누군가에게 안부를 물을 때 너무 바쁘다는 말이 돌아오면, "잠시 가던 걸음 멈추고 하늘 한번 보세요", "잠시 짬을 내어 한적한 들판을 거닐어보세요", "혼자서도 좋고 친구와도 좋으니 산길 한번 걸어보세요", "일부러 시간을 내서라도 푸른 바다를 바라보며 아무 생각 없이 멍때려 보세요"라고 권해보고 싶다. 그런 시간이 당장 생산성이 없다고 해서 그냥 무익한 것이라고 생각할 수도 있을 것이다. 하지만 마치 음악에서 반드시 쉼표가 있어야 하는 것처럼 우리 인생길에 리듬을 살려주는 훌륭한 징검다리 역할을 할 것이다.

새를 보듯 하늘을 우러러본다.
꽃을 보듯 사람을 바라본다.
그래서 나는 매일 새와 꽃을 본다.

그리고 생각한다.
또 생각한다.
깊이 생각한다.

어김없이
여명이 밝아온다.
달이 기우니 그리움이 차오른다.

2023년 6월
송태갑

차 례

공중의 새를 보라

만약
세상에 새가 없었다면
사람들은 자유에 대해 생각이나 할 수 있었을까?

만약 새가 창공을 날지 않았다면
사람들은 자유에 대해 꿈이나 꿀 수 있었을까?

일찍이 노아 홍수 때
비둘기는 올리브 잎을 물고 와
홍수가 끝났음을 알려주었다.

이내 하늘에는 무지개가 떴고
노아의 가족과 온갖 짐승들은 땅으로 내려오게 되었다.
비둘기는 희망이었다.

공중의 새들은
심지도 않고 거두지도 않으며 창고에 모아들이지 않아도
태평스럽게 창공을 날며 자유를 맘껏 누린다.

새를 기르시는 분이 누구신데
하물며 당신을 닮은 사람들을 향한 애틋함은 오죽하시겠는가?

예수님은 하늘로 승천하시기 전에 제자들과 사람들에게 약속
하셨다.
너희를 고아처럼 버려두지 않겠다고
성령을 보내셔서 우리와 함께하시겠다고

그분은 비둘기처럼 우리 안으로 들어오신다.
사랑과 평화로 우리 삶을 도우신다.

우리는 새처럼 자유롭게 살아갈 수 있다.
진리이신 예수님이 우리를 자유롭게 하시기 때문이다.

들판의 백합화를 생각하라

세상이 그나마 아름다운 것은
그 이름도 찬란한 꽃이 있기 때문이다.

만약 이 지구상에 꽃이 없다고 상상해보라.
지구는 아름다움을 잃고 말 것이고
사람들에게는 감동할 일의 태반이 사라져버릴 것이다.

누가 누군가에게 꽃을 선물하는 풍경도 더 이상 볼 수 없을 것
이다.
이 얼마나 삭막한 세상인가.
그런 의미에서 꽃은 사랑이다.

아름다움을 찬양하는 언어들 상당수가
사라지고 말 것이다.

세상의 온갖 화려함도 꽃에 비할 바 아니다.
유명 브랜드의 값비싼 향수도 그 향기를 흉내 낼 수 없다.

솔로몬의 모든 영광으로 입은 옷도
들에 핀 백합화만 못한다고 말씀하시질 않았던가.

들판에 한가로이 피어있는 들꽃을 보며
자유로움을 느낀다.

푸른 잎 사이로 얼굴 내민 물가의 수선화를 보며
사랑스러움을 느낀다.

길모퉁이에 수줍게 피어있는 이름 모를 꽃을 보며
겸손함을 배운다.

꽃은 스스로 뽐내지 않아도
탁월한 시인들이 그 꽃을 노래한다.

사람들도 내심 꽃처럼 살고 싶어 한다.
허나 들판이나 물가나 길모퉁이에서 아무렇게나 피고 싶어 하
지 않는다.

온갖 화려함으로 가득한 황금 정원에서 피고 싶어 한다.
그런데 거기에는 자유, 사랑, 생명이 없다.

오래전 한 여인이 예수님 앞에 다가왔다.
값비싼 향유를 아낌없이 예수님 몸에 부었다.

제자들은 그녀를 꾸짖었지만, 예수님은 칭찬하셨다.

그녀는 예수님이 자유의 꽃, 사랑의 꽃, 생명의 꽃이라는 것을
알았다.

그래서 예수님의 향기를 상징하는 향유를 드린 것이다.

그것은 그녀가 할 수 있는 최고의 찬양이었다.

예수님은 샤론의 수선화요

골짜기의 백합화다.

그분은 꽃 중의 꽃이시다.

나는 매일 꽃을 본다.

꽃을 볼 때마다

눈으로 감사하고

입으로 감사하며

영혼으로 감사한다.

진리가 너희를 자유롭게 하리라

지난날을 돌이켜 보면

어쩌면 그렇게 하고 싶은 것이 많았고
뭘 그렇게 가지고 싶은 것도 많았는지
왜 그렇게 얽매여 살았는지 모르겠습니다.

자유로운 자는 진리를 사랑합니다.
진리가 우리를 자유롭게 한다는 것을 알기 때문입니다.

얽매인 것들로부터 자유로운 자는 태연하며 고요를 좋아합니다.
고요함 속에서 말씀 묵상하는 것을 좋아하며
은혜를 누릴 줄 알기 때문입니다.

탐욕으로부터 자유로운 자는
항상 기뻐하고 쉬지 않고 기도하며 범사에 감사합니다.
그것이 진리 말씀이고 그 진리가 우리를 자유롭게 하기 때문
입니다.

진정으로 자유로운 자는 사랑하는 것에 주저함이 없습니다.
사랑은 허다한 허물을 덮어주며
나와 하나님, 그리고 이웃을 연결해주기 때문입니다.

사랑은 타인에게서 나를 발견하게 합니다.
사랑은 자신에게서 하나님을 발견하게 합니다.

공중의 새를 보고 들판의 백합화를 생각하라

새와 백합화가 부러워하는 유일한 존재는 사람일지도 모른다.
그 사실을 정작 사람만 모르는 듯하다.
가장 감사하며 살아야 하는 존재는 사람이다.
그런데 사람은 온갖 염려 때문에 제대로 자유를 누리지 못한다.

요즘 사람들에게 가장 절실한 것은 무엇일까?

오래전에는 밥이었다. 절대적으로 먹을 것이 부족할 때는 배부르고 등 따스운 것이 최고의 바람이었다. 그러나 지금은 다르다. 최소한 밥은 아닌 것 같다. 그만큼 세상은 풍요를 누리고 있다.

물론 여전히 세상에는 먹을 것 먹지 못하고 입을 것 제대로 입지 못하는 사람들이 있다. 그런 분들에게는 하루속히 그런 상황에서 벗어날 수 있기를 기도한다. 왜냐하면 삶에서 의식주는 인간의 가장 기본적인 욕구이며 그것은 행복한 삶을 영위하기 위한 전제 조건이기 때문이다. 그런데 여기서 문제 제기하고 싶은 것은 충분히 물질적 풍요를 누리고 있음에도 불구하고 그것에 만족하지 못하고 더 많은 욕망에 사로잡혀 사는 사람들이 적지 않다는 점이다.

예수님은 "사람이 떡으로만 사는 것이 아니다"(마태복음 4:4)라고 분명히 말씀하셨다. 떡이 아니면 또 무엇이 필요하다는 것인가? 그것은 다름 아닌 하나님 말씀이다. 떡이 육의 양식을 상징한다면 영혼을 위한 양식은 하나님 말씀이라고 가르치신 것이다.

먹는 것은 인간이 누릴 수 있는 최고의 즐거움 가운데 하나다. 그런데 거기에는 약점을 동반한다. 먹지 않으면 배고프다는 것이고 배고프면 참기 힘들고 고통스럽다는 것이다. 또 맛있는 음식은 사람들을 지속적으로 유혹한다는 점이다. 그런 약점은 인간의 본질적 존재목적을 망각하게 할 만큼 심각하게 우리를 위협한다. 이런 상황이 되면 먹는 것은 배고픔을 해결하는 수단을 넘어 우리 생사를 결정짓는 어마어마한 재앙이 될 수도 있다.

빈말이 아니다. 인류 역사를 완전히 바꾸어 놓은 일도 사실은 먹는 음식에서 비롯되었다. 바로 선악과 사건이다. 그 열매를 먹는 순간 인간은 하나님과의 약속을 저버리는 죄인이 되었다. 하나님은 본질적으로 한 점의 죄도 없으신 분으로 죄를 범한 사람과 함께할 수 없는 상황이 되었다. 그래서 인류 최초의 사람 아담과 하와는 하나님의 낙원인 에덴동산에서 나와야 했다.

우리가 아담과 하와처럼 에덴동산의 선악과를 마주하는 일은 없을 것이다. 그렇지만 그때와 유사한 상황은 얼마든지 경험할 수 있다. 우리도 여전히 적지 않은 유혹에 노출되어 있기 때문이다. 우리가 잊어버리지 말아야 할 교훈이 이것이다. 때와 장소를 불문하고 육의 양식보다 영의 양식을 먼저 기억해내야 하는 이유다.

예수님께서는 이에 대한 중요성을 가르치시기 위해 직접 사탄과 마주한 적이 있었다. 사탄은 여지없이 예수님을 유혹했다. 사탄은 예수님의 가장 약한 상황에서 공격했다. 예수님이 40일 동안 금식기도를 마치시고 난 직후였다. 그런 상황에서 예수님이 그 유혹을 물리친 힘은 영의 양식 곧 하나님 말씀이었다.

그때에 예수께서 성령에게 이끌리어 마귀에게 시험을 받으러 광야로 가사 사십일을 밤낮으로 금식하신 후에 주리신지라 시험하는 자가 예수께 나아와서 이르되 네가 만일 하나님의 아들이어든 명하여 이 돌들로 떡덩이가 되게 하라. 예수께서 이르시되 기록되었으되 사람이 떡으로만 살 것이 아니요 하나님의 입으로 나오는 모든 말씀으로 살 것이라 하였느니라 하시니 (마태복음 4:1~4)

예수님은 우리가 어떻게 영의 양식을 취해야 하는지 먼저 본을 보여주셨다. 예수님이 인용한 말씀은 신명기 말씀이었다.

너를 낮추시며 너를 주리게 하시며 또 너를 알지 못하며 네 조상들도 알지 못하던 만나를 네게 먹이신 것은 사람이 떡으로만 사는 것이 아니요 여호와의 입에서 나오는 말씀으로 사는 줄을 네가 알게 하려 하심이라. (신명기 8:3)

예수님 말씀의 궁극적인 목표는 육의 양식이 중요하지 않다는 것이 아니라 그것만으로는 인간이 행복해질 수 없을 뿐만 아니라 우선순위에서 영의 양식의 다음이라는 것이다. 그렇게 될 때 우리가 유혹에 노출되었을 때도 능히 이겨낼 수 있음을 가르쳐주신 것이다.

육의 양식은 우리의 육체적 성장을 돕는다. 그런데 우리 영혼이 자라고 성숙해지기 위해서는 영의 양식이 절대적으로 필요하다는 것이다. 이 말씀을 이해하지 못하면 우리가 추구하는 목표도 그 결과도 달라질 수밖에 없다. 요컨대 육체적인 욕망을 절제하지 않으면 영혼이 가지고 있는 특성, 영혼이 누릴 수 있는 특권을 제대로 발휘할 수 없게 되기 때문이다.

다시 첫 질문으로 돌아가 보자.

지금 사람들이 절실히 필요로 하는 것은 무엇인가?

그것은 시대를 불문하고 늘 그랬듯이 자유와 행복이 아닐까. 자유와 행복은 전혀 별개의 단어처럼 생각될 수 있지만 반드시 그런 것은 아니다. 행복하다는 것은 자유롭다는 의미이고 자유로워야 행복해질 수 있기 때문이다.

쇠렌 키에르케고르는 자유와 행복을 깨닫기 위해서는 하나님의 말씀에서 배우라고 했다. 그가 제시한 하나님 말씀은 다음과 같다.

한 사람이 두 주인을 섬기지 못할 것이니 혹 이를 미워하고 저를 사랑하거나 혹 이를 중히 여기고 저를 경히 여김이라 너희가 하나님과 재물을 겸하여 섬기지 못하느니라. 그러므로 내가 너희에게 이르노니 목숨을 위하여 무엇을 먹을까 무엇을 마실까 몸을 위하여 무엇을 입을까 염려하지 말라. 목숨이 음식보다 중하지 아니하며 몸이 의복보다 중하지 아니하냐. 공중의 새를 보라 심지도 않고 거두지도 않고 창고에 모아들이지도 아니 하되 너희 하늘 아버지께서 기르시나니 너희는 이것들보다 귀하지 아니하냐 누가 염려함으로 그 키를 한 자라도 더할 수 있느냐. 또 너희가 어찌 의복을 위하여 염려하느냐. 들의 백합화가 어떻게 자라는가 생각하여 보라 수고도 아니 하고 길쌈도 아니 하느니라. 그러나 내가 너희에게 말하노니 솔로몬의 모든 영광으로도 입은 것이 이 꽃 하나같지 못하느니라. 오늘 있다가 내일 아궁이에 던져지는 들풀도 하나님이 이렇게 입히시거든 하물며 너희일까 보냐. 믿음이 작은 자들아 그러므로 염려하여 이르기를 무엇을 먹을까 무엇을 마실까 무엇을 입을까 하지 말라. 이는 다 이방인들이 구하는 것이라 너희 하늘 아버지께서 이 모든 것이 너희에게 있어야 할 줄을 아시느니라. 그런즉 너희는 먼저 그의 나라와 그의 의를 구하라. 그리하면 이 모든 것을 너희에게 더하시리라. 그러므로 내일 일을 위하여 염려하지 말라 내일 일은 내일 염려할 것이요, 한 날의 괴로움은 그날로 족하니라.(마태복음 6:24~34)

이 복음 말씀에 대해 키에르케고르는 이렇게 덧붙인다.

　이 복음은 염려하는 자에게 말을 걸고 있습니다. 이 복음이 얼마나 많은 사람을 배려하는지, 이 말씀을 모든 구절에서 건강한 사람, 행복한 사람에게 말하는 것이 아니라 염려하는 자에게 말하는 것이 확실합니다. 이 본문의 메시지는 하나님이 행하신 일을 하고 있습니다. 곧 올바른 방법으로 염려하는 자를 돌보고 배려합니다. 아, 그것은 얼마나 필요한지요! 염려하는 자마다 특별히 염려가 깊을수록 염려는 더욱 오래 영혼에 침투하거나 더욱 오래 영혼을 깊이 관통하기 때문입니다. 또한 염려하는 자마다 위로와 소망에 대한 어떤 인간적인 말도 성급하게 듣지 않으려는 유혹을 받기 때문입니다. 어떤 사람도 그의 염려에 대하여 적절하게 말할 수 없는 것처럼 보일 때 괴로워하는 자는 성급해지고 생각이 비뚤어집니다. 행복한 사람은 그를 이해하지 못합니다. 강한 사람이 그를 위로할 때는 마치 깔보는 것처럼 보입니다. 게다가 염려하는 자는 스스로 걱정을 증가시킬 뿐입니다. 이것이 사실일 때 다른 선생들을 둘러보는 것이 좋습니다. 그들의 말에는 오해가 없고 그들의 격려에는 어떤 은밀한 비난을 달고 있지 않고 그들의 눈짓은 판단하지 않고 그들의 위로는 조용하며 마음을 뒤흔들지 않습니다. 이 세심한 복음은 염려로 가득한 자들에게 바로 그런 선생들을 언급합니다. 그 선생들은 들의 백합화와 공중의 새입니다.*

공중의 새는 자유의 상징이다. 또 들의 백합화는 아름다움의 상징이다. 이들의 공통점은 아무런 구속도 없이 아름답고 자유롭게 살아간다는 점이다. 공중의 새는 인간이 사육하는 가축들과는 다르다. 인간의 신세를 지지 않고도 창공을 날며 스스로 먹이를 해결한다. 들의 백합화는 온실의 꽃들과는 다르다. 온갖 비바람을 맞으면서도 고개를 떨구지 않으며 어떤 꽃보다도 당당하고 아름답다.

예수님은 왜 이들을 비유 대상으로 삼으셨을까?

이 땅의 일들에 대하여 불안해하고 괴로워하며 하나님을 믿지 못하고 염려하는 제자들에게 강하고 진지하게 권면하신 것이다. 이 세상의 일들에 대하여 걱정하지 말라는 것은 주님의 지혜이자 명령이다. 그것은 기본적으로 필요한 먹을 것, 입을 것을 제공하시겠다는 굳건한 약속이다.

---

* 쇠렌 키에르케고르 저 · 오석환 외 역, 새와 백합에게 배우라, pp.39~40, 카리스 아카데미

특히 "목숨이 음식보다 중요하지 아니 하며 몸이 의복보다 중하지 아니 하냐"는 말씀을 통해 먹을 것, 입을 것보다 더 중요한 것이 있음을 강조하고자 하신 말씀이다. 그것은 '목숨'이다. 우리의 육체적 안위보다 더 중요한 것은 생명, 요컨대 영혼을 보살피는 문제라는 것이다.

그리고 예수님은 "공중의 새를 보라. 심지도 않고 거두지도 않고 창고에 모아들이지도 아니 하되 너희 하늘 아버지께서 기르시나니"라고 말씀하셨다. 그렇다. 새는 염려하지 않는다. 자신에게 주어진 삶을 열심히 살 뿐이다. 자유롭게 창공을 날고 나무 열매나 벌레를 찾아 먹으며 근심 없이 살아간다. 그런데 중요한 부분은 사람들이 새보다 더 귀하다고 하신 말씀이다. 충분히 하나님께서 필요한 것을 다 준비해놓으셨다는 말씀이다. 그런 당연한 것들을 믿지 못하는 사람들에게 하나님은 몹시 서운하셨을 것이다.

백합에 대한 비유도 마찬가지다. 우리가 입을 것을 걱정하지만 백합화는 들판에서 예쁘게 자라기 위해서 치장하거나 수고도 아니 한다. 그럼에도 불구하고 "솔로몬의 모든 영광으로도 입은 것이 이 꽃 하나만 같지 못하였느니라"라고 말씀하셨다.

왜 그러셨을까?

하나님이 각각의 창조물을 존재 목적에 따라 지으시고 자라게 하시고 먹이시고 입히시기 때문이다. 여기서 예수님께서 염려하는 자들에게 질책하신 이유를 밝히신다. 다름 아닌 "믿음이 작은 자들아"라고 외치셨다는 점이다. "염려하여 무엇을 먹을까 무엇을 마실까 무엇을 입을까 구하는 것은 믿음이 없는 이방인들이 구하는 것이니라"고 말씀하셨다. 굳이 그런 기본적인 것은 구하지 않아도 하나님께서 우리에게 있어야 할 줄을 이미 알고 계신다는 것이다.

그리고 무엇보다 먼저 구해야 할 것에 대해 말씀해주셨다.

그런즉 너희는 먼저 그의 나라와 그의 의를 구하라 그리하면 이 모든 것을 너희에게 더하시리라.(마태복음 6:33)

왜 예수님께서는 공중의 새와 들의 백합화를 비유 소재로 삼으셨을까?

그것들은 사람이 아니기 때문에 일단 직접적 비교 대상이 아니라는 점에서 의미가 있다. 그로 인해 시기하거나 질투할 이유가 전혀 없기 때문이다. 사실 우주 만물이 사람을 위해 창조된 것인데 그 사실을 망각하고 새나 백합화도 하지 않는 걱정을 사람이 하는 것에 대해 질책하시지 않을 수 없었을 것이다.

또 들판의 백합화는 자신이 아름다운지 그렇지 않은지 전혀 의식하지 않으며 그저 주어진 환경에서 묵묵히 자라고 꽃을 피울 뿐이다. 예수님은 우리가 알아듣기 쉽도록 솔로몬의 영광과 비교해서 설명하셨다. 하지만, 백합은 자신의 아름다움을 어떤 것과도 비교하지 않을뿐더러 뽐내지도 않는다.

공중의 새도 마찬가지다.

제아무리 높이 날거나 날갯짓이 우아하다고 해도 그것을 누구에게 보이려고 하는 것도 아니고 아름다운 노랫소리도 그저 그들의 언어일 뿐이다. 창고가 넘치는 부요한 사람도 부러워하지 않으며 창고가 텅텅 비어있는 사람들을 비하하지도 않는다. 무엇보다 공중의 새와 들의 백합화는 어느 상황에서도 비교하거나 염려하지 않는다는 점이다.

지금 누군가 세상일로 염려하는 사람이 있다면 잠시 공중을 나는 새를 보고 들판에 핀 백합화를 생각하면 어떨까. 거기에는 나와 비교할 만한 것들은 없다. 나를 염려하게 할 만한 어떤 것들도 없다. 거기에는 깨지지 않는 침묵만이 존재할 뿐이다. 그 침묵 속에 잠잠히 기대어 쉬다 보면 어떤 메시지가 떠오를 것이다. 그 메시지는 자신이 얼마나 귀한 존재인지를 깨닫게 해줄 것이다. 왜냐하면 하나님이 우리를 지켜주실 것이기 때문이다. 그 믿음이 모든 염려를 잠재울 것이다.

한 치의 오차도 없이 만물을 관리하시는 하나님의 섭리에 주목하면 사람에 대한 각별한 애정에 대해 피부 깊숙이 느낄 수 있을 것이다. 우리는 백합이 어떻게 씨 뿌려지고 뿌리를 내리며 자라는지 알 수 없다. 다만 어김없이 자라고 꽃을 피우는 것을 볼 수 있다. 여기에는 누군가 치밀하게 관여하고 있다는 사실을 깨달아야 한다.

키에르케고르는 만약 백합이 말할 수 있다면 다음과 같이 말하지 않겠냐고 했다.

당신은 도대체 무엇 때문에 나에 대한 놀라움으로 가득하신지요? 사람인 것이 그렇게 아름다운glorious 것 아닌가요? 모든 인간이 사람인 것이 무엇인지 비교할 때, 솔로몬의 모든 영광도 결국 아무 것도 아닌 것이 맞지 않습니까? 그리고 솔로몬이 정말로 모든 사람 중에 가장 아름다운 사람이 되기를 바란다면 그것이 무엇을 의미하는지 알았다면 그는 모든 영광을 벗어버리고 진짜 사람이 되었을 것입니다! 가엾은 나에게 해당되는 것이 창조의 걸작인 사람에게도 역시 해당되지 않겠습니까?*

그렇지만 백합화는 말이 없다. 그렇다. 우리가 사람인 것 자체만으로도 솔로몬의 영광보다 백합의 아름다움보다 더 아름답다. 복음의 본문은 백합화가 솔로몬보다 아름답다고 말하지 않으며 백합화가 모든 영광으로 입은 솔로몬보다 더 아름답게 옷을 입고 있다고 말하고 있다.

복음이 전하고자 하는 메시지는 직접 비교하는 것에 있지 않다. 그런데 세상 속에서 하는 염려의 대부분은 누군가와 비교하는 데서 비롯된다. 자신이 만물의 영장인 사람이라는 것, 하나님께서 사람에게 만물을 선물하셨다는 점을 감안하면 사람이 얼마나 귀한 존재인지를 깨달을 수 있다. 하나님 형상을 닮은 사람으로 창조된 것만으로도 충분히 감사할 수 있어야 한다.

세상 염려는 하늘의 위대한 생각들을 우리 안에서 내쫓는 일등 공신이다. 우리가 염려할 것은 우리로 하여금 감사하며 살지 못하게 하는 것이 무엇인지, 우리의 기도를 방해하는 것이 무엇인지, 우리의 기쁨을 앗아가는 것이 무엇인지에 대한 것이어야 한다. 우리 안에서 세상 염려가 사라진다는 것은 성령으로 충만해진다는 것을 의미한다.

나는 이런 상상을 해본다.

* 전게서, pp..51~52

새는 경계를 짓지 않고 창공을 마음껏 날아다닌다. 새는 쉬고 싶으면 지붕 위에, 나뭇가지 위에, 전봇대나 전선 위에 앉는다. 새의 특기는 춤추고 노래하는 것이다. 새는 사람들이 보지 못하는 것들을 본다. 그래서 그들의 춤과 노래는 세상의 아름다움을 찬양하는 것이고, 특히 사람들을 부러워하며 사람들 주변을 맴돌고 있는 것이 아닐까.

가끔 산에 오르면 산 아래 풍경을 내려다본다. 평소와는 다른 시점에서 보는 풍경은 아름답고 경이롭다. 새가 시인이라면 어떤 시를 읊을지 생각해본다. 그것은 인간의 마음과 크게 다르지 않을 것 같다. 정교하고 섬세하게 창조하신 하나님의 지혜와 능력에 대해 찬양할 것이다.

모든 만물은 각각 특유의 아름다움이 있다. 그것을 발견하고 나면 사람이 할 일은 분명해진다. 하나님의 창조 섭리에 대해 이해하고 그것들을 조화롭게 관리하는 것이다. 사람들은 각각 재능이나 역할이 달라서 서로 질투하거나 시기할 이유가 없다. 우주는 조화로운 한 폭의 그림이다. 모두가 제 자리를 지킬 때 가장 아름다운 그림이 될 수 있다.

백합화는 새와 달리 자유롭게 날 수 없다. 그저 묵묵히 그 자리를 지킨다. 그렇다고 지루해하거나 고개를 떨구지 않는다. 온갖 비바람을 맞으면서도 미소를 잃지 않는다. 자유롭게 공중을 나는 새를 부러워할 만도 한데 한 번도 내색하지 않는다. 백합화는 결코 화려한 꽃이 아니다. 하지만 한결같이 단아한 모습을 하고 있다. 이런 꽃을 가리켜 예수님은 "솔로몬의 모든 영광으로 입은 것이 이 꽃 하나만 같지 못하였느니라"고 말씀하셨다. 백합화의 순수함과 한결같음에 경의를 표할 뿐이다.

새와 백합화에 대한 비유는 얼마나 숭고하고 평등한가?

새는 새답고 백합화는 백합화다울 때 가장 아름답다. 마찬가지로 사람도 사람다울 때 가장 아름답다. 우리에게 주는 메시지를 다시 생각해본다. 새가 백합화에게 질투하지 않고 백합화도 새를 부러워하지 않는다. 그것은 자신이 아닌 것의 존재가 나의 삶에 아무런 불이익을 가져다주지 않은 것에 대해 오히려 감사해야 한다.

새와 백합화가 부러워하는 유일한 존재는 사람일지도 모른다. 그 사실을 정작 사람만 모르는듯하다. 가장 감사하며 살아야 하는 존재는 사람이다. 그런데 사람은 온갖 염려 때문에 제대로 자유를 누리지 못한다. 그것은 하나님의 창조 섭리에 대한 이해 부족에서 비롯된 것이다. 사람들이 염려 속에 사는 것은 자신의 정체성을 찾지 못한 것에 연유한다고 할 수 있다.

염려가 우리 안에 들어온 것은 에덴동산으로 거슬러 올라가는데 아담과 하와가 선악과를 따먹은 이후 그들은 하나님을 두려워했다. 그야말로 하나님 사랑을 한 몸에 받았던 그들이 선악과를 따먹은 후 두려워하여 하나님 낯을 피한 것이다. 그것이 염려의 시작이라고 할 수 있다.

사탄이 하나님과 그들을 이간질하기 위해 비교전략을 구사한 것이다. 선악과를 따먹으면 너희의 눈이 밝아져 하나님처럼 될 것이라고 유혹한 것이다. 결국 염려는 아담과 하와가 하나님에 대한 믿음을 저버린 결과라고 할 수 있다.

한 번은 예수님과 제자들이 함께 배를 타고 가던 중이었다. 갑자기 광풍이 불어 배가 흔들리고 배 안에 물이 가득 차게 되었다.

제자들은 곧 죽을 것만 같아 소리치고 야단법석이었다. 그때 배 후미에서 주무시고 계시던 예수님이 일어나셔서 바람을 꾸짖으시며 바다를 향해 이르시되 "잠잠하라 고요하라" 명령하셨다. 그러자 바람이 잔잔해졌다. 그때 제자들의 반응이 가관이다. "심히 두려워하며 말하되 저가 뉘기에 바람과 바다라도 순종하는 것인가"라고 말했다.

그들이 무리를 떠나 예수를 배에 계신 그대로 모시고 가매 다른 배들도 함께 하더니 큰 광풍이 일어나며 물결이 배에 부딪쳐 들어와 배에 가득하게 되었더라. 예수께서는 고물에서 베개를 베고 주무시더니 제자들이 깨우며 이르시되 선생님이여 우리가 죽게 된 것을 돌보시지 아니 하시나이까 하니 예수께서 바람을 꾸짖으시며 바다더러 이르시되 잠잠하라 고요하라 하시니 바람이 그치고 아주 잔잔하여지더라. 이에 제자들에게 이르시되 어찌하여 이렇게 무서워하느냐 너희가 어찌 믿음이 없느냐 하시니 그들이 심히 두려워하여 서로 말하되 그가 누구이기에 바람과 바다라도 순종하는가 하였더라. (마가복음 4:36~41)

이 장면은 무엇을 말해주는가?

제자들은 예수님에 대해 정확히 알지 못했음을 말해준다. 그래서 예수님을 전적으로 믿지 못했다. 그래서 예수님은 제자들을 향해 "너희가 어찌 믿음이 없느냐"고 질책하신 것이다. 누군가 혹은 무엇인가를 제대로 아는 것은 매우 중요하다. 왜냐하면 그 앎이 믿음으로 이어지기 때문이다.

그런 의미에서 우리는 하나님을 아는 것에 자라가야 한다. 그리고 하나님 안에서 자신의 정체성을 찾아가야 한다. 그래야 하나님과 우리의 올바른 관계가 정립될 수 있다. 그래서 하나님의 뜻이 무엇인지 분별할 수 있어야 한다. 이를 위해 하나님 말씀을 주야로 묵상해야 한다. 성령 충만함으로 주님과 교제해야 한다. 영생이 하나님과 예수 그리스도 안에 있기 때문이다.

여호와를 경외하는 것이 지혜의 근본이요 거룩한 자를 아는 것이 명철이니라.(잠언 9:10)

또 우리가 새와 백합화로부터 배우는 것은 자족自足하는 것이다. 그들은 가질 수 없는 것을 탐하지 않는다. 물론 새가 되어보지 않고 백합이 되어보지 않아 단언할 수 없지만, 피상적으로 우리가 알 수 있는 것은 그들은 그들의 자리에 있을 때 가장 아름답다는 것이다.

그러나 더욱 중요한 것은 하나님이 그것들을 지으셨고 기르셨고 지키셨기 때문이라는 사실이다. 예수님도 바로 그 점을 강조하신 것이 아닐까. 우리를 지으신 분도 하나님이시다. 그런데 그분은 사람을 더 각별하게 창조하셨다. 유일하게 당신의 형상을 닮도록 창조하신 것이다.

하나님이 자기 형상 곧 하나님의 형상대로 사람을 창조하시되 남자와 여자를 창조하시고.(창세기 1:27)

그리고 모든 만물을 관리하고 누리도록 선물하신 것이다.

> 하나님이 그들에게 복을 주시며 하나님이 그들에게 이르시되 생육하고 번성하여 땅에 충만하라, 땅을 정복하라, 바다의 물고기와 하늘의 새와 땅에 움직이는 모든 생물을 다스리라 하시니라.(창세기 1:28)

거기에 자유의지까지 주셔서 우리가 자발적으로 하나님과 소통하고 만물과 소통하도록 허락하셨다. 이 얼마나 위대한 축복인가! 그런 하나님을 묵상한다면 우리의 마음가짐이 어떠해야 하는지 말할 필요도 없을 것이다. 그런데 우리는 여전히 염려로 가득 차 있다. 사도 바울은 염려하지 않는 삶, 감사하는 삶을 살기 위해서는 자족하는 마음을 갖는 것이 중요하다고 했다.

> 그러나 자족하는 마음이 있으면 경건은 큰 이익이 되느니라. 우리가 세상에 아무것도 가지고 온 것이 없으매 또한 아무것도 가지고 가지 못하리니 우리가 먹을 것과 입을 것이 있은즉 족한 줄로 알 것이니라.(디모데전서 6:6~8)

공중에 나는 새들은 날갯짓이 힘들다거나 비바람을 피하고 싶다고 해서 자신들을 새장에 가두어달라고 불평하지 않는다. 들에 자라는 백합화는 비바람이 지겹다고 온실에 넣어달라고 애원하지 않는다. 그러나 이스라엘 자손은 애굽에서 온갖 재앙에서 보호하시고 홍해를 건너게 하신 기적을 베풀어주셨음에도 불구하고 하나님께 불평불만을 쏟아놓았다. 광야에서 만나를 먹이시던 하나님 은혜를 망각한 채 종살이했던 애굽으로 다시 돌아가게 해달라고 생떼를 썼다.

이스라엘 자손 온 회중이 그 광야에서 모세와 아론을 원망하여 이스라엘 자손이 그들에게 이르되 우리가 애굽 땅에서 고기 가마 곁에 앉아 있던 때와 여호와의 손에 죽었더라면 좋았을 것을 너희가 이 광야로 우리를 인도해내어 이 온 회중이 주려 죽게 하는 도다.(출애굽기 16:2~3)

창공에서 우아하게 날갯짓하는 새, 들판에서 흔들거리면서도 미소를 잃지 않는 백합화는 존재 그 자체만으로도 우리의 선생이 되기에 충분하다. 비교의 늪에 빠진 사람들에게서 다른 곳으로 잠시 눈을 돌려보자. 그제야 비로소 공중의 새와 들의 백합화가 눈에 들어올 것이다. 사람으로 사는 것이 얼마나 행복한지 알게 될 것이다. 새와 백합화가 자유롭고 아름다운 것은 맞다. 그러나 하나님 형상을 닮은 존재는 유일하게 사람뿐이다. 결국 사람의 자유로움과 아름다움에 비교할 수 있는 것은 세상에 아무것도 없다.

하나님 백성이 된다는 것, 하나님 자녀가 된다는 것, 이는 생각만 해도 너무 영광스럽고 얼마나 환상적인 일인지 말로 다 표현할 수 없다. 아무리 비천할지라도 새나 백합화보다 귀하고 아름답다. 자기 얼굴을 거울로 천천히 살펴보고, 이웃들의 표정과 말, 그리고 몸짓을 보자. 거기에서 하나님과 닮은 부분을 발견할 수 있을 것이다. 만약 그렇지 못한다면 그것은 순전히 사람들의 잘못이다.

모든 세속적인 염려는 사람이 사람인 것에 만족하지 못하는 것에서 비롯된다. 자신에 대해 자족하지 않는 것은 하나님의 창조 능력을 부인하는 꼴이다. 내 지성으로 내 경험으로 납득하지 못하는 일이 생길지라도 하나님은 존재하시며 우리의 삶에 여전히 관여하신다. 그분의 존재를 믿는 것이 우리 행동을 달라지게 할 수 있는 유일한 근거가 되어야 한다.

그런 의미에서 키에르케고르의 다음과 같은 조언은 귀 기울여 들을 필요가 있다.

어떤 동전도 황제의 형상을 새기지 못할 만큼 작지 않는 것처럼 어떤 사람도 하나님의 형상을 새기지 못할 만큼 비천하지 않다.*

행복은 바로 우리 삶에 필요한 단 한 가지가 무엇인지를 발견하는 것에 있고 기꺼이 나머지 것들을 포기하는 데에 있다. 그때 비로소 우리가 필요로 했던 그 한 가지와 나머지 모든 것들도 주어진다는 사실을 깨달을 수 있다. 그것이 하나님의 사랑 방식이다.

* 전게서, p.237

정상적이지 않는 것이 인간의 본질(?)

우리의 정신과 우리가 사는 지구가 건강하지 않다면
그것은 인간의 죄성罪性이 반영된 결과이다.
우리가 그 상황에서 벗어나기 위해서는 어떻게 해야 할까?
단언컨대 그것은 진리에 의존하는 방법밖에 다른 도리가 없다.

에크하르트 톨레는 자신의 저서 《삶으로 다시 떠오르기》*에서 "지극히 정상적인 인간이라 할지라도 누구에게나 내면의 기능장애를 가지고 있다"고 했다. 그는 인류의 오랜 종교들과 영적 전통들을 통찰한 결과 공통된 요소들이 발견되었다고 했다. 거기서 사용하는 단어나 표현방식은 다소 차이가 있지만 결국 핵심은 크게 다르지 않다고 했다.

힌두교의 경우 그들 가르침의 핵심이 이 기능장애를 집단적인 정신병 형태로 보는 시각에 가장 근접해 있는 것으로 보았다. 그들은 그것을 마야, 즉 '망상의 장막'이라고 부른다. 인도 출신의 위대한 성자 라마나 마하리쉬(1879~1950)는 '마음은 마야다'라고 직설적으로 표현했다.

* 에크하르트 톨레 지ㆍ류시화 역, 삶으로 다시 떠오르기, pp.34~35, 연금술사

불교는 다른 용어를 사용한다. 붓다에 의하면 인간의 마음은 정상상태에서 '두카'를 가져온다. 두카는 고통, 불만족 혹은 평범한 불행이라는 뜻이다. 붓다는 그것이 인간 조건의 특징이라고 보았다. 어디에 있든 무엇을 하든 누구나 두카와 마주하게 된다는 것이다.

기독교도 예외는 아니다. 인류는 '원죄原罪'라는 기능장애를 앓고 있다. 신약에서 사용된 '죄'라는 단어는 '화살이 과녁을 빗나간 것'을 뜻한다.

이를 종합해보면 인간이라는 존재는 지극히 핵심에서 벗어난 존재 방식을 취하고 있음을 의미한다. 그것은 서툴고 눈이 먼 채로 사는 것과 다를 바 없다. 그로 인해 고통을 겪고 불행을 야기惹起하는 것이다.

인류는 인간의 존재 방식을 정상적인 상태로 여기면서 그 안에서 행복을 추구하다 보니 진정한 행복에 도달할 수 없다. 원죄를 걷어내고 기능장애로부터 벗어날 때 비로소 정상적인 사고로 자유를 누릴 수 있게 된다. 그렇다고 인간의 이성이나 지성을 가벼이 여기고 싶은 생각은 없다. 문화예술, 과학기술, 경제발전 등에서 이루어낸 눈부신 성과에 대해 인정해야 한다고 한다면 굳이 과소평가할 이유는 없다.

그러나 돌이켜보면 그것들마저도 빗나간 화살이고 탐욕에 의한 광기에 불과한 것일 수 있다. 그렇게 이루어낸 성과들의 마지막에는 파국만이 기다리고 있을 뿐이다. 그것들의 반복이 바로 지금까지의 역사이다.

인간은 높은 빌딩과 굴뚝을 올리고 고속도로를 건설하며 교량을 설치하며 풍요로운 삶을 지향해 왔다. 그 결과 자연을 훼손하고 동식물은 다양성을 잃어가고 있다. 게다가 오존층 파괴, 지구 온난화, 환경오염 등으로 주거환경에 점차 위기감이 고조되고 있다.

인간의 기능장애는 끊임없이 발생하는 민족과 민족, 나라와 나라 간의 전쟁에서도 여지없이 드러나고 있다. 그런 곳에는 인간의 존엄성은 온데간데없고 인간의 잔악성이 어디까지인지 마치 실험이라도 하듯 극악무도해지고 있다. 인간의 기능장애는 하나님과 인간, 인간과 인간, 인간과 자연 간의 연결성을 망각하고 어리석은 이기주의와 교만한 이성에 집착하여 서슴없이 광기를 드러내게 한다.

에크하르트는 이것을 '인류의 광기'*라고 불렀다. 요컨대 인류 역사는 바로 광기의 역사라는 것이다. 이런 지극히 비정상적인 인식을 정상적인 것처럼 왜곡시켜 인류를 파멸로 몰아가고 있다.

이것은 탐욕, 두려움, 자기애 등 인간의 기능장애, 요컨대 원죄를 인식하지 못한 것에서 비롯된 결과물이라고 할 수 있다. 유사 이래 수많은 종교 지도자, 영적 지도자, 천재 철학자들이 원초적 기능장애로부터 벗어나는 방법을 찾아내고자 나름대로 다양한 시도를 해왔다. 하지만 소기의 성과를 거두지 못한 것은 원죄에 대한 인식이 불분명했기 때문이 아닐까. 그 결과 태초에 부여받은 원초적 자아의 회복보다는 선악과 사건 이후 변질된 자아, 요컨대 자기애를 강화하는 쪽으로 이성과 자유를 사용해 왔다.

그렇다고 좋은 사람이 되고자 하는 노력, 좋은 사회를 만들고

---

* 전게서, p.37

자 하는 시도들을 모두 부질없는 짓이라고 폄훼할 수는 없다. 다만, 그 과정에서 적지 않은 오류들이 있었다는 것을 지적하지 않을 수 없다.

성서에는 "만물보다 심히 부패한 것이 인간의 마음"(예레미야 17:9)이라고 기록되어 있다. 인간의 존재 방식에 대해 제대로 인식하지 못하면 모래 위에 집을 짓는 것과 다를 바 없다. 세상에는 진리를 가장한 많은 지식들이 홍수처럼 범람하고 있다. 그러나 태양이 둘일 수 없듯이 진리는 하나라는 점을 명심해야 한다.

이 문제를 해결하기 위해서는 이사야 선지자의 말에 귀를 기울일 필요가 있다.

여호와의 손이 짧아 구원하지 못하심도 아니요 귀가 둔하여 듣지 못하심도 아니라. 오직 너희의 죄악이 너희와 너희 하나님 사이를 갈라놓았고 너희 죄가 그의 얼굴을 가리어서 너희에게서 듣지 않으시게 함이니라. 이는 너희 손이 피에, 너희 손가락이 죄악에 더러워졌으며 너희 입술은 거짓을 말하며 너희 혀는 악독을 냄이라. (이사야 59:1~3)

사도 바울이 진단한 인간의 실상을 좀 더 깊이 들여다볼 필요가 있다.

깨닫는 자도 없고 하나님을 찾는 자도 없고 다 치우쳐 무익하게 되고 선을 행하는 자는 없나니 하나도 없도다. (로마서 3:11~12)

지식인 혹은 현자라고 자처하는 사람들이 소리 높여 외쳐댄다. 때로는 격렬한 논쟁도 마다하지 않는다. 그러나 근본적인 인식 변화 없이는 공허한 말잔치에 불과하다. 사람의 말은 아무리 고상하고 아름다울지라도 하나님의 진리에 바탕을 두지 않는 한, 그럴듯한 주의 주장에 불과하다. 공기와 태양 없이는 모든 만물이 존재할 수 없듯이 진리의 말씀에 의존하지 않고서는 우리는 한순간도 바로 설 수 없다.

선지자 아모스는 우리가 심각하게 받아들여야 할 것은 육체적 양식의 기근이나 목마름이 아니라 영적 기근에 주목해야 한다고 설파했다. 영의 양식, 요컨대 하나님의 말씀에 귀를 기울여야 한다는 것이다.

주 여호와의 말씀이니라 보라 날이 이를지라 내가 기근을 땅에 보내리니 양식이 없어 주림이 아니며 물이 없어 갈함이 아니요 여호와의 말씀을 듣지 못한 기갈이라.(아모스 8:11)

우리 삶에서 진리를 거스르는 모든 철학, 사상, 신념, 경험, 관습 등을 거두어들여야 한다. 그 빈자리를 진리로 채워야 한다. 언제까지나 무한정 기회가 주어지는 것은 아니다. 기회의 문이 닫히는 순간이 반드시 온다는 것을 간과해서는 안 된다.

너희는 여호와를 만날 만한 때에 찾으라 가까이 계실 때에 그를 부르라 악인은 그의 길을, 불의한 자는 그의 생각을 버리고 여호와께로 돌아오라 그리하면 그가 긍휼히 여기시리라 우리 하나님께로 돌아오라 그가 너그럽게 용서하시리라. 이는 내 생각이 너희의 생각과 다르며 내 길은 너희의 길과 다름이니라 여호와의 말씀이니라.(이사야 55:6~8)

지극히 정상적이라고 생각하는 사람을 포함한 모든 사람에게 자기애라는 것이 존재한다는 나쁜 소식bad news이 전해졌다. 그렇다면 다른 소식은 없을까? 아니 있다. 다음 뉴스는 좋은 소식, 기쁜 소식good news이다.

힌두교나 불교에서는 이에 대한 가르침을 '깨달음'이나 '해탈', '열반' 등으로 부르고 있다. 그리고 예수의 가르침에서는 이것을 '구원'이라고 한다. 인류의 가장 큰 과제는 문화예술의 향상이나 과학기술의 발전이 아니라 근원적 인간의 기능장애에 대한 인식의 전환이다.

그동안 이와 관련하여 많은 종교적 노력이 있었다. 하지만 과도하게 철학적으로 접근하거나 표면적 종교 행위로 다가가면서 신의 가치를 이성화함으로써 자신들만의 신을 형상화하고 말았다. 그 결과 타 종교를 배타적으로 적대시하는 행위로 이어졌고 같은 종교 안에서도 많은 교파를 양산하게 되었다. 이는 종교와 영성을 분별하지 못하는 데에서 기인한 현상으로 진리를 찾는 데 전혀 도움이 되지 않는다. 새로운 영성, 즉 의식 전환은 제도나 종교적 프레임으로는 이룰 수 없다.

감각으로 인식하는 어떤 이미지나 형상 너머形而上學를 보지 못하고 자신의 에고나 세상 지식에 갇혀 있다면 의식 전환이나 영성을 기대하기는 어려울 것이다. 그저 똑같은 사고체계에 머물러 있다면 우리는 비슷한 세상, 비슷한 악행을 반복할 뿐이다.

성서는 새로운 하늘과 새로운 땅을 예언하고 있다. 이사야 선지자의 말이다.

보라 내가 새 하늘과 새 땅을 창조하나니 이전 것은 기억되거나 마음에 생각나지 아니할 것이라.(이사야 65:17)

사도 요한도 같은 취지로 말한 바 있다.

또 내가 새 하늘과 새 땅을 보니 처음 하늘과 처음 땅이 없어졌고 바다도 다시 있지 않더라.(요한계시록 21:1)

우리는 여기서 하늘을 단순히 공간적인 장소로만 이해해서는 안 될 것 같다. 내면의 의식영역으로 확장하여 생각해볼 필요가 있다. 이런 개념은 예수님의 모든 가르침에 담겨 있다. 땅은 그것이 형상으로 나타난 외부 세계를 가리키고 있음을 이해할 필요가 있다. 그런데 간과해서는 안 되는 것이 있는데 외부세계는 언제나 내부세계의 반영이라는 점이다.

새로운 하늘은 변화한 인간 의식 속에 등장하며 새로운 땅은 그것이 물질세계에 반영되어 나타나는 결과이다. 그런 의미에서 우리 의식이 변화하면 물질세계도 변화할 수 있음을 깨닫게 해준다. 우리의 정신과 우리가 사는 지구가 건강하지 않다면 그것은 인간의 죄성罪性이 반영된 결과이다. 우리가 그 상황에서 벗어나기 위해서는 어떻게 해야 할까? 단언컨대 그것은 진리에 의존하는 방법밖에 다른 도리가 없다.

우리는 우리가 굳게 의지하고 있는 자기애에서 속히 벗어나야 한다. 나의 본성이 아닌 것들을 하나하나 적출摘出해낼 때 비로소 참 자아를 만나게 될 것이다. 참 자아를 찾는 것은 자기애를 부인하는 것에서부터 시작된다. 그럴 때 비로소 진리와 자유롭게 소통할 수 있다. 예수님도 그와 관련하여 핵심적인 말씀을 하셨다.

> 또 무리에게 이르시되 아무든지 나를 따라오려거든 자기를 부인하고 날마다 제 십자가를 지고 나를 따를 것이니라.(누가복음 9:23)

자기애는 자기와 외부를 갈라놓지만 참 자아는 자신과 모든 것의 연결고리를 찾는다. 그 모든 것이 나온 생명 자체의 원천으로까지 거슬러 올라간다. 우리의 시선은 해, 달, 별, 돌, 꽃, 나무, 바다… 그리고 인간, 궁극적으로 이를 창조하신 창조주를 향하게 된다. 창조의 원천으로 향할 때 비로소 참 자아를 인식할 수 있다.

그것들의 본질을 깨닫게 되면 자아는 경외심으로 가득 차게 될 것이다. 그렇게 될 때 삶의 깊이가 드러나기 시작한다. 모든 사물의 의미가 회복된다. 살아가면서 생기는 수많은 질문들에 대한 실마리를 찾게 된다.

믿음, 사랑, 소망, 기쁨, 감사, 행복, 아름다움, 거룩함 등 막연하게 여겨졌던 추상명사들까지도 하나하나 깨닫게 된다. 일상과 기적이 서로 다른 것이 아님도 깨닫게 된다. 우리가 얻는 영성과 지혜의 원천이 어디서 비롯되었는지 비로소 알게 된다.

03

자유롭게 산다는 것

자유롭게 살고 싶은가?

무엇보다 죄에서 벗어나야 한다.

죄에서 벗어난다는 것은 사망의 염려에서 벗어난다는 뜻이다.

중요한 것은 그 자유 안에 영생이 있다는 사실이다.

영생이 있는 자유가 참 자유다.

사람은 누구나 자유를 갈망하며 살아간다. 그렇다면 진정한 자유란 무엇일까? 단순히 어떤 불편함에서 벗어나는 것을 말하는 것일까? 아니면 내가 하고 싶은 것을 내 맘대로 할 수 있는 것을 의미할까? 전자의 경우라면 뭐 그렇게 어려워 보이지 않는다. 후자의 경우라면 많은 문제가 생기지 않을까 싶다. 자신은 자유를 만끽할 수 있을지 몰라도 자신으로 인해 남의 자유를 훼손할 여지가 있기 때문이다.

어린이나 학생들에게 무한 자유를 허용했다고 하자 교육이 제대로 이루어질 수 있겠는가? 그리고 얼마나 많은 위험한 환경에 노출될 것인지 생각만 해도 끔찍하다. 또 미숙하거나 불순한 사람에게 자유를 준다는 것은 오히려 그들을 어려움에 처하게 하거나 위험에 빠뜨릴 수도 있다.

그렇다면 어떤 사람에게 자유가 필요할까? 왜 자유가 필요한 걸까? 누가 자유를 주는 걸까? 등의 질문에 따라 답을 찾아가야 할 것 같다. 유대인들의 이 같은 질문에 예수님이 대답하셨다. 너무나도 간단명료하다.

진리가 너희를 자유롭게 하리라.(요한복음 8:32)

자유롭지 못한 사람을 상징하는 단어가 노예나 종이다. 또한 감옥에 있는 죄인이다. 예수님은 종과 죄를 모두 언급하셨다.

그들이 대답하여 이르되 우리가 아브라함의 자손이라 남의 종이 된 적이 없거늘 어찌하여 우리가 자유롭게 되리라 하느냐 예수께서 대답하시되 진실로 진실로 너희에게 이르노니 죄를 범하는 자마다 죄의 종이라. 종은 영원히 집에 거하지 못하되 아들은 영원히 거하나니 그러므로 아들이 너희를 자유롭게 하면 너희가 참으로 자유로우리라.(요한복음 8:34~36)

"진리가 너희를 자유롭게 하리라"에서 진리는 누구를 가리키는가? 바로 하나님의 아들 예수 그리스도를 가리킨다.

예수께서 이르시되 내가 곧 길이요 진리요 생명이니 나로 말미암지 않고는 아버지께로 올 자가 없느니라.(요한복음 14:6)

예수님은 영원히 하나님의 집에 거하시는 분이라고 했다. 그리고 예수께서 우리를 자유롭게 하면 우리가 참으로 자유롭게 된다고 말씀하셨다. 그래서 우리 자유는 예수님의 손에 달려 있음을 알 수 있다. 예수님은 아들과 종을 비유로 말씀하셨다. 종은 영원히 주인집에 거할 수 없지만, 아들은 영원히 거할 수 있다. 그래서 아들이 도와주면 종도 주인집에 거할 수 있게 된다. 예수님은 바로 아들 역할을 하신 것이다. 요컨대 예수님께서는 주인이신 하나님과 죄로 인해 종의 신분이 된 사람들 사이에서 가교역할을 하신 것이다. 모든 죄로부터 자유롭게 하시고 영원히 주인이신 하나님 집에 거할 수 있게 보증해주신 것이다.

어떻게 그렇게 하실 수 있을까?

그것은 하나님 아버지와 예수님이 한 분이시기 때문이다. 아버지가 하신 일을 아들도 하실 수 있기 때문이다. 그리고 아버지께서 친히 아들이신 예수님께 모든 심판권을 맡기셨기 때문이다.

그러므로 예수께서 그들에게 이르시되 내가 진실로 진실로 너희에게 이르노니 아들이 아버지께서 하시는 일을 보지 않고는 아무것도 스스로 할 수 없나니 아버지께서 행하시는 그것을 아들도 그와 같이 행하느니라. 아버지께서 아들을 사랑하사 자기가 행하시는 것을 다 아들에게 보이시고 또 그보다 더 큰 일을 보이사 너희로 놀랍게 여기게 하시리라. 아버지께서 죽은 자를 일으켜 살리심 같이 아들도 자기가 원하는 자들을 살리느니라. 아버지께서 아무도 심판하지 아니 하시고 다 아들에게 맡기셨으니 이는 모든 사람으로 아버지를 공경하는 것 같이 아들을 공경하게 하려 하심이라. 아들을 공경하지 아니 하는 자는 그를 보내신 아버지도 공경

하지 아니 하느니라.(요한복음 5:19~23)

예수님은 진리이다. 우리의 생사고락을 주관하고 계신다. 그래서 그분의 이름 아래에서만 진정한 자유를 누릴 수 있다. 모든 죄로부터 우리를 자유롭게 하시므로 주인이신 하나님의 집에 영원히 거할 수 있게 되는 것이다. 예수님은 하나님 아버지로부터 절대 주권을 부여받으셨다. 그래서 우리를 자유롭게 할 수 있는 유일한 분이시다.

예수님은 우리를 자유롭게 하시기 위해 오히려 자신을 죄에 구속하셨고 스스로 십자가에 못 박히셨다. 그래서 우리를 당신의 핏값으로 사신 것이다. 절대적인 그분의 사랑과 희생 덕분에 우리가 자유를 누릴 수 있게 된 것이다.

자유롭게 살고 싶은가?

그렇다면 무엇보다 죄에서 벗어나야 한다. 죄에서 벗어난다는 것은 사망의 염려에서 벗어난다는 뜻이다. 중요한 것은 그 자유 안에 영생이 있다는 사실이다. 영생이 있는 자유가 참 자유다.

죄의 삯은 사망이요 하나님의 은사는 그리스도 예수 우리 주 안에 있는 영생이니라.(로마서 6:23)

죄와 죽음에서 벗어날 수 있는 자유가 우리에게 주어졌다. 이 사실을 믿는다면 세상의 무엇이 우리를 두렵게 하겠는가. 우리가 두려워하고 경외할 분은 오직 하나님 한 분이시다. 그런 하나님이 우리와 영원히 함께하시겠다고 약속하셨다.

내가 너희에게 분부한 모든 것을 가르쳐 지키게 하라. 볼지어다 내가 세상 끝날까지 너희와 항상 함께 있으리라 하시니(마태복음 28:20)

우리가 그분과 동행한다는 것은 참 자유를 누린다는 것이고 아울러 그분 안에서 영혼의 평안과 영원한 생명을 누릴 수 있다는 뜻이다.

듣기만 해도 설레는 말, 자유

우리 안에는 두 개의 나라가 있다.
하나는 성령이 이끄시는 하나님 나라이고
또 하나는 끊임없이 자기 사랑을 부추기는 자기애(自己愛) 나라이다.
이 두 나라 간의 싸움은 영적인 것이다.
우리 자유는 어느 쪽이 이기느냐에 달려 있다.

자유, 이는 듣기만 해도 설레는 말이다.

인간은 육체를 가지고 있는 한, 언제 어느 곳에서도 자신이 바라는 완전한 자유를 누릴 수 없다. 게다가 사회가 발전하면 할수록 각종 법률이나 제도들이 사람의 자유를 더욱 제한한다. 인공지능이 발전하면 사람의 일이 줄어들어 앞으로 훨씬 자유로워질 것으로 착각할 수 있다. 하지만, 그것은 또 다른 차원의 구속이 될 수 있다. 편리함이나 부유함이 결코 자유를 가져다주지 못한다. 일하지 않고 제 마음대로 시간을 보내는 것이 본질적 자유라고 말할 수 없기 때문이다.

문득 자기 자신이 영혼을 가지고 있다는 사실을 인지하게 되면 자유로워지는 것이 결코 쉽지 않은 문제라는 것을 알게 될 것이다.

죽음으로부터의 자유, 죄로부터의 자유 등 요컨대 영혼이 자유로울 수 있어야 진정한 자유를 누릴 수 있기 때문이다. 이 어려운 문제를 해결하기 위해서 도대체 우리는 무슨 생각을 해야 할까? 영혼을 떠올려야 한다. 육체적 자유는 지속적이지 못하고 언젠가는 그 끝이 도래한다는 사실을 우리는 익히 알고 있다. 이 얼마나 두렵고 허무한 일인지 생각만 해도 기운 빠진다.

현대인들은 일로 혹은 대인관계로 많은 스트레스를 받으며 살아간다. 그런데 의외로 외부에 알려지지 않는 엄청난 스트레스가 우리 마음 가운데 자리 잡고 있다는 사실을 잊고 사는 경우가 허다하다. 그것은 죄와 죽음 문제이다. 따라서 죄와 죽음 문제를 해결하지 못한 채 살아가는 것에 따른 원초적 스트레스가 우리 안에 존재한다는 사실에 주목할 필요가 있다.

그것은 일반적으로 병명이 있거나 치유하는 프로그램이 따로 있는 것이 아니다. 그와 유사한 것으로 병원에서는 우울증, 조울증, 공황장애 등의 증상으로 표현되기도 하지만 그와 관련해서 보다 근원적인 진단은 이루어지지 못하고 있다. 그도 그럴 것이 그렇게 하려면 종교적인 관점에서 언급해야 하는데 그것은 쉽지 않은 실정이다. 실제로 의사들이 특정 종교적 교리를 치유 방법으로 취급하기는 사실상 어려운 문제일 것이다. 그나마 정신과 의사나 심리 상담사 등이 사람의 심리 상태를 진단하고 나름대로 거기에 걸맞은 처방을 하는 경우는 더러 있다. 그러나 아무리 의사와 환자가 소통을 잘한다고 해도 거기에는 한계가 있기 마련이며 아주 근본적인 문제까지 해결하는 것은 쉽지 않다.

따라서 인간의 본질적 스트레스의 원인을 파악하기 위해서는 인간의 창조과정 및 창조목적을 알아야 한다. 그리고 인간의 타락 과정도 더불어 이해해야 한다. 먼저 창조주 하나님은 누구인가? 스스로 질문해야 한다. 하나님은 자신이 누구인지를 모세에게 알려주신 적이 있다.

> 하나님이 모세에게 이르시되 나는 스스로 있는 자니라. 또 이르시되 너는 이스라엘 자손에게 이같이 이르기를 스스로 있는 자가 너희에게 보내셨다 하라.(출애굽기 3:14)

그렇다. 하나님은 "스스로 있는 자"다. 하나님은 누구에 의해 만들어진 분이 아니라 스스로 존재하는 분이시다. 그래서 우리는 어떤 조작적 사고의 방법으로 하나님을 이해하려 해서는 안 된다. 우리가 피조물이라는 사실에 걸맞게 하나님의 창조섭리를 알려고 하는 것이 무엇보다 중요하다.

아울러 인간이 어떻게 타락해왔는가? 그 원인과 과정에 대해서도 이해해야 한다. 태초에 하나님은 당신의 형상을 닮게 인간을 창조하셨다. 진흙으로 사람을 빚으시고 사람의 코에 생기를 불어넣어 육체와 영혼을 완성하셨다. 그리고 인간이 살기에 좋은 땅, 낙원이라고 할 수 있는 에덴동산을 선물해주셨다.

> 여호와의 하나님이 땅의 흙으로 사람을 지으시고 생기를 그 코에 불어넣으시니 사람이 생령이 되니라. 여호와 하나님이 동방의 에덴에 동산을 창설하시고 그 지으신 사람을 거기 두시고(창세기 2:7~8)

이런 모든 것을 하나님은 말씀으로 창조작업을 수행하셨다는 것에 주목할 필요가 있다. 말씀은 하나님의 존재방식 가운데 하나이다. 아울러 만물의 창조원리가 말씀이고 만물이 유지되는 것도 말씀이라는 것을 알 수 있다. 태초에 인간은 건강한 육체와 순수한 영혼을 소유했고 에덴동산에서 더 이상 바랄 나위 없이 평화롭고 자유롭게 지낼 수 있었다.

하나님은 아담과 하와가 당신이 선물하신 에덴동산에서 모든 것을 마음껏 누리며 살기를 바라셨다. 다만 한 가지 하나님이 에덴동산의 주인이시고 살아계신 것을 잊지 말라는 의미에서 선악과의 열매는 절대 따먹지 말라고 경고하셨다. 그 열매를 먹으면 반드시 죽을 것이라고 말씀하실 정도로 약속을 반드시 지킬 것을 강조하신 것이다.

그런데 의외의 복병이 있었다. 그 동산에는 온갖 동물들이 있었는데 그 가운데 교활한 뱀도 함께 있었다. 그 뱀은 오래전 하나님을 배신하고 땅으로 쫓겨난 타락 천사, 즉 사탄이었다.

너 아침의 아들 계명성이여 어찌 그리 하늘에서 떨어졌으며 너 열국을 엎은 자여 어찌 그리 땅에 찍혔는고. 네가 네 마음에 이르기를 내가 하늘에 올라 하나님의 뭇별 위에 내 자리를 높이리라 내가 부극 집회의 산 위에 앉으리라.(이사야 14:12~13)

예수께서 이르시되 사탄이 하늘로부터 번개같이 떨어지는 것을 내가 보았노라.(누가복음 10:18)

사탄은 교만하여 하나님 자리까지 높아지고 싶어서 하나님께 대적했다가 하늘에서 쫓겨난 자이다. 하나님으로부터 버림받은 사탄이 하나님과 인간 사이를 이간질하고 싶어졌고 그래서 인간이 즐겁고 자유롭게 사는 모습을 그냥 보고만 있을 리 없었다. 그래서 뱀의 모습을 한 사탄은 선악과에 주목하고 기회를 엿보고 있었다.

그러던 어느 날 뱀은 아담의 아내 하와에게 다가갔다. 그리고 마침내 사탄은 유혹의 칼을 꺼내 들었다. 사탄의 칼날은 아무래도 하나님으로부터 직접 약속 말씀을 들은 아담을 피해 하와를 향해 있었다. 그리고 거침없이 하와를 공격했다. 뱀의 전략은 성공을 거두었다.

결과적으로 아담과 하와가 뱀의 유혹에 넘어간 것은 하나님을 온전히 신뢰하지 못한 것에 기인한다. 무엇이 문제일까? 자신들을 향한 하나님의 창조목적을 망각했다는 점이다. 그 근저에는 교만이 깔려 있었음을 알 수 있다. 무엇이 그들을 교만하게 하였을까? 그들은 하나님처럼 되고 싶어 했다. 뱀의 유혹에 주목해보자.

너희가 그것을 먹는 날에는 너희 눈이 밝아져 하나님과 같이 되어 선악을 알 줄 하나님이 아심이라.(창세기 3:5)

이 같은 유혹에 넘어가지 않으려면 어떤 마음 자세가 필요할까? 무엇보다 먼저 깨달아야 할 것은 자신의 정체성을 파악하는 것이다. 이를 위해서는 하나님의 뜻을 헤아리는 것이 매우 중요하다. 그리고 하나님은 전지전능하시고 선하시고 공의로우시며 긍휼과 사랑이 넘치는 분이라는 사실을 믿어야 한다. 그리고 세상의 시작과 끝을 주관하시는 분이라는 사실도 잊어서는 안 된다. 그래서 마땅히 사람으로서 취해야 할 본분을 회복하여 하나님을 기쁘게 해 드려야 할 것이다.

하지만 우리가 기억해야 할 것은 선악과를 따먹음으로써 아담과 하와의 몸에 죄가 들어왔다는 사실이다. 그 죄로 인해 하나님과의 소통이 단절되게 되었고 영혼의 평안도 깨지고 말았다. 죽음이 몸 안에 들어왔기 때문이다.

태초에 모든 것이 선했던 것과는 달리 선악과 사건 이후 인간의 몸에 죽음과 더불어 악이 들어오게 되었고, 우리 스스로는 선과 악을 분별하지 못하게 되었다. 하나님은 그런 우리를 본질상 진노의 자녀라고 말씀하셨다. 예수님이 우리를 구원해 주심으로 거듭나기 전까지 우리는 하나님의 자녀가 아니라 본질상 진노의 자녀 신분이라는 사실이다. 사도 바울이 에베소 교회에 보낸 서신에 그 같은 사실을 분명히 밝히고 있다.

전에는 우리도 다 그 가운데서 우리 육체의 욕심을 따라 지내며 육체와 마음의 원하는 것을 하여 다른 이들과 같이 본질상 진노의 자녀이었더니 긍휼이 풍성하신 하나님이 우리를 사랑하신 그 큰 사랑을 인하여 허물로 죽은 우리를 그리스도와 함께 살리셨고(너희는 은혜로 구원을 받은 것이라) (에베소서 3:3~5)

선악과 사건 이후 사람들은 육체의 소욕에 따라 원하는 것을 추구하게 되었다. 사람들에게 원래 부여받은 원초적 자아보다는 이기적인 자아ego의 특성이 더 두드러지게 나타나게 되었다. 흔히 이것을 원죄Original sin에 의한 죄성罪性이라고 부른다. 결과적으로 아담과 하와는 하나님의 법을 어기고 선악과를 따먹음으로써 하나님의 자녀라는 신분에서 한낱 죄인의 신분으로 전락하고 말았다. 그로 인해 아담과 하와는 에덴동산에서 추방당하는 상황을 맞이하고 만다.

여자가 그 나무를 본즉 먹음직도 하고 보암직도 하고 지혜롭게 할 만큼 탐스럽기도 한 나무인지라 여자가 그 실과를 따먹고 자기와 함께 한 남편에게도 주매 그도 먹은지라.(창세기 3:6)

이로 인해 인류의 조상 아담과 하와는 하나님과 영원히 살 수 있었던 에덴동산에서의 특권을 누리지 못하고 반드시 죽을 수밖에 없는 처지가 되어버렸다. 에덴동산에서 실오라기 하나 걸치지 않고 먹을 것, 즐길 것이 풍족했던 삶이 하나님처럼 되고 싶은 욕망 때문에 하루아침에 완벽한 삶터였던 낙원을 잃어버린 결과를 초래하고 말았다. 낙원을 잃어버린 아담과 하와는 물론이고 그 후손들은 땀을 흘려 수고를 해야 땅의 소산을 먹을 수 있게 되었다. 하나님은 아담에게 분명하게 말씀하셨다.

아담에게 이르시되 네가 네 아내의 말을 듣고 내가 네게 먹지 말라 한 나무의 열매를 먹었은즉 땅은 너로 말미암아 저주를 받고 너는 네 평생에 수고하여야 그 소산을 먹으리라.(창세기 3:17)

훗날 지혜자 솔로몬도 이 같은 사실을 주지시킨 바 있다.

하나님이 인생들에게 노고를 주사 애쓰게 하신 것을 내가 보았노라.(전도서 3:10)

이것은 자유와 생명을 동시에 잃어버린 참혹한 결과였다. 이런 불행한 인류 역사에 종지부를 찍기 위해 오신 분이 바로 예수 그리스도이시다. 그분은 이 땅에 오셔서 자신을 온 인류의 죗값으로 치르시고 우리에게 다시 낙원을 회복할 수 있는 길을 열어주신 것이다. 오래전 선지자들을 통해 선포하신 예언대로 이 땅에 육체를 입고 오신 예수 그리스도는 십자가에서 보혈을 흘리시고 우리 죄를 눈보다 하얗게 만들어주셨다.

우슬초로 나를 정결하게 하소서 내가 정하리이다. 나의 죄를 씻어주소서 내가 눈보다 희리이다.(시편 51:7)

이로 말미암아 그는 새 언약의 중보자시니 이는 첫 언약 때에 범한 죄에서 속량하려고 죽으사 부르심을 입은 자로 하여금 영원한 기업의 약속을 얻게 하심이라(히브리서 9:15)

죄 사함 혹은 구원은 선악과 사건으로 인해 죄의 종이었던 우리를 마치 노예 해방처럼 자유의 신분으로 되돌려놓은 획기적인 은혜이다. 그것도 단순한 자유인이 아니라 하나님의 자녀로서 다시 영생을 누릴 수 있게 되었다.

내가 잠시 너를 버렸으나 큰 긍휼로 너를 모을 것이요 내가 넘치는 진노로 내 얼굴을 네게서 잠시 가렸으나 영원한 자비로 너를 긍휼히 여기리라 네 구속자 여호와께서 말씀하셨느니라.(이사야 54:7~8)

예수 그리스도 안에서 자유를 얻는다는 것은 선악과 범죄 이전의 원자아를 회복한다는 의미다. 그런 자격을 예수님 덕분에 다시 얻게 되었고 예수님 이름으로 우리는 다시 낙원에 들어갈 수 있게 된 것이다. 그곳은 믿음의 자녀들을 위해 하나님께서 예비해두신 새 하늘과 새 땅이다.

또 내가 새 하늘과 새 땅을 보니 처음 하늘과 처음 땅이 없어졌고 바다도 다시 있지 않더라.(요한계시록 21:1)

하나님께서는 우리에게 하나님 나라를 맛보며 살고 그 나라로 인도하시기 위해 치밀하게 계획하시고 실행하셨다. 예수 그리스도께서 십자가 사역을 다 이루시고 하나님의 보좌 우편으로 가시면서 우리에게 큰 선물을 보내주셨다. 삼위일체 하나님 가운데 한 분이신 성령이 우리 가운데 오신 것이다. 예수님도 그 점을 분명히 말씀하신 바 있다. 당신께서 부활하시어 하늘로 올라가면 성령을 우리에게 보내주시겠다고 약속하셨다.

보혜사 곧 아버지께서 내 이름으로 보내실 성령 그가 너희에게 모든 것을 가르치고 내가 너희에게 말한 모든 것을 생각나게 하리라.(요한복음 14:26)

오직 성령이 너희에게 임하시면 너희가 권능을 받고 예루살렘과 온 유대와 사마리아 땅끝까지 이르러 내 증인이 되리라 하시니라.(사도행전 1:8)

성령은 하나님이시고 또 하나님 나라이다. 우리는 예수님을 믿음으로 말미암아 우리 마음 가운데 성령을 선물 받을 수 있게 되었다. 이제 내가 사는 것이 아니라 내 안에 하나님의 영이 사는 것이다. 우리 안에 하나님, 그분의 나라가 임하는 것이다. 이 얼마나 영광스럽고 가슴 벅찬 일인가. 그분의 이끄심에 민감하게 반응하여 하나님의 뜻을 헤아리는 삶을 살아야 할 이유가 거기에 있다.

우리는 하나님이 자기를 사랑한 자를 위해 예비하신 모든 것을 눈으로 보지 못하고 귀로 듣지 못하고 사람의 마음으로 생각하지도 못함과 같다(고린도전서 2:9)고 사도 바울은 전해주고 있다. 그렇다면 어떻게 하나님의 뜻을 헤아릴 수 있을까? 바로 성령의 도움이 절대적으로 필요하다.

오직 하나님이 성령으로 이것을 우리에게 보이셨으니 성령은 모든 것 곧 하나님의 깊은 것까지도 통달하시느니라. 사람의 일을 사람의 속에 있는 영 외에 누가 알리요 이와 같이 하나님의 일도 하나님의 영 외에는 아무도 알지 못하느니라. 우리가 세상의 영을 받지 아니 하고 오직 하나님으로부터 온 영을 받았으니 이는 우리로 하여금 하나님께서 우리에게 은혜로 주신 것들을 알게 하려 하심이라. 우리가 이것을 말하거니와 사람의 지혜가 가르친 말로 아니 하고 오직 성령께서 가르친 것으로 하니 영적인 것은 영적인 것

으로 분별하느니라.(고린도전서 2:10~13)

비록 지금은 마치 청동기 시대의 거울을 보는 것처럼 희미하나 장차 임할 하나님 나라가 어떤 곳인가를 미리 맛볼 수 있는 은혜를 허락한 것이다.

우리가 지금은 거울로 보는 것처럼 희미하나 그때에는 얼굴과 얼굴을 대하여 볼 것이요 지금은 내가 부분적으로 아나 그때에는 주께서 나를 아신 것 같이 내가 온전히 알리라.(고린도전서 13:12)

너희는 여호와의 선하심을 맛보아 알지어다. 그에게 피하는 자는 복이 있도다.(시편 34:8)

그렇지만 여전히 우리 안에는 두 개의 나라가 병존하고 있다. 하나는 성령이 이끄시는 하나님 나라이고 또 하나는 끊임없이 자기 사랑을 부추기는 자기애 나라이다. 이 두 나라 간의 싸움은 영적인 것이다. 우리 자유는 어느 쪽이 이기느냐에 달려 있다. 우리가 하나님 말씀, 즉 영의 양식으로 우리 안에서 하나님 나라를 확장하여 살 것인지 아니면 자기애 안에 갇혀 자기 유익만을 추구하며 살 것인지 분별하며 살아야 한다.

이런 싸움은 예수님이 다시 오셔서 모든 싸움을 종결시키기 전까지 계속될 것이기 때문에 우리는 경계심을 늦춰서는 안 되겠다. 끊임없이 하나님께 지혜를 구해야 하는 이유가 거기에 있다. 사도 바울도 이점을 강조한 바 있다.

형제들아 지혜에는 아이가 되지 말고 악에는 어린아이가 되라 지혜에는 장성한 사람이 되라.(고린도전서 14:20)

예수님께서도 제자들에게 이같이 가르치셨다.

썩을 양식을 위하여 일하지 말고 영생을 하도록 있는 양식을 위하여 하라. 이 양식은 인자가 너희에게 주리니 인자는 아버지 하나님께서 인치신 자니라.(요한복음 6:27)

만약 우리 마음을 자기애自己愛가 지배하도록 방치한다면 하나님이 선물로 주신 생명의 길을 걸어가지 못할 것이고 필경 사망의 길을 걸을 수밖에 없다. 하지만 자신을 돌이켜 회개하고 하나님이 초대하신 천국잔치에 참여하기 위해서는 예수 그리스도를 믿고 성령을 받아들이고 그 분의 인도에 따라 순종하는 길밖에 없다.

그의 계명을 지키는 자는 주 안에 거하고 주는 그의 안에 거하시나니 우리에게 주신 성령으로 말미암아 그가 우리 안에 거하시는 줄을 우리가 아느니라.(요한일서 3:24)

이것이 바로 십자가를 통해 예수 그리스도께서 다 이루신 일이고 이것은 우리에게 무엇과도 바꿀 수 없는 은혜이고 축복이다. 이것이 그토록 우리가 갈망하는 참 자유이다. 요컨대 죄와 죽음으로부터의 해방이고 영생을 얻는 것이다.

주의 성령이 내게 임하셨으니 이는 가난한 자에게 복음을 전하게 하시려고 내게 기름을 부으시고 나를 보내사 포로된 자에게 자유를, 눈먼 자에게 다시 보게 함을 전파하며 눌린 자를 자유롭게 하고 주의 은혜의 해를 전파하게 하려 하심이라 하셨더라.(누가복음 4:18~19)

진리는 예수 그리스도이시다. 예수 그리스도는 하나님 말씀의 실존이시다. 또 하나님의 계획을 몸소 실천하신 분이시다. 그래서 우리가 자유로워질 수 있는 유일한 길은 오직 진리이신 예수 그리스도 한 분뿐이시다.

예수께서 이르시되 내가 곧 길이요 진리요 생명이니 나로 말미암지 않고는 아버지께로 올 자가 없느니라.(요한복음 14:6)

언뜻 생각해보면 세상에서 부를 누리고 권력을 누리며 사는 것이 자유를 만끽하며 사는 것처럼 보일 수 있다. 하지만 그런 자유는 제한적이고 공허하며 갈증만 더할 뿐이다. 그런 차원에서 온갖 지혜를 갖추고 화려한 인생을 살았던 솔로몬이 노후에 고백한 말에 주목할 필요가 있다.

그가 하나님 백성들을 잘 다스리기 위해 오직 지혜를 구했을 때의 믿음은 하나님으로부터 대단한 칭찬을 받았다. 그러나 그런 믿음이 약해지고 세속적인 욕망에 이끌리어 세상 자유에 탐닉하면서 하나님의 뜻과 잠시 멀어졌던 시기가 있었다. 그런 그가 세속적 자유의 공허함을 느끼고 고백하며 다시 하나님께 돌아왔다. 그의 고백은 우리에게 많은 것을 생각하게 해준다.

> 전도자가 이르되 헛되고 헛되며 헛되고 헛되니 모든 것이 헛되
> 도다. 해 아래에서 수고하는 모든 수고가 사람에게 무엇이 유익한
> 가.(전도서 1:2~3)

사도 바울은 우리가 진리라고 믿는 것들이 만약 거짓이라면 우
리가 세상에서 가장 불쌍한 자라고 했다. 그도 그럴 것이 진심으
로 예수 그리스도를 믿는 사람들은 때로는 세속적인 자유를 포기
하며 절제하는 삶을 살고 오직 하나님 말씀에 순종하며 살고자 하
기 때문이다. 요컨대 자기 유익보다는 남의 유익을 위해 사는 경
우가 훨씬 많기 때문이다. 만약 예수 그리스도의 부활이 거짓이고
선지자들과 사도들의 복음이 헛된 것이며 우리의 구원이 거짓말이
라면 그리스도인들처럼 불쌍한 사람이 또 있을까.

> 만일 죽은 자의 부활이 없으면 그리스도도 다시 살아나지 못했
> 으리라. 그리스도께서 만일 살아나지 못하셨으면 우리가 전파하
> 는 것도 헛것이요 또 너희 믿음도 헛것이며 또 우리가 하나님이
> 그리스도를 다시 살리셨다고 증언하셨음이라 만일 죽은 자가 다
> 시 살아나는 일이 없으면 하나님이 그리스도를 다시 살리시지 아
> 니 하셨으리라. 만일 죽은 자가 다시 살아나는 일이 없으면 그리
> 스도도 다시 살아나신 일이 없었을 터이요 그리스도께서 다시 살
> 아나신 일이 없으면 너희 믿음도 헛되고 너희가 여전히 죄 가운데
> 있을 것이요.(고린도전서 15:13~17)

사도 바울이 전한 복음은 분명했다. 예수 그리스도께서 자신을 희생하심으로써 아담이 범한 죄로 인해 흘러 들어온 인류의 모든 죄를 말끔히 씻어주셨다는 것이다. 이것을 믿는 믿음은 절대로 헛되지 않음을 강조한 것이다.

그러나 이제 그리스도께서 죽은 자 가운데서 다시 살아나사 잠자는 자들의 첫 열매가 되셨도다. 사망이 한 사람으로 말미암았으니 죽은 자의 부활도 한 사람으로 말미암는 도다. 아담 안에서 모든 사람이 죽은 것같이 그리스도 안에서 모든 사람이 삶을 얻으리라.(고린도전서 15:20~22)

이런 사실이 설령 머리로는 이해되지 않고 논리적으로 납득할 수 없다고 하더라도 그것이 진리라고 바울은 분명히 가르쳤다. 바울은 진리의 본질에 대해 친절하게 설명해주었다. 예수님의 사역도 결국 하나님께서 만물을 복종하게 하시고 하나님이 만유 안에 계시게 하시기 위함이라는 사실이다.

만물을 그에게 복종하게 하실 때에는 아들 자신도 그때에 만물을 자기에게 복종하게 하신 이에게 복종하게 되리니 이는 하나님이 만유의 주로서 만유 안에 계시게 하시려 하심이라.(고린도전서 15:28)

그렇게 될 때 만물은 다시 회복하여 하나님 손안에 들어가게 되는 것이다. 그러면 사탄은 만물 안에 존재할 수 있는 근거를 잃게 된다. 그때야 비로소 사람도 하나님 안에서 완전한 자유를 누릴 수 있게 된다. 이는 하나님이 만물의 창조자이시고 주관자이심을 드러내는 것이다. 만물 안에는 하나님의 호흡과 생명이 살아 움직이고 있다. 그래서 우리는 만물을 통해서 하나님을 만날 수 있다. 하나님은 늘 우리 가까이 계신다.

또 부족한 것처럼 사람의 손으로 섬김을 받으시는 것이 아니니 이는 만민에게 생명과 호흡과 만물을 친히 주시는 자이심이라. 인류의 모든 족속을 한 혈통으로 만드사. 온 땅에 살게 하시고 그들의 연대를 정하시며 거주의 경계를 한정하셨으니 이는 사람으로 혹 하나님을 더듬어 찾아 발견하게 하려 하심이로되 그는 각 사람에게서 멀리 계시지 아니 하도다.(사도행전 17:25~27)

이는 하나님을 알만한 것이 그들 속에 보임이라 하나님께서 이를 저희에게 보이셨느니라. 창세로부터 그의 보이지 아니 하는 것들 곧 그의 영원하신 능력과 신성이 그가 만드신 만물에 분명히 보여 알려졌나니 그러므로 그들이 핑계하지 못할지니라.(로마서 1:19~20)

그리고 중요한 것은 하나님은 누구에게나 영원을 사모하는 마음을 주셨다는 점이다. 그러나 사람의 지혜로 하나님의 하시는 일을 측량할 수 없게 하셨다.

하나님이 모든 것을 지으시되 때를 따라 아름답게 하셨고 또 사람들에게는 영원을 사모하는 마음을 주셨느니라. 그러나 하나님의 하시는 일의 시종을 사람으로 측량할 수 없게 하셨도다.(전도서 3:11)

우리는 변화무쌍한 세태 속에 살고 있다. 그래서 역사 속에 발생하는 모든 일들의 의미를 파악하거나 소화하며 살지 못한다. 우리는 끊임없이 반복되는 일상 속에서 대부분의 일들을 그냥 대수롭지 않게 여기며 사는 경우가 다반사다. 인생은 바퀴 가운데 가장 꼭대기에 있는 바퀏살이 잠시 후에는 정반대로 가장 아래쪽에 위치하는 것과 같다. 끊임없이 반복되는 만조와 간조, 부단히 차고 기우는 달과 같이 하나의 극단으로부터 또 다른 극단으로 변화한다.

우리는 슬플 때가 있고 기쁠 때가 있다. 형통할 때가 있고 그렇지 못할 때가 있다. 그것이 인생이다. 그럼에도 불구하고 우리가 안심하고 저녁에 잠을 청할 수 있는 것은 반드시 아침이 밝을 것이라는 사실을 알고 있기 때문이다. 우리가 비록 세상을 다 이해하지 못하지만, 하나하나 따지지 않고 살아가고 있는 것은 우리 마음 가운데 믿는 구석이 있기 때문이다. 그 원초적 자아 안에 숨겨진 믿음의 씨앗을 싹틔우고 열매를 맺도록 하여야 한다.

지혜자 솔로몬은 하나님께 겸손하게 의지하는 가운데 우리가 수고하며 낙을 누리며 오로지 하나님의 손길에 주목해야 함을 권면하였다.

사람이 먹고 마시며 수고하는 것보다 그의 마음을 더 기쁘게 하

는 것은 없나니 내가 이것도 본즉 하나님의 손에서 나오는 것이로다. (전도서 2:24)

그렇다. 우리는 너무 많은 소망을 가지고 사는 것은 아닌지 모르겠다. 건강하게 살고 싶고 부자도 되고 싶고 출세도 하고 싶어 한다. 여행도 하고 싶고 오래 살고 싶고 맛있는 것도 많이 먹고 좋은 옷도 입고 싶어 한다. 그런 소망이 잘못된 것은 아니다. 다만, 그보다 먼저 더 본질적인 소망을 추구하는 것이 바람직하다는 것을 말하고 싶은 것이다.

그러기 위해서는 창조주 하나님의 뜻을 헤아려야 한다. 하나님 뜻을 알기 위해서는 하나님께 지혜를 구하는 수밖에 없다. 하나님의 지혜는 하나님의 말씀 속에 녹아 있다. 그래서 우리는 주야로 하나님 말씀을 묵상해야 한다. 하나님 말씀 속에 복이 숨겨져 있다는 뜻이다.

복 있는 사람은 악인들의 꾀를 따르지 아니 하며 죄인들의 길에 서지 아니 하며 오만한 자들의 자리에 앉지 아니 하고 오직 여호와의 율법을 즐거워하여 그의 율법을 주야로 묵상하는도다. (시편 1:1~2)

하나님 말씀, 즉 영의 양식을 충분히 섭취할 때 우리 영혼은 형통해진다. 세상이 주는 기쁨은 한시적이고 제한적이지만 하나님이 주시는 기쁨은 영적으로 충만하게 한다. 마치 시냇가에 심어진 나무처럼 잎이 마르지 않고 제철에 열매도 맺을 수 있다.

그는 시냇가에 심은 나무가 철을 따라 열매를 맺으며 그 잎사귀가 마르지 아니함 같으니 그가 하는 모든 일이 다 형통하리로다.(시편 1:3)

'형통하다'는 말은 '모든 일이 뜻대로 잘 되어간다'라는 뜻이다. 주 안에서 형통하다라는 것은 주의 뜻 안에서 모든 일이 잘되어 간다는 말이다. 그런데 하나님 말씀에 순종하며 산다고 해서 어떤 고난이나 어려움이 전혀 없다는 것을 의미하지 않는다. 말하자면 우여곡절이 없을 수는 없지만, 하나님께서 자신의 계획에 따라 차질 없이 인도하신다는 뜻이다.

구약시대 요셉처럼 파란만장한 삶을 산 사람도 하나님 안에서 '형통한 자'라는 말을 들었다. 그것은 그의 삶에 전혀 굴곡이 없다는 것을 말하는 것이 아니라 하나님의 뜻 가운데서 궁극적으로 승리하는 삶을 살았다는 것을 의미한다.

여호와께서 요셉과 함께하시므로 그가 형통한 자가 되어 주인 애굽 사람의 집에 있으니 그의 주인이 여호와께서 그와 함께하심을 보며 또 여호와께서 그의 범사에 형통하게 하심을 보았더라.(창세기 39:2~3)

형통한 것은 피리 부는 것에 비유할 수 있다. 연주하고 싶은 곡을 제대로 소리내기 위해서는 우선 피리가 막힌 곳이 없어야 한다. 피리 어딘가에 이물질이 막혀 있다면 제대로 된 소리를 낼 수 없다. 원하는 소리를 내기 위해서는 먼저 이물질을 제거해야 한다.

따라서 우리가 형통하게 살기 위해서는 하나님 말씀을 통해 우리의 삶을 바로 잡아야 한다.

옛말에 '끝이 좋아야 다 좋다'라는 말이 있다. 시작도 중요하지만, 그 끝은 더욱 중요함을 일컫는 말이다. 궁극적으로 예수를 믿는 사람들의 삶이 은혜로운 것은 죽음 문제를 해결했다는 것에 있다. 예수 그리스도의 은혜로 죄에서 벗어나 영생을 얻게 된 것이다. 죽음을 걱정할 필요 없는 삶을 사는 사람이야말로 참 자유인이다.

하나님 은혜로 구원받았다는 것은 사형선고를 받은 사람이 재심에서 무죄를 선고받은 것과 다를 바 없다. 이 얼마나 놀라운 일인가! 우리가 살아가면서 가져야 할 마음 자세가 바로 사형수에서 무죄로 석방된 자와 같아야 하지 않을까. 그런 자의 마음은 오직 경이로움과 감사로 가득할 것이다. 왜냐하면 이런 사람보다 더 자유에 대해 절실한 사람은 없었을 것이기 때문이다.

삶과 죽음의 주인이신 하나님께 감사하며 참 자유를 누리는 것이 중요하다. 마치 불치병에 걸린 사람처럼 우울하고 힘들어한다면 그것은 참된 믿음을 소유한 자라고 말하기 힘들다.

물론 우리는 육체를 가진 상태로 살기 때문에 사는 동안 자유를 누리는 데 제한받을 수밖에 없다. 그러나 우리 영혼은 시간과 장소를 불문하고 참 자유를 누릴 수 있다. 육체는 물리적인 공간이나 시간, 그리고 사회적인 제약이 따를 수밖에 없지만, 영혼은 마음먹기에 따라 얼마든지 자유를 누릴 수 있다. 그런 의미에서 영혼의 자유가 진정한 자유이다.

몸은 죽여도 영혼은 능히 죽이지 못하는 자들을 두려워하지 말고 오직 몸과 영혼을 지옥에 멸하실 수 있는 이를 두려워하라.(마태복음 10:28)

언뜻 생각해보면 자기 자유에 영향을 미치는 요소들이 눈에 보이는 것들이나 사회적 제도, 그리고 불특정 다수의 사람들이라고 생각할 수 있다. 그것도 어느 정도 사실이다. 하지만 우리 궁극적 삶의 목적이 무엇인지 곰곰이 생각해 볼 필요가 있다. 그것은 만물의 창조자이신 하나님과 더불어 영원히 사는 것이다. 그렇다면 잠시 잠깐의 유혹에 정신을 빼앗기지 않고, 보다 궁극적 진리이신 하나님 말씀에 주목해야 할 것이다.

우리가 죄의 종이라는 멍에에서 벗어나게 해주신 분이 누구신가? 그분은 바로 우리 죄 때문에 십자가에 달리신 예수 그리스도이시다. 그분 덕에 우리는 죄와 율법의 멍에에서 벗어나 영원한 생명을 얻고 자유의 몸이 된 것이다. 우리가 스스로 할 수 있는 것은 아무것도 없다. 다만 말로 다 형언할 수 없이 크신 그분의 은혜에 감사할 뿐이다.

그러나 너희가 그때에는 하나님을 알지 못하여 본질상 하나님이 아닌 자들에게 종노릇하였더니 이제는 너희가 하나님을 알 뿐 아니라 더욱이 하나님이 아신 바 되었거늘 어찌하여 다시 약하고 천박한 초등학문으로 돌아가서 다시 그들에게 종노릇하려 하느냐(갈라디아서 4:8~9)

그리스도께서 우리를 자유롭게 하려고 자유를 주셨으니 그러므로 굳건하게 서서 다시는 종의 멍에를 메지 말라.(갈라디아서 5:1)

하나님께서 우리를 위해 성육신으로 보내주신 예수 그리스도를 믿는 것이 자유의 시작이요 끝이다. 진정한 자유는 구원을 의미하며 하나님의 자녀 됨을 의미한다. 예수 그리스도 밖에는 구원도 진정한 자유도 있을 수 없다. 우리가 자유인이 되었다면 오직 그리스도의 사랑만을 믿고 의지해야 한다.

그리스도 예수 안에서는 할례나 무할례나 효력이 없으되 사랑으로써 역사하는 믿음뿐이니라.(갈라디아서 5:6)

그렇다면 주 예수 그리스도를 믿는다는 것은 무엇을 말하는가? 우리 인류는 선악과 사건 이후 모든 사람의 몸에 죄의 피가 흐르게 되었고 그로 인해 하나님 영광에 이르지 못하게 되었다.

모든 사람이 죄를 범하였으매 하나님의 영광에 이르지 못하더니 (로마서 3:23)

죄인 신분인 우리를 위해 스스로 이 땅에 오셔서 우리 죄를 대신해서 십자가를 짊어지시고 우리를 죄에서 해방하여주신 것이다. 그것이 우리를 사랑하신 하나님의 위대한 뜻이었다. 예수님께서 십자가에서 보혈의 피로 우리를 사망에서 생명으로 바꾸어 놓으셨다. 그것은 우리를 향한 하나님의 긍휼과 사랑의 열매이다.

네가 만일 네 입으로 예수를 주로 시인하며 또 하나님께서 그를 죽은 자 가운데서 살리신 것을 네 마음에 믿으면 구원을 받으리라. (로마서 10:9)

예수 그리스도께서는 하나님의 뜻을 다 이루셨다. 이제 우리에게 필요한 것은 예수 그리스도에 대한 절대적인 순종과 감사다. 그것은 단 한 가지 예수님에 대한 믿음을 갖는 것이다. 물론 그것마저도 우리 지혜로 할 수 없다. 하나님 은혜로 선물처럼 주어지는 것이기 때문이다. 하나님 은총이 함께 하시길 간절히 소망해야 하는 이유다. 우리가 자랑할 것은 아무것도 없다. 잘 차려진 밥상 위에 그저 숟가락 하나 덜렁 갖다 놓는 것이다.

너희는 그 은혜에 의하여 믿음으로 말미암아 구원을 받았으니 이것은 너희에게서 난 것이 아니요 하나님의 선물이라. 행위에서 난 것이 아니니 이는 누구든지 자랑치 못하게 함이니라. (에베소소 2:8~9)

사도 베드로는 믿는 자들의 거듭남이 하나님 말씀으로 비롯되었음을 가르쳐주었다. 하나님 말씀은 태초부터 있었고 세상 끝날까지 우리와 함께하신다.

너희가 거듭난 것은 썩어질 씨로 된 것이 아니요 썩지 아니할 씨로 된 것이니 살아 있고 항상 있는 하나님의 말씀으로 되었느니라. (베드로전서 1:23)

사도 요한은 요한복음 첫 시작에서 하나님은 말씀으로 존재하시고 일하신다는 것을 우리에게 분명히 밝히고 있다. 요한은 창세기에 나와 있는 내용을 다시 한 번 확인시켜 주고 있다.

> 태초에 말씀이 계시니라 이 말씀이 하나님과 함께 계셨으니 이 말씀은 곧 하나님이시니라.(요한복음 1:1)

특히 예수님은 만물을 말씀으로 경영하신다는 것을 매우 이해하기 쉬운 비유로 설명해주셨다. 공중을 나는 새와 들에 핀 백합화에 대한 비유 이야기다.

> 공중의 새를 보라 심지도 않고 거두지도 않고 창고에 모아들이지도 아니 하되 너희 하늘 아버지께서 기르시나니 너희는 이것들보다 귀하지 아니 하냐 너희 중에 염려함으로 그 키를 한 자라도 더할 수 있느냐. 또 너희가 어찌하여 의복을 위하여 염려하느냐. 들의 백합화가 어떻게 자라는가 생각하여 보라. 수고도 아니 하고 길쌈도 아니 하느니라. 그러나 내가 너희에게 말하노니 솔로몬의 영광으로도 입은 것이 이 꽃 하나만 같지 못하였느니라.(마태복음 6:26~29)

우리는 대부분 먹고 마시고 입는 일, 집과 자동차, 그리고 건강, 직장, 결혼 등에 대해 고민하며 살아간다. 물론 그것들은 사람들이 생각하는 행복의 척도와 매우 밀접한 관계가 있다. 게다가 살아가는 데 있어서 다 필요한 것들이다. 그래서 영적인 것에 앞서 눈에 먼저 들어오는 것이 사실이다. 따라서 그것들에 마음이 가고 마음이 가는 곳에 염려가 따라붙게 된다.

그러나 예수님은 그런 것들은 쓸데없는 걱정이라고 단호하게 말씀하셨다. 무슨 대책 없는 소리냐고 반문할지 모른다. 그러나 하나님 말씀의 의도를 알고 나면 오히려 감사하게 될 것이다. 먼저 하나님의 뜻과 그의 나라의 의를 구하면 그 나머지는 하나님께서 알아서 주시겠다는 의미이다.

> 그런즉 너희는 먼저 그의 나라와 그의 의를 구하라 그리하면 이 모든 것을 너희에게 더하시리라.(마태복음 6:33)

그리고 덧붙여 말씀하셨다. 염려를 끌어안고 살지 말라는 말씀이다. 이것이 우리가 자유로워질 수 있는 비결이다.

> 그러므로 내일 일을 위하여 염려하지 말라 내일 일은 내일 염려할 것이요 한 날의 괴로움은 그날로 족하리라.(마태복음 6:34)

자유를 누리는 것은 의외로 간단하다. 그리스도 안에서 믿음을 지키는 일이다. 우리가 주의를 기울여야 할 것은 그 믿음이 매일매일 자랄 수 있도록 성령에 의지하여 기도하는 일이다. 자유를 누리는 것은 아무 생각 없이 마음대로 할 수 있다는 의미는 아니다. 만약 그런 자유가 있다면 그것은 방종이거나 방탕일 것이다. 하나님의 자녀로서 합당한 자유를 마땅히 분별하여 누려야 한다. 절제를 요구하는 사도 바울의 권면을 새겨들어야 할 것이다.

모든 것이 가하나 모든 것이 다 유익한 것이 아니요 모든 것이 내게 가하나 내가 무엇에든지 얽매이지 아니 하리라.(고린도전서 6:12)

전지전능하신 하나님이 우리 아버지라고 생각한다면, 아니 그렇게 믿는다면 세상의 그 무엇이 우리를 두렵게 할 것인가? 혹여 그것이 육체적인 죽음이라 할지라도 우리는 두려워할 이유가 없다. 하나님께서는 죽어도 우리를 다시 살리실 것이기 때문이다.

하나님이 주를 다시 살리셨고 또한 그의 권능으로 우리를 다시 살리시리라.(고린도전서 6:14)

육체적 죽음이 우리를 두렵게 하는 것은 사실이다. 그러나 그것도 두려워할 필요 없다. 하나님 말씀을 믿으면 더 이상 우리에게 죽음이 없기 때문이다. 하나님은 예수님을 살리셨듯이 우리를 또 살리실 것이기 때문이다. 두려움이나 염려하는 마음은 결코 하나님이 주신 것이 아니다. 오히려 하나님은 어떤 경우라도 두려워하거나 걱정하지 말라고 말씀하신다.

또 죽기를 무서워하므로 한평생 매어 종노릇 하는 모든 자들을 놓아주려 하심이니(히브리서 2:15)

우리가 취해야 할 마음가짐은 하나님의 자녀답게 그에 걸맞은 삶을 통해 하나님께 영광을 돌리는 일이다. 겸손하고 기뻐하며 감사하는 마음을 갖는 것이다. 그리고 하나님 말씀 가운데서 절제하고 사랑하는 삶이다. 사랑이 없다는 것은 하나님이 내 안에 없다는 명백한 증거다. 사랑은 모든 것으로부터 자유롭게 한다. 자유로워진다는 것은 두려움이나 걱정으로부터 해방된다는 의미이다. 사람에게 두려움이나 염려하는 마음을 심어주는 것은 사탄의 속임수이다. 때로는 교만과 무절제의 마음을 갖도록 유혹한다.

하나님이 우리에게 주신 것은 두려워하는 마음이 아니요 오직 능력과 사랑과 절제하는 마음이니(디모데후서 1:7)

하지만 우리가 기억해야 할 것은 하나님은 알파요 오메가이시며 시작과 끝으로 영원하신 분이시지만 사탄은 하나님의 뜻 안에서 잠시 놓인 바 되었다가 예수님이 다시 오시면 멸망하게 될 존재라는 사실이다.

평강의 하나님께서 속히 사탄을 너희 발아래에서 상하게 하시리라. 우리 주 예수의 은혜가 너희에게 있을지어다.(로마서 16:20)

사탄은 늘 진리를 가장하여 그럴듯하게 유혹한다. 중요한 것은 사탄이 주는 것에는 자유와 평강이 없다는 사실이다. 그것은 모래 위에 쌓아 올린 건물처럼 거짓 위에 올려놓은 순간의 쾌락 같은 것이기 때문이다. 사탄으로부터 온 그럴듯한 것들은 한낱 바람 잡는 것과 같아 결국 헛되고 공허해질 뿐이다.

내가 또 본즉 사람이 모든 수고와 모든 재주로 말미암아 이웃에게 시기를 받으니 이것도 헛되어 바람을 잡는 것이로다. 우매자는 팔짱을 끼고 있으면서 자기의 몸만 축내는 도다. 두 손에 가득하고 수고하며 바람을 잡는 것보다 한 손에 가득하고 평온함이 더 나으니라. 내가 또 해 아래에서 헛된 것을 보았도다. 어떤 사람은 아들도 없고 형제도 없이 홀로 있으나 그의 모든 수고에는 끝이 없도다. 또 비록 그의 눈은 부요를 족하게 여기지 아니 하면서 이르기를 내가 누구를 위하여는 이같이 수고하고 나를 위하여는 행복을 누리지 못하게 하는가 하여도 이것도 헛되어 불행한 노고로다. (전도서 4:4~8)

위의 말씀 가운데 "두 손에 가득하고 수고하며 바람을 잡는 것보다 한 손에 가득하고 평온함이 더 나으니라"라는 말씀을 묵상해보자. 사람이 욕심을 부리는 것은 무엇이 부족해서만이 아니다. 양손에 가득 들고도 눈은 또 다른 것을 주시하는 경우도 있다. 전도서 기자는 있는 것으로 족하고 평안을 누리라고 권면한다.

우리가 참 자유를 누리고 있는지를 가늠하기 위해서는 평강의 하나님께서 주신 평화를 우리가 실제 마음으로 누리고 있는지 아닌지를 보는 것이다. 사람의 행복은 하나님께서 주신 평강 안에 담겨 있기 때문이다. 사도 바울은 각 교회에 편지할 때마다 그토록 은혜와 평강을 누리도록 기도했다.

고린도에 있는 하나님의 교회 곧 그리스도 예수 안에서 거룩하여지고 성도라 부르심을 받은 자들과 또 각처에서 우리의 주 곧 그들과 우리의 주되신 예수 그리스도의 이름을 부르는 모든 자들에게 하나님 우리 아버지와 주 예수 그리스도로부터 은혜와 평강이 있기를 원하노라.(고린도전서 1:2~3)

하나님 우리 아버지와 주 예수 그리스도로부터 은혜와 평강이 너희에게 있을지어다.(에베소서 1:2)

평강을 유지할 수 있는 비결은 성령으로 충만해지는 것이다. 내가 내 지혜대로 삶을 영위하는 것이 아니라 하나님 영이 내 안에 오셔서 내 삶을 주관하시도록 하는 것이다. 그러기 위해서는 하나님 사랑을 온전히 믿고 그분을 내 마음 가운데 온전히 받아들여야 한다.

하나님이 우리를 사랑하시는 사랑을 우리가 알고 믿었노니 하나님은 사랑이시라. 사랑 안에 거하시는 자는 하나님 안에 거하고 하나님도 그 안에 거하시느니라.(요한일서 4:16)

우리가 예수 그리스도를 믿는 믿음 안에서 산다는 것은 무엇을 하든지 사랑하면서 살아야 함을 말한다. 하나님은 사랑이시기 때문이다. 그 사랑이 우리를 자유롭게 하시고 또 평안을 주기 때문이다. 하나님이 보여주신 사랑만큼 위대한 것은 없다. 그 사랑의 결정체가 바로 예수 그리스도이시다. 그분의 사랑이 우리를 모든 죄 가운데서 자유롭게 해주셨기 때문이다.

이로써 사랑이 우리에게 온전히 이루어진 것은 우리로 심판 날에 담대함을 가지게 하려 함이니 주께서 그러하심과 같이 우리도 이 세상에서 그러하니라.(요한일서 4:17)

그렇게 될 때 비로소 우리도 사도 바울과 같은 고백을 할 수 있을 것이다.

나는 사도 중에 가장 작은 자라, 나는 하나님의 교회를 박해하였으므로 사도라 칭함 받기를 감당하지 못할 자니라. 그러나 내가 나 된 것은 하나님의 은혜로 된 것이니 내게 주신 그의 은혜가 헛되지 아니 하여 내가 모든 사도보다 더 많이 수고하였으나 내가 한 것이 아니요 오직 나와 함께 하신 하나님의 은혜로라.(고린도전서 15:9~10)

사도 바울의 겸손과 사랑은 성령의 열매다. 우리도 그처럼 겸손하고 사랑의 열매를 맺어야 한다. 그것이 하나님 뜻이기 때문이다.

무엇보다 뜨겁게 사랑할지니 사랑은 허다한 죄를 덮느니라. 서로 대접하기를 원망 없이 하고 각각 은사를 받은 대로 하나님의 여러 가지 은혜를 맡은 선한 청지기 같이 서로 봉사하라. 만일 누가 말하려면 하나님의 말씀을 하는 것 같이 하고 누가 봉사하려면 하나님이 공급하시는 힘으로 하는 것 같이 하라. 이는 범사에 예수 그리스도로 말미암아 하나님이 영광을 받으시게 하려 함이니 그에게 영광과 권능이 세세에 무궁하도록 있느니라. 아멘.(베

드로전서 4:8~11)

사랑도 자신의 힘으로 하면 힘겹다. 그래서 하나님이 공급하시는 것으로 해야 한다. 하나님 사랑은 무한하기 때문이다. 예수님은 우리의 본보기이시다. 예수님은 하나님 자신이면서 사람과 같이 육체를 입으시고 이 땅에 오셔서 하나님과 동등하게 대접받기를 원치 않으셨다. 낮아질 대로 낮아져서 사랑의 진수를 보여주신 것이다. 그래서 우리는 예수 그리스도의 마음을 품어야 한다.

> 너희 안에 이 마음을 품으라. 곧 그리스도의 마음이니 그는 근본 하나님의 본체시나 하나님과 동등 됨을 취할 것으로 여기지 아니 하시고 오히려 자기를 비워 종의 형체를 가지사, 사람들과 같이 되셨고 사람의 모양으로 나타나사, 자기를 낮추시고 죽기까지 복종하셨으니 곧 십자가에 죽으심이라.(빌립보서 2:5~8)

예수님 사랑이 위대한 것은 하나님 사랑의 깊이가 어떠한 것인지 가시적으로 우리에게 보여주셨다는 점이다. 그래서 단순히 사랑이 이렇다 저렇다 형이상학적으로 논하는 철학 수준에 그치는 것이 아니라 인류를 멸망 가운데서 구원하신 사랑을 실제로 보여주셨다. 예수 그리스도는 이를 위해 자신을 온전히 희생하신 것이다. 세상에 이보다 더 숭고한 사랑은 없다.

중요한 것은 예수 그리스도의 사랑 이야기를 그저 전설 속 이야기처럼 머릿속으로만 이해할 것이 아니라 우리 모습 속에서도 예수님 모습을 발견할 수 있어야 하고 사랑의 향기가 뿜어져 나와야 할 것이다. 그래서 우리 삶의 목적은 끊임없이 사랑을 실천하고 그로 인해 하나님이 보시기에 좋도록 성숙한 주님의 자녀가 되어야 하지 않을까.

> 내 형제들아 너희 중에 미혹되어 진리를 떠난 자를 누가 돌아서게 하면 너희가 알 것은 죄인을 미혹한 길에서 돌아서게 하는 자가 그 영혼을 사망에서 구원하며 허다한 죄를 덮을 것이니라.(야고보서 5:19~20)

하나님 은혜로 우리가 진리 가운데서 자유와 평강을 누리는 자가 되었으니 당연히 아직 진리를 받지 못한 영혼들을 위해 예수님 사랑을 나타냄으로써 그들도 하나님의 따스한 빛을 받아 어둠 가운데서 벗어나 자유를 누릴 수 있도록 인도해야 하지 않겠는가.

> 지혜 있는 자는 궁창의 빛과 같이 빛날 것이요 많은 사람을 옳은 데로 돌아오게 한 자는 별과 같이 영원토록 빛나리라.(다니엘 12:3)

하나님의 궁극적인 목적은 인류를 죄의 종이라는 멍에에서 벗어나게 함으로써 자유와 평강을 누리게 하는 것이다. 그런데 우리는 작은 것, 세속적인 것, 일시적인 것들에서 눈을 떼지 못하고 영원한 하나님 나라, 한량없이 은혜로운 하나님 사랑을 보지 못하고 있다. 이처럼 안타까운 일이 또 어디 있을까.

사도 바울은 자유에 대해 어떻게 가르쳤을까? 그는 자기 몸에 예수의 흔적을 가지라고 했다.

이후로는 누구든지 나를 괴롭게 하지 말라. 내가 내 몸에 예수의 흔적을 지니고 있노라.(갈라디아서 6:17)

'흔적'이라는 말은 영어로 'stigma'이다. 불도장 혹은 낙인을 찍는 것으로 누군가의 소유가 되었다는 것을 의미한다. 예수님을 믿는 사람은 예수님의 소유가 된 것이다. 그분이 우리를 대신하여 십자가 보혈로 죗값을 치르고 우리를 사셨기 때문이다. 어린아이들이 부모 품 안에 있을 때 가장 안전한 것처럼 우리는 예수님 품 안에 있을 때 가장 안전하다.

태풍이 몰려올 때 배의 주인들은 항구에 있는 배들을 튼튼한 밧줄로 동여매서 정박시켜 놓는다. 그렇지 않고 평소처럼 자유롭게 놓아둔다면 태풍이 불어오면 그야말로 풍비박산하여 형체를 알아볼 수 없을 것이다. 태풍이 지나갈 때까지 선박은 어딘가에 구속되어 있는 것이 자유롭게 방치하는 것보다 더 안전할 것이다. 태풍이 지나간 다음 온전한 배의 자유가 진정한 자유다.

우리 삶은 마치 바다 위에 떠 있는 배와 같다. 파도가 일지 않는 잔잔한 날도 있을 것이고 비바람 몰아치는 격정적인 날도 있을 것이다. 그때마다 지혜롭게 행동하는 것이 중요하다. 태풍이 불 때는 한 줄기 밧줄이 우리 자유를 지켜줄 것이다.

어쩌면 불신자들에게는 믿는 자들의 삶이 어딘가 구속되어 자유스럽지 못한 것처럼 보일지 모르겠다. 그러나 하나님 사랑에 구속되는 것을 부담스러워할 일이 아니라 오히려 자랑으로 여겨야 한다. 왜냐하면 예수님이 다 이루셨고 우리는 그 사실을 믿기만 하면 되기 때문이다. 그래서 우리의 짐은 아주 가벼워졌다.

수고하고 무거운 짐 진 자들아 다 내게로 오라 내가 너희를 쉬게 하리라. 나는 마음이 온유하고 겸손하니 나의 멍에를 메고 나를 배우라 그리하면 마음의 쉼을 얻으리니 이는 내 멍에는 쉽고 내 짐은 가벼움이라 하시니라.(마태복음 11:28~30)

사람들이 세상에서 마음대로 자유를 누리며 사는 것처럼 보여도 진정한 자유를 누리지 못하고 매일 걱정 속에 살아가는 이유는 예수님이라는 안전한 항구에 자신을 정박시키지 못하기 때문이다. 연약하고 불완전한 자신을 완전하신 예수님, 우리를 위해 다 이루신 예수님과 연결하지 못하기 때문이다. 말하자면 사도 바울이 얘기한 것처럼 자기 몸에서 예수님의 흔적을 발견하지 못하기 때문이다.

사도 바울은 예수님을 영접한 이후로는 세상의 모든 자유를 포기하고 오로지 예수님의 사랑에 묶인 바 되어 자신을 드리는 삶을 살았다. 그래서 사도 바울은 온갖 모함과 박해 속에서도 억울해하거나 어려움을 호소하기는커녕 오로지 예수 그리스도의 십자가만을 자랑했다.

그러나 내게는 우리 주 예수 그리스도의 십자가 외에 결코 자랑할 것이 없으니 그리스도를 말미암아 세상이 나를 대하여 십자가에 못 박히고 내가 또한 세상에 대하여 그러하니라.(갈라디아서 6:14)

예수 그리스도의 믿음 위에 굳건하게 선 사도 바울로부터는 어떤 고난이나 핍박도 예수님 안에서의 참 자유를 뺏어가지 못했다.

바울이 생각한 자유는 세상에서 하고 싶은 것을 마음대로 하거나 세상 풍조에 떠밀려가는 것과는 전혀 다른 것이었다. 예수님 사랑에 사로잡힌 바 되어 그 안에서 안식을 누리는 것이었다. 그것이야말로 진정한 자유이고 평강이다. 말하자면 사도 바울은 예수 그리스도의 충성스러운 종이 됨으로써 참자유를 만끽한 것이다.

사도 요한도 그 같은 취지에서 복음을 전한 바 있다.

> 그러므로 아들이 너희를 자유롭게 하면 너희가 참으로 자유로우리라. (요한복음 8:36)

언뜻 생각하면 예수 그리스도의 종으로 산다는 것이 엄청나게 힘든 고난의 연속이라고 생각할 수 있다. 실제 바울이 그런 경우를 겪기도 했다. 그러나 이것은 바울의 믿음이 그를 그렇게 만든 것이다. 우리에게 똑같은 것을 요구하는 것은 아니다. 바울이 전하고자 한 복음의 핵심은 그것이 아니다. 어떤 상황에 처하든지 예수님이 함께 하신다면 그곳이 천국이라는 것이다.

> 내가 궁핍하므로 말하는 것이 아니니라, 어떠한 형편에든지 나는 자족하기를 배웠노니, 나는 비천에 처할 줄도 알고 풍부에 처할 줄도 알아 모든 일 곧 배부름과 배고픔과 풍부와 궁핍에도 처할 줄 아는 일체의 비결을 배웠노라. 내게 능력 주시는 자 안에서 내가 모든 것을 할 수 있느니라. (빌립보서 4:11~13)

다메섹 도상에서 환상 가운데 예수님을 만났을 때 바울이 예수

님께 두 가지 질문을 했다. 첫 번째 질문은 '당신은 누구십니까?'
이고, 두 번째 질문은 주님, '내가 무엇을 할까요?'이다. 예수님이
환상 중에 부르신 아나니아를 통해 이루어진다. 예수님은 바울이
할 일을 아나니아에게 알려주셨다.

> 주께서 이르시되 가라 이 사람은 내 이름을 이방인과 임금들
> 과 이스라엘 자손들 앞에 전하기 위하여 택한 나의 그릇이라.(사
> 도행전 9:15)

복음을 이해하기 위해서는 예수님이 어떤 분이신지 먼저 알아
야 한다. 그리고 자신의 존재에 대해 깨달아야 한다. 그러면 삶의
목적이 보다 분명해질 것이다. 성서가 전하는 복음의 핵심은 믿
음과 사랑이다. 믿음과 사랑이 없는 인생은 공허한 빈 깡통과 같
은 인생이라는 것이다. 늘 소리만 요란하고 아무런 유익이 없다.

사도바울이 예수님을 만나기 전, 요컨대 사울이라는 이름으로
살고 있을 때 그는 유대교 율법사로서 누구보다도 구약성경에 통
달한 사람이었다. 하지만 복음이 없는 그의 신앙은 누구에게도 유
익이 되지 못했다. 그는 예수님을 따르는 자들을 탄압했을 뿐 아
니라 그런 자기 행동이 옳다고 생각했던 사람이다.

> 사울이 주의 제자들에 대하여 여전히 위협과 살기가 등등하여
> 대제사장에게 가서 다메섹 여러 회당에 가져갈 공문을 청하니 이
> 는 만일 그 도를 따르는 사람을 만나면 남녀를 막론하고 결박하여
> 예루살렘으로 잡아오려 함이라.(사도행전 9:1~2)

신앙은 결코 성서 지식에 있지 않음을 알 수 있다. 복음의 핵심은 예수 그리스도를 제대로 알아야 함을 말해주고 있다. 예수 그리스도를 아는 것이 하나님 뜻을 아는 것이다. 사도 바울이 예수님을 영접한 후 이 같은 고백을 했던 점에 주목할 필요가 있다.

그러나 네게는 우리 주 예수 그리스도의 십자가 외에는 결코 자랑할 것이 없으니 그리스도로 말미암아 세상이 나를 대하여 십자가에 못 박히고 내가 또한 세상을 대하여 그러하니라.(갈라디아서 6:14)

복음을 깨닫게 되면 내가 어떤 계획을 세워서 자기 지혜대로 하는 것이 아니라 하나님께서 우리 길을 인도하여 주신다는 것을 믿고 따르게 된다. 예수님이 우리 길을 가르쳐 주시기 때문이다.

네 길을 여호와께 맡기라 그를 의지하면 그가 이루시고 네 의를 빛 같이 나타내시며 네 공의를 정오의 빛같이 하시리로다.(시편 37:5~6)

사도 바울이 예수님과 깊은 영적 교제를 한 후에 바나바가 그를 찾아온다. 바나바는 열두 제자들과 사람들에게 바울을 소개한다. 바나바는 바울이 회심하여 사도로서의 직분을 받았다는 것에 대한 증인이 되어준다. 얼마 전까지 예수 믿는 자들을 탄압한 것으로 악명 높았던 자가 하나님의 사도가 되었다는 것에 수긍하는 사람이 많지 않았을 것이다.

만약 바나바의 증언이 없었다면 바울의 사도직 수행은 매우 어려웠을 것이다. 하지만 신망 높은 바나바를 내세움으로써 바울은 천군만마를 얻은 것이나 다름없었다. 하나님은 자신이 사랑하고 선택한 자를 위해 늘 준비하시고 은혜를 베푸시는 분이시라는 것을 알 수 있다.

우리가 알거니와 하나님을 사랑하는 자 곧 그의 뜻대로 부르심을 입은 자들에게는 모든 것이 협력하여 선을 이루느니라.(로마서 8:28)

바울과 바나바는 주님의 은혜 가운데 협력하여 엄청난 일을 이루었다. 두 사람은 안디옥으로 가서 큰 무리들을 모아놓고 가르쳤다. 여기서 제자들이 비로소 "그리스도인"이라고 일컬음을 받았다는 점에서도 매우 의미 있는 사역이었다.

바나바가 사울을 찾으러 다소에 가서 만나매 안디옥에 데리고 와서 둘이 교회에 일 년간 모여 있어 큰 무리를 가르쳤고 제자들이 안디옥에서 비로소 그리스도인이라 일컬음을 받게 되었더라.(사도행전 11:25~26)

예수님의 복음을 받아들이면 그때부터 내가 하는 것이 아니라 예수님이 하신다. 사도 바울이 아나니아와 바나바의 도움을 받은 것처럼 하나님이 사랑하는 자에게는 모든 것이 협력하여 선을 이루신다는 사실을 믿어야 한다. 그리스도 안에서 자유로운 삶이란 궁극적으로 임마누엘 예수님과 동행하는 삶이다.

> 보라 처녀가 잉태하여 아들을 낳을 것이요 그의 이름은 임마누엘이라 하리라 하셨으니 이를 번역한즉 하나님이 우리와 함께 계시다 함이라.(마태복음 1:23)

그렇게 될 때 우리는 비로소 죄로부터 죽음으로부터 사탄의 유혹으로부터 자유로워질 수 있다. 그런 자유를 누리게 되면 사람들은 우리를 그리스도인이라고 부를 것이고 하나님의 비밀을 맡은 자로 여길 것이다.

> 사람이 마땅히 우리를 그리스도의 일꾼이요 하나님의 비밀을 맡은 자로 여길지어다.(고린도전서 4:1)

누구나 경제적으로 육체적으로 정신적으로 자유를 원하지만, 우리에게 정작 가장 필요한 자유는 죽음으로부터의 자유, 요컨대 영혼의 자유이다. 이것은 생명을 얻는 일이다. 예수님께서 우리 생명을 대신해서 죽으셨고 부활하셨다는 사실을 믿지 않으면 진정한 자유를 누릴 수 없다.

하나님께 구속되는 것이 세상으로부터 자유로워지는 길이다. 하나님께 구속된다는 것은 예수님의 십자가에 구속된다는 의미이다. 우리가 직접 구속되는 것을 말하는 것이 아니라 예수님이 이루신 것을 믿음으로 화답하는 것이다. 그것은 오직 예수님의 십자가를 통해 우리 죄를 대속하게 하신 하나님의 거룩한 뜻에 순종하는 것을 말한다. 예수 그리스도를 말미암지 않고는 세상 무엇으로부터도 자유로워질 수 없다.

> 예수께서 이르시되 내가 곧 길이요 진리요 생명이니 나로 말미암지 않고는 아버지께로 올 자가 없느니라.(요한복음 14:6)

사실 인류를 죄 가운데서 해방하시고 더불어 하나님 나라 백성 삼아주신다는 것이 자유의 본질이다. 또 그 자유가 복음의 핵심 가운데 하나다. 예수님은 구약시대의 모든 선지자와 율법이 전한 것도 세례 요한까지라고 분명히 말씀하셨다.

> 모든 선지자와 율법이 예언한 것은 요한까지이니 만일 너희가 즐겨 받을진대 오리라 한 엘리야가 곧 이 사람이라.(마태복음 11:13)

예수님이 성육신으로 이 땅에 오심으로써 선지자와 율법이 계시한 모든 것들이 이루어진 것이다. 예수 그리스도로 말미암아 부분적인 계시나 불완전한 율법을 완전하게 하신 것이다. 예수님은 새로운 나라를 의미하기도 한다.

> 내가 율법이나 선지자를 폐하러 온 줄로 생각하지 말라 폐하러 온 것이 아니요 완전하게 하려 함이라.(마태복음 5:17)

예수님 사랑으로 죄의 종이라는 멍에와 율법이라는 불완전함으로부터 벗어나게 되었다. 우리는 '믿음'이라는 열쇠로 구속된 삶의 감옥 문을 열고 나오게 되었고 자유인이라는 신분의 변화를 누릴 수 있게 되었다.

"율법이나 선지자를 폐하러 온 줄로 생각하지 말라"는 말씀이 자칫 율법이나 선지자의 계시를 여전히 지켜야 하는 것으로 해석할 수 있는데 그것은 심각한 오류다. 물론 율법이나 선지자의 계시가 의미가 없다고 하면 예수님의 오심도 정당성을 잃게 될 것이다. 하지만 모든 율법과 계시들을 한 치의 오차도 없이 예수님께서 완전하게 이루셨기 때문에 더 이상 효력이 없다는 것을 말하는 것이다. 새로운 법이 제정되면 오래된 법은 효력을 잃게 되는 것과 마찬가지다. 율법과 선지자들은 예수님이 오시기 전까지 자신의 역할을 다한 것이다.

사도 바울은 로마에 있는 그리스도인들에게 보내는 편지에서 구법인 율법과 신법인 예수 그리스도에 대해 가르치고 있다.

> 형제들아 내가 법 아는 자들에게 말하노니 그 법이 사람이 살 동안만 그를 주관하는 줄 알지 못하느냐 남편 있는 여인이 그에게 매인 바 되나 만일 그 남편이 죽으면 남편의 법에서 벗어나느니라.(로마서 7:1~2)

> 그러므로 이제 그리스도 예수 안에 있는 자에게는 결코 정죄함이 없나니 이는 그리스도 예수 안에 있는 생명의 성령의 법이 죄와 사망의 법에서 너를 해방하였음이라.(로마서 8:1~2)

율법이나 선지자들의 계시가 내포하고 있는 메시지의 핵심에 주목할 필요가 있다. 예수님이 달이라면 율법과 선지자들은 달을 가리키는 손가락에 비유할 수 있다. 예수님께서 새로운 법을 가지고 오셨는데 그것은 자신이 십자가에서 직접 보여주신 사랑의 법, 생명의 법이었다.

> 예수께서 이르시되 네 마음을 다하고 목숨을 다하고 뜻을 다하여 주 너의 하나님을 사랑하라 하셨으니 이것이 크고 첫째 되는 계명이요 둘째도 그와 같으니 네 이웃을 네 자신과 같이 사랑하라 하셨으니 이 두 계명이 온 율법과 선지자의 강령이니라.(마태복음 22:37~40)

"목숨을 다하라.", "뜻을 다하라." 이런 말은 아무나 할 수 있는 말이 아니다. 목숨을 바쳐도 두려워할 것이 없는 장치를 마련해두신 분만이 할 수 있다. 예수님은 부활하신 분이시다. 죽음을 이겨낸 분이시다. 그래서 우리가 목숨을 바쳐도 다시 살리실 수 있는 분이시다. 그 말씀의 뜻을 헤아려야 믿음이 생긴다.

무엇을 믿을 것인가?

예수 그리스도의 사랑을 믿는 것이다.

사도 바울도 예수님이 가르치신 메시지의 핵심이 사랑이라는 것을 간파하고 각 교회에 그 같이 전했다. 특히 당시 로마는 로마 사람들뿐 아니라 유대인, 여러 지방의 사람들이 모여 사는 곳이었다. 그 같은 곳에서 그리스도인으로 산다는 것은 쉬운 일이 아니었을 것이다. 그곳은 세상 철학과 다양한 신화(우상)들로 넘쳐난 곳이었다. 그래서 그곳에는 적지 않은 반목과 갈등이 심했을 것이다. 이에 사도 바울은 로마에 있는 그리스도인들에게 신앙의 본질인 예수 그리스도의 사랑을 가르친 것이다.

> 피차 사랑의 빚 외에는 아무에게든지 아무 빚도 지지 말라 남을 사랑하는 자는 율법을 다 이루었느니라.(로마서 13:8)

사랑하는 자는 율법을 다 이루었다고 가르쳤다. 왜 그토록 사랑을 강조하였을까? 그 이유는 간단하다. 예수님의 사랑이 아니고서는 하나님께 다가갈 수 없고 하나님과 소통할 수 없기 때문이다. 왜냐하면 하나님은 사랑 그 자체이시기 때문이다.

> 사랑하지 아니 한 자는 하나님을 알지 못하나니 이는 하나님은 사랑이심이라.(요한일서 4:8)

예수님은 우리에게 사랑하라고 말씀하셨지만, 우리가 자발적으로 하나님과 이웃을 사랑할 수 있을까? 그럴 수 없다는 것을 예수님도 잘 알고 계셨다. 그래서 우리가 예수님 자신을 의지하기를 바라셨다. 그래서 삼위일체 하나님 가운데 한 분이신 성령을 우리에게 보내주셔서 우리를 전적으로 돕겠다고 약속하셨다.

> 예수께서 또 이르시되 너희에게 평강이 있을지어다. 아버지께서 나를 보내신 것 같이 나도 너희에게 보내노라. 이 말씀을 하시고 그들을 향하사 숨을 내쉬며 이르시되 성령을 받으라.(요한복음 20:21~22)

"숨을 내쉬며 이르시되 성령을 받으라"고 말씀하셨다. 성령을 받는 일이 금식기도를 하거나 철야기도를 하는 등 무언가 열심을 다해야 받을 수 있다고 말씀하시지 않았다. 예수님은 숨을 내쉬고 우리는 그 숨을 들이쉬면 된다. 그처럼 성령을 받는 것도 우리에게 어려운 것이 아니고 은혜의 선물이라는 것을 보여주신 것이다.

태초에 하나님이 아담의 코에 생기를 불어넣어주실 때도 아담은 어떤 노력도 하지 않았다. 우리가 스스로 호흡하니까 마치 자신이 호흡을 주관하는 것으로 착각할 수 있다. 하지만 따지고 보면 호흡하는데 우리는 어떠한 노력도 하지 않는다. 저절로 숨이 쉬어지니까 호흡하는 것이다. 하나님이 우리 호흡을 주관하시는 분이시다.

예수님은 성령을 보내주신다고 약속하셨다. 그러면 우리가 할 일은 의심하지 않고 성령을 받아들이면 된다. 성령을 받으라고 말씀하실 때는 그만한 이유가 있을 것이다. 죄나 율법 가운데서는 진정한 사랑을 할 수 없기 때문이다. 이제 예수 안에서 성령의 도움으로 비로소 진정한 사랑을 할 수 있게 되는 것이다. 그것이 그토록 예수님이 전하시고자 하는 자유의 중요성이다. 바울은 그래서 다시는 율법에 종노릇하지 말라고 가르쳤다.

그리스도께서 우리를 자유롭게 하려고 자유를 주셨으니 그러므로 굳건하게 서서 다시는 종의 멍에를 메지 말라.(갈라디아서 5:1)

예수님을 믿는다는 것은 율법의 멍에에서 벗어나는 것을 의미한다. 다시 할례(세례)를 받는다든가 율법 가운데 중요하다 싶은 것 몇 개를 골라 지킨다든가 하는 것은 예수님을 온전히 믿는다고 할 수 없다. 율법 아래에서는 절대 자유로울 수 없다. 우리가 죄인의 신분에서 벗어나 의인이 될 수 있게 된 것은 우리 힘으로 된 것이 아니라 예수님 십자가 보혈 덕분이라는 사실을 간과해서는 안 되겠다.

그러므로 우리가 믿음으로 의롭다 하심을 받았으니 우리 주 예수 그리스도로 말미암아 하나님으로 더불어 화평을 누리자. 또한 그로 말미암아 우리가 믿음으로 서 있는 이 은혜에 들어감을 얻었으며 하나님의 영광을 바라고 즐거워하느니라.(로마서 5:1~2)

믿음이 없이는 하나님을 기쁘시게 하지 못하나니 하나님께 나아가는 자는 반드시 그가 계신 것과 또한 그가 자기를 찾는 자들에게 상 주시는 이심을 믿어야 할지니라.(히브리서 11:6)

그럼에도 불구하고 바울과 그의 동료들이 복음을 전하던 당시에 율법을 지켜야만 구원을 얻을 수 있다고 가르친 사람들이 여전히 있었고 예수 그리스도의 부활이나 예수님이 구세주라는 사실을 인정하지 않는 사람들이 존재했었다.

어떤 사람들이 유대로부터 내려와서 형제들을 가르치되 너희가 모세의 법대로 할례를 받지 아니 하면 능히 구원을 받지 못하리라 하니 바울 및 바나바와 그들 사이에 적지 아니 한 다툼과 변론이 일어난지라 바울과 바나바와 및 그중의 몇 사람을 예루살렘에 있는 사도와 장로들에게 보내기로 작정하였더라.(사도행전 15:1~2)

당시 바울과 그의 동료들의 복음 전파로 많은 사람들이 예수를 믿게 되었지만, 여전히 율법을 가르치면서 복음을 받아들이지 못하게 하는 율법주의자들의 열성이 만만치 않았던 것 같다.

그들이 듣고 하나님께 영광을 돌리고 바울더러 이르되 형제여 그대도 보는 바에 유대인 중에 믿는 자 수만 명이 있으니 다 율법에 열성을 가진 자라. 네가 이방에 있는 모든 유대인을 가르치되 모세를 배반하고 아들들에게 할례를 행하지 말고 또 관습을 지키지 말라 한다 함을 그들이 들었도다.(사도행전 21:20~21)

이런 일로 인해 결국 각 교회에 본격적으로 장로를 세우게 된다. 바울은 디도에게 보낸 편지에서 장로를 세운 이유와 그들의 역할 등에 대해 분명히 밝히고 있다.

내가 너를 그레데에 남겨둔 이유는 남은 일을 정리하고 내가 명한 대로 각 성에 장로들을 세우게 하려 함이니 책망할 것이 없고 한 아내의 남편이며 방탕하다는 비난을 받거나 불순종하는 일이 없는 믿는 자녀를 둔 자라야 할지라. 감독은 하나님의 청지기로서 책망할 것이 없고 고집대로 하지 아니 하며 급히 분내지 아니 하며 술을 즐기지 아니 하며 구타하지 아니 하며 더러운 이득을 탐하지 아니 하며 오직 나그네를 대접하며 선행을 좋아하며 신중하며 의로우며 거룩하며 절제하며 미쁜 말씀의 가르침을 그대로 지켜야 하리니 이는 능히 바른 교훈으로 권면하고 거슬러 말하는 자들을 책망하게 하려 함이라.(디도서 1:5~9)

율법의 해석에 대해 다소 의아해 할 만한 일이 있었다. 사도 바울은 유대인들의 요구가 빗발치자 디모데에게는 할례를 베풀어 준 바 있다. 하지만 헬라인인 디도에게는 할례를 받도록 강요하지 않았다. 이것을 두고 모순이라고 생각할 수 있다.

> 바울이 더베와 루스드라에도 이르매 거기 디모데라 하는 제자가 있으니 그 어머니는 믿는 유대 여자요 아버지는 헬라인이라. 디모데는 루스드라와 이고니온에 있는 형제들에게 칭찬받는 자니 바울이 그를 데리고 떠나고자 할새 그 지역에 있는 유대인으로 말미암아 그를 데려다가 할례를 행하니 이는 그 사람들이 그의 아버지는 헬라인인 줄 앎이러라.(사도행전 16:1~3)

> 그러나 헬라인 디도까지도 억지로 할례를 받게 하지 아니 하였으니 이는 가만히 들어온 거짓 형제들 때문이라 그들이 가만히 들어온 것은 그리스도 예수 안에서 우리가 가진 자유를 엿보고 우리를 종으로 삼고자 함이로되 그들에게 우리가 한 시도 복종하지 아니 하였으니 이는 복음의 진리가 항상 너희 가운데 있게 하려 함이라.(갈라디아서 2:3~5)

어떻게 보면 바울이 이율배반적인 행동을 한 것이 아닌가 생각할 수 있다. 그런데 곰곰이 묵상해보면 그 나름대로 이유가 있음을 알 수 있다. 디도는 주로 이방인(헬라인)들에게 복음을 전하고 있었고, 디모데는 유대인들에게 복음을 전하고 있었다. 따라서 그들의 태생적 배경을 감안하여 아주 본질적인 문제가 아닌 경우 사소한 시비거리를 만들지 않도록 하기 위해 디모데에게 할례를 허락한 것으로 보인다. 율법이라는 문자에 얽매여서는 안 된다는 것을 보여주는 좋은 사례다.

한편, 당시 율법 중에 상당히 비중을 차지하고 있는 것이 음식이었다. 그래서 음식에 대해 바울이 가르친 말씀의 취지에 대해서 깊이 묵상해 볼 필요가 있다. 바울이 복음을 전한 당시 유통되는 고기의 대부분은 아테네 신전 등에서 제사를 지내고 난 음식들이었다.

그래서 이 고기를 먹어도 된다거나 먹어서는 안 된다는 논쟁이 적지 않았던 것 같다. 이런 상황에서 바울은 음식 자체가 본질이 아니라 그것을 먹음으로써 형제자매들이 그것으로 인해 실족할 수 있기에 고기를 먹지 않는 편이 좋을 것이라고 했고 자신도 먹지 않겠다고 한 것이다.

우상의 제물에 대하여는 우리가 다 지식이 있는 줄을 아나 지식은 교만하게 하며 사랑은 덕을 세우나니 만일 누구든지 무엇을 아는 줄로 생각하면 아직도 마땅히 알 것을 알지 못하는 것이요 또 누구든지 하나님을 사랑하면 그 사람은 하나님도 알아주시느니라. 그러므로 우상의 제물을 먹는 일에 대하여는 우리가 우상은 세상에 아무것도 아니며 또한 하나님은 한 분밖에 없는 줄 아노라. 비록 하늘에나 땅에나 신이라 불리는 자가 있어 많은 신과 많은 주가 있으나 그러나 우리에게는 한 하나님 곧 아버지가 계시니 만물이 그에게서 났고 우리도 그를 위하여 있고 또한 주 예수 그리스도께서 계시니 만물이 그로 말미암고 우리도 그로 말미암아 있느니라. 그러나 이 지식은 모든 사람에게 있는 것은 아니므로 어떤 이들은 지금까지 우상에 대한 습관이 있어 우상의 제물로 알고 먹는 고로 그들의 양심이 약하여지고 더러워지느니라. 음식은 우리를 하나님 앞에 내세우지 못하나니 우리가 먹지 않는다고 해서 더 못사는 것도 아니고 먹는다고 해서 잘 사는 것도 아니니라. 그런즉 너희의 자유가 믿음이 약한 자들에게 걸려 넘어지게 하는 것이 되지 않도록 조심하라.(고린도전서 8:1~9)

그리스도인들이 우상 숭배자들과 함께 살다 보면 음식뿐만 아니라 다른 문제에 있어서도 논쟁거리가 될 수 있다. 예수님도 그와 관련하여 가르치신 말씀이 있다.

입으로 들어가는 것이 사람을 더럽게 하는 것이 아니라 입에서 나오는 그것이 사람을 더럽게 하는 것이니라.(마태복음 15:11)

이에 베드로가 좀 더 자세히 설명해주실 것을 요청하였다. 예수님은 아직도 깨달음이 없느냐고 질책하시면서도 말씀을 이어가셨다.

입으로 들어가는 모든 것은 배로 들어가서 버려지는 줄 알지 못하느냐 입에서 나오는 것은 마음에서 나오나니 이것이야말로 사람을 더럽게 하느니라. 마음에서 나오는 것은 악한 생각과 살인과 간음과 음란과 도둑질과 거짓 증언과 비방이니 이런 것들이 사람을 더럽게 하는 것이요 씻지 않은 손으로 먹는 것은 사람을 더럽

게 하지 못하느니라.(마태복음 15:17~20)

당시 유대인들은 예수님으로부터 직접 가르침을 받았고 또 이후로도 바울을 비롯한 많은 제자들로부터 복음을 전해 들었지만, 여전히 율법 안에 갇혀 있음을 알 수 있다. 그래서 예수님이 가르쳐주신 복음의 본질, 참 자유의 의미를 깨닫지 못했다. 우리가 하고 싶은 것을 마음대로 하는 것이 자유가 아니다. 그렇듯이 하지 말아야 할 것을 하지 않아야 진정한 자유를 누릴 수 있음도 잊어서는 안 되겠다.

아담과 하와가 선악과를 따먹지 않았다면 어떻게 되었을까?

물론 하나님이 허락하신 참 자유를 누리면서 에덴동산에서 하나님과 더불어 영생을 누렸을 것이다. 그러나 하나님께서 하지 말라고 경고한 것을 범함으로써 자유를 박탈당한 것이다.

복음福音은 기쁜 소식good news이다. 우리에게 너무나 좋은 소식이다. 좋은 소식의 주인공은 바로 예수 그리스도이시다. 예수 그리스도를 우리 구세주로 믿고 그분을 우리 영혼으로 맞이해야 한다. 그래야만 우리가 살면서 자유롭지 못한 것들, 요컨대 죄, 죽음, 질병, 걱정, 두려움 등에서 영원히 자유로울 수 있다. 예수 그리스도 안에 참 자유가 있기 때문이다. 그것이 바로 복음이 전하는 진리이다.

05

존재의 의미와 삶의 목적

세상이 사람의 존재 의미를 가르쳐주지 않는 이유는
세상은 그 비밀을 알지 못하기 때문이다.
인생에 있어서 가장 중요한 것은
부나 성공이 아니라 하나님이 부여한 존재 의미,
그리고 생명을 찾는 일이다.
나머지는 부수적인 것들이다.

사람마다 관심사가 다른 것은 어쩌면 당연한 현상이다. 왜냐하면 본래 선천적으로 가지고 태어난 성향이나 기질이 각각 다르고 자라는 환경도 제각각일 수밖에 없기 때문이다. 게다가 배우고 경험하는 것들이 천차만별일 것이며 만나는 사람들도 제각각일 수밖에 없어 그 과정에서 나름대로 자신의 성격이나 취향이 형성될 것이기 때문이다. 그런 특성이 사람에게 가장 잘 드러나는 곳은 먹고 입고 자고 일하는 것 등이 아닐까. 그것들과 연관되어 사람들의 호불호가 나누어질 것이다.

흔히 자장면과 짬뽕을 가지고도 음식 취향을 가려내려고 하질 않는가. 또 잠자는 것을 가지고도 아침형 인간, 저녁형 인간 등의 유형으로 나누려 한다. 게다가 주거지도 마찬가지다 단독주택과 아파트 등으로 구분한다. 이렇듯 그렇고 그런 삶인 것 같아도 조금만 깊이 들여다보면 사람들마다 즐기는 대상이 자못 다름을 알 수 있다.

또 어떤 사람이 종일 말한 내용을 정리하면 그 사람이 어떤 생각으로 하루를 보냈는지 어느 정도 알 수 있다. 그도 그럴 것이 쏟아낸 말들을 통해 그 사람의 생각이나 성향이 고스란히 드러날 것이기 때문이다. 어디 그뿐인가. 한 사람이 일 년 동안 사용한 돈의 용도를 보면 그 사람이 어떤 삶을 살았는지 그럭저럭 알아낼 수 있다.

어떤 경우든 자신이 몰입하는 일이 무엇이든지에 상관없이 자신이 소비하고 있는 공간이나 시간, 그리고 돈 등이 그 사람의 삶을 어느 정도 대변해주고 있는 것은 사실이다. 사람들은 자신이 처한 환경이나 생활 여건에 영향을 받으며 살 수밖에 없다. 그래서 지금의 소비행태가 자신의 정체성을 대변한다고까지 말할 수 없을지는 몰라도 그것이 현재의 자화상이라고는 말할 수 있을 것이다.

현대인의 경우 경제적인 여건의 영향이 다른 어떤 조건보다 더 영향을 주는 것으로 생각하는 경향이 있다. 그래서 경제적인 여건의 개선이 자기 삶의 질을 높여줄 것으로 기대하며 거기에 많은 에너지를 쏟아붓는다. 그런데 지나고 보면 그것은 어느 정도는 맞고 또 어떤 면에서는 맞지 않다는 것을 알게 된다. 그렇다면 이것이 정답은 아니라는 뜻이다. 경제적인 수준이 편리함을 가져다주는 것은 사실이다. 대체로 사람들은 그 편리함이 삶의 질이라고 착각하고 그것을 행복과 무리하게 연관 지으려 한다. 그래서 시간이 흐른 뒤 나이 들어서야 비로소 부질없다느니 공허하다느니 하는 회한에 찬 고백들을 쏟아내는 경우가 적지 않다.

물론 경제적인 것을 포함해서 외부적인 여건들이 삶에 긍정적이든 부정적이든 어느 정도 영향을 미친다는 사실을 부인할 수 없다. 하지만 이런 외부적인 혹은 물질적인 여건이 우리의 본질적인 존재 의미나 삶의 목적을 근본적으로 바꾸는 데 결정적 영향을 줄 만큼 중요한 요소인가에 대해서는 깊은 사색이 요구된다.

우리가 본질적인 존재 의미와 삶의 목적에 대해 논하기 위해서는 그저 단순한 생존이나 생활문제를 뛰어넘어야 한다. 보통 사람들이 자신의 본질적인 존재와 삶의 문제에 대해 깊은 관심을 두지 못하는 이유는 나날이 반복되는 일상에서 좀처럼 눈을 떼지 못하기 때문이 아닐까.

우리가 마땅히 성찰해야 할 것은 우리 생명의 본질인 영혼 혹은 정신이라고 부르는 내면상태에 대한 깨달음이 아닐까. 내가 무엇을 하면서 사느냐도 중요하지만 나를 어떤 존재로 인식하며 사느냐가 더 중요하지 않겠는가.

굳이 나누어 생각해본다면 일차적으로는 존재 의미이고 이차적으로는 삶의 목적이라고 할 수 있다. 요컨대 존재 의미는 내가 무엇을 하고 있느냐와 관계없이 본질적인 혹은 고유의 존재가치가 주어져 있다는 뜻이고 삶의 목적은 존재가치에 따라 이차적으로 요구되는 삶의 지향성이라고 할 수 있다.

궁극적으로 내면 의식과 외부 행동이 조화를 이룰 때 그 사람은 완성도 있는 사람이 되는 것이고 목적 있는 삶을 살 수 있게 될 것이다. 게다가 한 인간의 존재 의미와 삶의 목적이 다른 사람들을 유익하게 하거나 적어도 해를 끼치지 않을 때 비로소 그 가치를 인정받게 될 것이다.

아무리 그럴듯한 존재 의미와 삶의 목적이 있다고 하더라도 자신의 말과 행동이 타인에게 긍정적인 영향을 끼치지 못하거나 오히려 해를 끼친다면 그것은 잘못된 인식에 불과하다. 그런 경우 반드시 피드백을 통해서 자신을 되돌아보아야 할 것이다. 그래서 시계바늘을 맞추듯 자신의 시간표timetable를 조정해야 할 것이다. 그래야 쓸데없는 것들에 시간을 낭비하지 않을 수 있다.

우리가 날마다 배우고 깨우치고 반성하며 조정하는 과정을 거치면서 새로운 일상을 맞이할 수 있어야 한다. 그렇게 하기 위해서는 '나'라는 정체성에 대한 올바른 인식이 무엇보다 중요할 것 같다.

우리 자아는 태초에 하나님의 호흡으로부터 받은 생령生靈, 요컨대 원초적 자아가 있고 아담과 하와의 선악과 사건 이후에 우리 몸 가운데 들어온 죄성罪性, 즉 이기적인 자아가 있다. 우리 안에 이 두 가지 자아가 있다는 사실을 간과하면 간혹 자신이 혼란스러울 때가 있다. 왜냐하면 때로는 자신이 두 얼굴을 가진 사람처럼 전혀 다른 성향을 나타내는 경우를 발견할 때가 있기 때문이다. 이 사실을 염두에 둔다면 앞으로 어떤 방향으로 자기 삶을 지향할 것인지 생각할 것이다.

하나님의 진리이신 예수 그리스도는 그것을 몸소 가르쳐주시기 위해 이 땅에 오셨다. 예수 그리스도를 믿는다는 것은 일종의 인식 변화이고 발상의 전환이라고 할 수 있다. 왜냐하면 세상은 오래된 관습이나 사회적 상식에 바탕을 두고 세대와 세대를 거치면서 각자의 생각과 행동양식을 전개해왔기 때문이다. 그것을 전통 혹은 문화라고 부른다. 그것들에 기반한 삶을 지향하는 한, 자기 생각을 뛰어넘어 관점을 변화시킨다는 것은 그리 쉬운 일이 아니다. 그런 면에서 보이지 않는 진리를 믿는 일은 혁신 중의 혁신이라고 할 수 있다.

한 번은 예수께서 하나님 아버지께 기도하러 잠시 자리를 비운 사이에 제자들이 자고 있는 장면을 보고 베드로에게 한 시간도 이렇게 깨어 있을 수 없느냐고 말씀하셨다. 이어서 인간의 양면성을 안타까워하시면서 깨어 기도하라고 권면하신 적이 있다.

> 시험에 들지 않게 깨어 기도하라 마음에는 원이로되 육신이 약하도다.(마태복음 26:41)

이 같은 인간의 딜레마를 육신으로 오신 예수님도 똑같이 겪으셨다. 다만, 예수님은 이것을 기도로 극복하셨고 끝내 십자가 사명을 완수하셨다. 예수님의 기도 속에 얼마나 심적 고통이 있었는지 알 수 있는 구절이 있다.

> 다시 두 번째 나아가 기도하여 이르시되 내 아버지여 만일 내가 마시지 않고는 이 잔이 내게서 지나갈 수 없거든 아버지의 원대로 되기를 원하나이다.(마태복음 26:42)

예수님과 우리의 차이는 하나님의 원대로 하느냐 아니면 내 원대로 하느냐의 차이가 아닐까. 예수 그리스도께서는 하나님의 뜻인 십자가 사명을 감당하시기 위해 오셨지만, 단순히 그것만을 위해 사신 것은 아니었다. 이 땅에 성육신으로 오셔서 30년 동안은 보통의 삶, 그리고 3년간은 공생애를 사셨다. 공생애公生涯란 장성한 예수가 백성 앞에 공개적으로 자신을 드러내며 하나님의 공적인 사명을 감당하신 삶을 말한다. 그래서 예수 그리스도의 삶이 하나의 사건에 맞추어지기보다는 생애과정, 특히 공생애에 주목할 필요가 있다.

그런 의미에서 예수 그리스도의 존재나 삶은 우리의 표적이 되기에 부족함이 없고 우리의 존재 의미와 삶의 목적을 찾아가는 데 있어서 중요한 푯대가 될 수 있다. 오래전 이스라엘 백성은 물론이고 지금을 사는 우리도 예수 그리스도에 대해 제대로 알지 못했다. 그것이 우리 삶 자체를 오해하게 만든 결정적인 오류라고 할 수 있다.

성서에는 그리스도인들을 무자비하게 탄압한 사람이 극적으로 변하여 예수 그리스도를 누구보다 더 사랑하고 헌신했던 사람이 있다. 그는 바로 사도 바울이다. 그는 유대교인으로 그리스도인들을 무자비하게 탄압했던 사람이다. 그런 그가 같은 일을 하기 위해 다메섹으로 가는 길 위에서 환상으로 예수님을 극적으로 만나 회심하게 되었다.

바울은 개명하기 전의 이름이 사울이었다. 사울이 그리스도인들을 탄압하기 위해 다메섹으로 향하고 있었는데 그곳에 가까이 이르자 하늘에서 빛이 그를 둘러 비추었다. 그리고 예수님의 음성을 들었다. 그 이후 그는 많은 변화를 겪었고 본질적인 자신의 존재 의미와 삶의 목적을 찾았다.

사울이 길을 가다가 다메섹에 가까이 이르더니 홀연히 하늘로부터 빛이 그를 둘러 비추는지라. 땅에 엎드러져 들으매 소리가 있어 이르시되 사울아 사울아 네가 어찌하여 나를 박해하느냐 하시거늘 대답하되 주여 누구시니이까 이르시되 나는 네가 박해하는 예수라. 너는 일어나 시내로 들어가라 네가 할 것을 네게 이를 자가 있느니라 하시니 같이 가던 사람들은 소리만 듣고 아무도 보지 못하여 말을 못하고 서 있더라. 사울이 땅에서 일어나 눈을 떴으나 아무것도 보지 못하고 사람의 손에 끌려 다메섹으로 들어가서 사흘 동안 보지 못하고 먹지도 마시지도 아니 하니라. 그때에 다메섹에 아나니아라 하는 제자가 있더니 주께서 환상 중에 불러 이르시되 아나니아야 하시거늘 대답하되 주여 내가 여기 있나이다 하니 주께서 이르시되 일어나 직가라 하는 거리로 가서 유다의 집에서 다소 사람 사울이라 하는 사람을 찾으라 그가 기도하는 중이니라. 그가 아나니아라 하는 사람이 들어와서 자기에게 안수하여 다시 보게 하는 것을 보았느니라 하시거늘 아나니아가 대답하되 주여 이 사람에 대하여 내가 여러 사람에게 듣사온즉 그가 예루살렘에서 주의 성도에게 적지 않은 해를 끼쳤다 하더니 여기서도 주의 이름을 부르는 모든 사람을 결박할 권한을 대제사장들에게서 받았나이다 하거늘 주께서 이르시되 가라 이 사람은 내 이름을 이방인과 임금들과 이스라엘 자손들에게 전하기 위하여 택한 나의 그릇이라.(사도행전 9:3~15)

그 이후 바울은 사도라 칭함을 받고 예수 그리스도를 위해 헌신하게 되었다. 제대로 깨우치면 더 이상 이기적인 자아의 지배를 받지 않게 된다. 게다가 내가 전적으로 자신의 소유라는 의식에서 벗어나게 된다. 그런 의미에서 깨달음은 오로지 하나님 은혜이다. 우리는 스스로 깨우칠 수 없고 깨달음을 위한 어떤 노력이나 공적이 필요한 것도 아니다. 바울이 그랬던 것처럼 우리도 다르지 않다.

그래서 먼저 깨우치거나 변화하는 사람들이 다른 사람보다 훌륭하다거나 특별하다고 생각할 필요는 없다. 모든 사람이 그 같은 경험을 하고 싶다고 해서 할 수 있는 것이 아니기 때문이다. 그것은 철저하게 하나님 은혜이고 그분의 권한이다. 모든 사람이 같은 방식으로 깨닫는 것도 아니다. 하나님 뜻이 어디에 있는지가 중요하고 각 사람의 처지에 걸맞게 하나님 은혜 가운데 주어진다는 것에 주의를 기울일 필요가 있다. 그래서 그것에 관해서는 사람이 자랑할 것이 아무것도 없음을 말해주고 있고 그저 주어진 은혜에 감사해야 함을 가르쳐주고 있다.

만약 깨달음을 위해 스스로 할 수 있는 일이 아무것도 없다면 존재 의미나 삶의 목적에 치명적인 오류가 생기는 것은 아닐까? 라고 질문할 수 있다. 그렇지 않다. 인생을 살다 보면, 우리 인생이 얼마나 섬세하게 설계되었는지 알게 된다. 그것을 알게 되는 순간 모든 개념이나 사상이 뇌리에서 사라진다. 아니 그런 것들은 자신에게 그다지 큰 의미가 없다는 생각이 든다는 말이 더 정확한 표현일지 모르겠다. 짧은 순간 갑작스러운 변화를 겪는 깨달음도 긴 과정을 통해 서서히 변화하는 깨달음도 모두 하나님의 계획 가운데서 이루어진다고 생각하면 그 은혜에 놀라지 않을 수 없다.

그렇다고 하나님의 존재를 인정하고 예수님을 믿고 말씀을 깨달았다고 단번에 온전한 사람이 되는 것이 아닌 것처럼 우리가 진리를 깨달았다고 할지라도 자신의 이기적인 자아가 순식간에 사라지는 것은 아닌 것 같다. 요컨대 우리가 비로소 그 길을 알았을 뿐 그 길을 가는 일은 여전히 남아 있고 가는 길이 순탄치 않을 수 있음도 인식해야 한다. 그래서 인생길을 걸어가면서 단단히 채비해야 하는 것들이 있다. 그것을 먼저 체험한 바울은 그 지혜를 다음과 같이 알려주었다.

항상 기뻐하라.
쉬지 말고 기도하라.
범사에 감사하라.
이것이 그리스도 예수 안에서 너희를 향하신 하나님의 뜻이니라.(데살로니가전서 5:16~18)

깨달음을 얻은 사람들의 특징은 무의식적인 생각이나 관습의 노예가 되는 것이 아니라 자유롭고 의식적인 선택을 하며 살게 된다. 제대로 선택하기 위해서는 올바른 정보와 지혜가 필요하다. 그럴 때 하나님 말씀을 믿음으로 의지해야 하는 것이 바로 지혜이다. 솔로몬은 하나님의 지혜에 의존한 사람으로 유명하다.

기브온에서 밤에 여호와께서 솔로몬의 꿈에 나타나시니라. 하나님이 이르시되 내가 네게 무엇을 줄꼬 너는 구하라. 솔로몬이 이르되 주의 종 내 아버지 다윗이 성실과 공의와 정직한 마음으로 주와 함께 주 앞에서 행하므로 주께서 그에게 큰 은혜를 베푸셨고 주께서 또 그를 위하여 이 큰 은혜를 항상 주사 오늘과 같이 그의 자리에 앉을 아들을 그에게 주셨나이다. 나의 하나님 여호와여 주께서 종으로 종의 아버지 다윗을 대신하여 왕이 되게 하였사오나 종은 작은 아이라 출입할 줄을 알지 못하고 왕께서 택하신 백성 가운데 있나이다 그들은 큰 백성이라 수효가 많아서 셀 수도 없고 기록할 수도 없사오니 누가 주의 이 많은 백성을 재판할 수 있사오리까 듣는 마음을 종에게 주사 주의 백성을 재판하여 선악을 분별하게 하옵소서. 솔로몬이 이를 구하매 그 말씀이 주의 마음에 든지라. 이에 하나님이 그에게 이르시되 네가 이것을 구하도다. 자기를 위하여 장수하기를 구하지 아니 하며 부도 구하지 아니 하며 자기 원수의 생명을 멸하기도 구하지 아니 하고 오직 송사를 듣고 분별하는 지혜를 구하였으니 내가 네 말대로 하여 네게 지혜롭고 총명한 마음을 주노니 네 앞에도 너와 같은 자가 없거니와 네 뒤에도 너와 같은 자가 일어남이 없으리라. (열왕기상 3:5~12)

솔로몬이 하나님께 요청하면서 한 말은 "선악을 분별하게 하옵소서"였다. 이것은 자신의 부귀영화나 장수가 아닌 백성들을 공정하게 다스리고 싶은 것이었다. 하나님은 솔로몬의 대답에 흡족해 하셨다. 그래서 지혜뿐 아니라 많은 축복을 덤으로 주셨다. 왜 하나님은 솔로몬의 대답에 그토록 기뻐하셨을까? 그리고 왜 선악을 분별하는데 지혜가 필요했을까? 선악은 사람들의 말이나 바깥으로 드러난 것만으로는 제대로 알 수 없다는 것을 말한다. 선과 악을 분별하는 것은 오직 하나님 한 분만이 가능하다는 사실이다. 솔로몬이 선악을 구별하는 지혜를 구한 것은 모든 일에 하나님의 지혜를 구하겠다는 일종의 신앙고백이다.

선악과는 어디에 등장하는가? 바로 아담과 하와가 살았던 에 덴동산이다. 아담과 하와가 선악과를 따먹기 전에 솔로몬이 그랬던 것처럼 "선악을 분별하게 하옵소서"라고 하나님께 여쭈었더라면 어땠을까? 생각해보게 된다. 이를 통해 알 수 있는 것은 에덴동산에서든, 솔로몬 시대든, 현재든 관계없이 무엇보다 중요한 것은 선악을 분별하는 지혜가 필요하다는 점이다. 이는 바꿔 말하면 무슨 일에나 무슨 말에나 지혜의 하나님을 의지해야 함을 말해주고 있다.

사랑하는 자들아 영을 다 믿지 말고 오직 영들이 하나님께 속하였나 분별하라 많은 거짓 선지자가 세상에 나왔음이라.(요한일서 4:1)

또 무엇을 하든지 말에나 일에나 다 주 예수의 이름으로 하고 그를 힘입어 하나님 아버지께 감사하라.(골로새서 3:17)

아인슈타인은 이런 말을 했다. "나는 신의 마음을 알고 싶다. 나머지는 작고 사소한 것들이다." 그렇다면 신의 마음은 무엇일까? 신은 진리이다. 그래서 신의 마음을 안다는 것은 진리를 깨닫는 것이다. 하나님의 진리는 우리가 어떻게 알 수 있을까? 그것은 하나님 말씀을 통해서 알 수 있다. 그렇다면 작고 사소한 것들은 무엇인가? 그것은 하나님의 진리가 아닌 것들 외에는 모두 사소한 것들이다. 하나님의 진리 가운데 우리가 결코 놓쳐서는 안 될 것들이 있다. 그것은 하나님의 진리 안에 우리 생명이 있다는 점이다.

그리고 영생을 위해 진리이신 예수 그리스도께서 이 땅에 오셔서 우리를 구원하시기 위해 십자가에 달리셨고 부활하시어 스스로 구세주이심을 입증하셨다는 사실이다.

하나님이 진리라는 점은 그분이 하신 모든 말씀과 행하심이 참되고 거짓이 없다는 것을 말한다. 하나님께서 보내신 예수 그리스도의 말씀과 행하심도 진리라는 사실이다. 우리가 예수 그리스도를 믿는다는 것은 바로 하나님의 진리를 믿는 것이다. 요컨대 천지창조를 시작으로 예수 그리스도의 십자가 죽음과 부활, 예수 그리스도를 믿음으로 말미암아 우리가 구원받을 수 있다는 사실, 때가 차면 예수 그리스도가 다시 이 땅에 오신다는 점, 하나님은 세상의 시작과 끝을 주관하시는 분이라는 사실, 그리고 하나님은 우리를 사랑하신다는 점 등을 진리로 받아들이는 것이 중요하다.

오늘도 변함없이 우리는 우리에게 의미 있는 날이 되기를 고대한다. 그런데 무엇이 자신에게 의미 있는가에 대한 생각은 사람마다 다를 수 있다. 흔히 사람들은 안전, 건강, 물질, 출세, 행운 등을 기원한다. 그러나 그런 것들은 진리 밖에도 엄연히 존재하는 것들이다. 말하자면 예수님 밖에서도 이런 것들을 누릴 수 있다.

그렇다면 진리 안에 있는 것들은 무엇인가?

가장 중요한 것은 구원이다. 선악과 이후 죄인으로 전락해버린 신분에서 벗어나 죄 사함을 받고 하나님의 진리 가운데로 들어와야 한다. 죄인 신분으로는 하나님의 진리 안에 들어갈 수 없다. 그래서 예수 그리스도께서 십자가 보혈로 우리 죗값을 치르시고 우리를 사신 것이다. 비로소 우리가 거듭남으로써 다시 하나님의 자녀가 될 수 있게 된 것이다. 이것이 우리에게 가장 중요한 하나님의 진리이다.

또 하나님의 진리 가운데 중요한 것은 하나님은 사랑이시라는 점이다. 하나님은 독생자이신 예수 그리스도를 십자가에 기꺼이 내놓으실 만큼 우리를 사랑하신다는 점이다.

> 하나님이 세상을 이처럼 사랑하사 독생자를 주셨으니 이는 그를 믿는 자마다 멸망하지 않고 영생을 얻게 하려 하심이라.(요한복음 3:16)

그래서 우리도 사랑하면서 살기를 하나님이 바라신다는 것을 잊어서는 안 된다. 그래서 우리 자세는 하나님이 진리이신 것을 온전히 믿고 순종하며 그 안에서 기뻐하고 기도하고 감사하며 살아야 한다.

> 그러므로 너희가 그리스도와 함께 다시 살리심을 받았으면 위의 것을 찾으라 거기는 그리스도께서 하나님 우편에 앉아계시느니라. 위의 것을 생각하고 땅의 것을 생각지 말라. 이는 너희가 죽었고 너희 생명이 그리스도와 함께 하나님 안에 감추어졌음이라.(골로새서 3:1~3)

우리는 평소 대중문화, 다수결 의사 선택의 문화를 경험하면서 살다 보니 소수의 생각이나 행동을 다소 과소평가하는 경향이 없지 않다. 하지만 역사를 통해서 보더라도 결정적인 역사의 흐름을 주도한 것은 다수보다도 소수라고 할 수 있다. 성경의 역사 속에서도 마찬가지 현상을 볼 수 있다.

아담, 아브라함, 요셉, 모세, 요한 그리고 바울에 이르기까지 소수의 믿음이 결국 인류를 구원의 길로 인도했다. 특히 예수님은 내면의 생각과 외면의 행동이 일치된 삶을 우리에게 보여주신 유일한 분이시다. 우리의 지식이 매우 출중하다고 해도, 생각이 제아무리 훌륭하다고 하더라도 그것이 행동으로 나타나지 않는다면 그것은 이율배반적이거나 이기적인 자기애에 머물러 있을 뿐이다.

성서에서 영적인 사람들로 여겨졌던 사람들도 간혹 내면적인 의도가 행동으로 나타나지 않아 타락으로 이어지는 경우가 종종 있었다. 잘못된 수단이 목적을 삼켜버린 것이다.

서양 격언에 이런 말이 있다. "지옥으로 가는 길은 좋은 의도로 포장되어 있다." 따라서 우리 내면을 무엇으로 채울 것인가는 매우 중요하다. 동시에 우리 행동이 어떻게 내면을 반영하고 있는지 수시로 점검해야 한다. 이런 상황에 적절한 말씀이 있는데 세상의 빛과 소금이 되라는 말씀이다.

너희는 세상의 소금이니 소금이 만일 그 맛을 잃으면 무엇으로 짜게 하리요 후에는 아무 쓸데 없어 다만 밖에 버려져 사람에게 밟힐 뿐이니라. 너희는 세상의 빛이라 산 위에 있는 동네가 숨겨지지 못할 것이요 사람이 등불을 켜서 말 아래에 두지 아니 하고 등경 위에 두나니 이러므로 집 안 모든 사람에게 비치느니라. 이같이 너희 빛이 사람 앞에 비치게 하여 그들로 너희 착한 행실을 보고 하늘에 계신 너희 아버지께 영광을 돌리게 하라. (마태복음 5:13~16)

하나님은 단순히 신자信者라는 사실 하나만으로 칭찬하시지 않는다. 빛과 소금이 그 역할을 제대로 했을 때 비로소 누군가에게 유익이 되는 것처럼 우리의 선한 마음과 하나님에 대한 믿음이 행동으로 나타날 때 비로소 온전한 믿음이 되고 또 하나님께 영광을 돌릴 수 있을 것이다.

우리 의식이나 믿음이 아무리 좋은 의도를 가지고 있다고 해도 행동으로 전달되지 않으면 그 진위를 알 수 없다. 요컨대 행동은 의식과 믿음을 표현하는 주요 수단이다. 앎과 생각에서 믿음, 행동으로 이어지는 이 모든 과정이 하나가 될 때 비로소 진정성을 인정받게 될 것이다. 그런 차원에서 내면 따로 행동 따로는 있을 수 없다. 만약 생각과 행동이 불일치한다면 그것은 망상 속에 살고 있거나 일종의 정신병자 취급을 받을 수 있다. 생각한 것을 실천하는 것은 아주 작은 일에서부터 시작해야 한다.

물론 이기적인 자아는 큰 것을 취하라고 부추길 수 있다. 그러나 천리 길도 한 걸음부터 시작된다는 사실을 잊어서는 안 되겠다. 모든 시작은 항상 작은 것에서 시작되는 것이다. 처음부터 전체 그림을 알지 못할 수 있다. 하지만 하나하나 이루어가다 보면 그 뜻과 열매를 이해하게 될 것이다.

네 시작은 미약하였으나 네 나중은 심히 창대하리라.(욥기 8:7)

원자는 가장 작지만 모든 것의 시작이요 모든 것을 내포한다. 여기서 주목할 점은 예수 그리스도는 아주 작은 것도 자신의 힘이 아니라고 말씀하셨다. 이는 아주 작은 일이라도 하나님을 의지했다는 뜻이다.

　내가 아버지 안에 거하고 아버지는 내 안에 계신 것을 네가 믿지 아니 하느냐 내가 너희에게 이르는 말은 스스로 하는 것이 아니라 아버지께서 내 안에 계셔서 그의 일을 하시는 것이라.(요한복음 14:10)

　예수님은 자신이 하나님과 항상 연결되어 있음을 말씀하셨다. 그것이 예수님께서 성공적인 사역을 감당할 수 있는 비결이라고 할 수 있다. 우리 삶도 마찬가지일 것이다. 내 주변에 아무도 없다고 생각할 때나 하나님께서 함께하신다는 것을 의식하지 못할 때 두려움, 외로움이 엄습하지 않겠는가. 현대인들이 불안해하고 우울해하고 스트레스를 많이 받는 것은 나 혼자라고 느껴질 때, 스스로 감당할 수 없는 일이 너무 많다고 생각할 때 그런 현상이 나타난다고 한다.

　부정적인 생각이 우리 내면을 채울 때 삶의 이정표가 흐려질 것이다. 그 이유는 하나님 시각으로 삶을 바라보는 것이 아니라 유사품, 짝퉁으로 가득 찬 세상 정보들에 의존하기 때문이다. 하나님은 우주를 만드신 분이다. 만드신 분을 믿는 것이 이 세상을 온전하게 살아갈 수 있는 유일한 방법이다.

　예수 그리스도께서는 우리를 자연으로 이끄시는 것을 좋아하셨다. 성서에는 공중의 새, 들의 백합화, 포도원, 감람나무, 무화과나무, 바다. 산, 계곡, 바위 등 무수히 많은 자연이 등장한다. 그것은 하나님이 창조하신 우주 만물과 우리가 어떻게 연결되어 있는지 알기를 바라셨기 때문이다. 그것도 단순히 표면적인 연결이 아니라 하나님의 뜻이 우리의 내면 깊숙이 연결되어 있다는 것을 알게 하고 싶으신 것이다.

그 연결고리를 찾아 소통할 수 있는 방법이 바로 '믿음'이다. 하나님은 그 믿음을 통해 우리에게 늘 새로운 에너지, 요컨대 영의 양식을 제공해주신다. 믿음이라는 소통의 통로가 막힐 때 우리는 몸에 이물질이나 독소로 가득 차게 되고 결국 병이 생기고 만다. 모든 병에는 증상이라는 것이 있듯이 우리가 마음에 병이 들었을 때 알 수 있는 것은 우리 행동이다. 믿음으로 충만한 사람은 반드시 사랑의 행동을 하게 된다. 왜냐하면 하나님은 사랑이시기 때문이다. 그분의 말씀이 제대로 약효가 먹혔다면 사랑이라는 열매를 맺을 수밖에 없다.

하나님 말씀의 실존은 예수 그리스도이시다. 그래서 모든 생각과 행동의 근거는 예수 그리스도이어야 한다. 말하자면 예수 그리스도야말로 하나님이 바라시는 삶을 열어가는 열쇠를 쥐고 계시는 분이시다. 세상은 자신의 뜻을 이루는 것이 성공이라고 말한다. 또 풍요로움을 얻는 것이 주요한 성공의 척도라고 생각한다. 하지만 하나님은 그렇게 말씀하시지 않았다. 이미 모든 것을 가지고 계시고 모든 것이 가능한 하나님의 자녀가 되는 것, 그리고 그의 나라 백성이 되는 것이 복중의 복이라고 말씀하신다.

사도 바울은 하나님 안에 있을 수만 있다면 부나 가난 따위는 아무런 의미가 없다고 고백했다.

내가 궁핍하므로 말하는 것이 아니니라. 어떠한 형편에든지 나는 자족하기를 배웠노니, 나는 비천에 처할 줄로 알고 풍부에 처할 줄도 알아 모든 일 곧 배부름과 배고픔과 풍부와 궁핍에도 처할 줄 나는 일체의 비결을 배웠노라.(빌립보서 4:11~12)

세상이 사람의 존재 의미를 가르쳐주지 않는 이유는 세상은 그 비밀을 알지 못하기 때문이다. 인생에 있어서 가장 중요한 것은 부나 성공이 아니라 하나님이 부여한 존재 의미, 그리고 생명을 찾는 일이다. 나머지는 부수적인 것들이다.

사람이 만일 온 천하를 얻고도 제 목숨을 잃으면 무엇이 유익하리요. 사람이 무엇을 주고 제 목숨과 바꾸겠느냐.(마태복음 16:26)

이것을 깨닫지 못한다면 그 사람의 인생은 많은 시간을 허비하는 것에 불과하다. 우리가 종종 "자신이 없다"라는 말을 사용할 때가 있다. 그 말에 중요한 단서가 있다. 자신(원초적 자아)을 잃어버리면 그 자리에 두려움, 외로움, 걱정 등 다른 것들이 와서 자리를 차지할 것이다. 원초적인 자아를 잃어버릴 때 외부적인 것들이 주인행세를 하지만 그것들로는 절대 만족할 수 없다. 잠시 잠깐의 쾌락이나 성취감 등을 느낄 따름이다.

모든 만물이 피곤하다는 것을 사람이 말로 다 말할 수 없나니 눈은 보아도 족함이 없고 귀는 들어도 가득 차지 아니 하는도다.(전도서1:8)

내 삶을 움직이는 원동력은 어디서 오는가?

또 무엇이 우리의 존재 의미와 삶의 목적을 온전하게 깨닫게 하는가?

우리 삶을 창조적으로 이끌어가는 힘은 무엇인가?

불확실한 어떤 것들에 의존하는 것이 아니라 어느 때라도 변하지 않는 진리를 찾고 그 안에서 영원히 자유와 평안을 누려야 한다.

> 그러므로 예수께서 자기를 믿은 유대인들에게 이르시되 너희가 내 말에 거하면 참으로 내 제자가 되고 진리를 알지니 진리가 너희를 자유롭게 하리라. (요한복음 8:31~32)

존재 의미와 삶의 목적이 분명해지면 비로소 우주 만물이 서로 연결되어 있음을 알게 되고 우주 만물은 하나님이 주인이라는 것도 알게 된다. 그리고 그 모든 것이 우리를 위해 준비되었다는 사실을 알게 되면 더욱 놀라게 될 것이다. 우리가 이런 사실에 익숙하지 않은 이유는 그동안 우리가 개별적인 지식이나 사고에 익숙하거나 지나치게 감각에 의존하여 살아왔기 때문일 것이다. 보고 듣고 냄새 맡고 만지고 맛보는 표면적인 감각기관에 의해 느낄 수 있는 것만 인정하는 습관이 있기 때문이 아닐까.

우리가 추구하는 행복도 그 범위에서 크게 벗어나지 않는다는 것을 의미한다. 우리가 마음속 깊은 곳에서 행복감을 느낄 수 있는 비결은 따로 있다. 바로 하나님 말씀에 의존하는 것이다. 왜냐하면 하나님은 우주 만물을 창조하셨고 사람도 창조하셨기 때문이다.

그리고 그것들의 쓰임새도 하나님이 정하셨으므로 우리에게 어느 때 무엇이 필요한지를 분명히 아시기 때문이다.

우리가 흔히 문학, 예술 등 창작 활동을 하는 사람들이 어떤 것으로부터 영감을 얻었다고 한다. 영감靈感은 영어로 'inspiration'인데 이는 in spirit, 요컨대 영(spirit) 안(in)에 존재한다는 의미이다. 영靈 안에 존재할 때 우리는 감각에 의존하는 것에 머물지 않고 훨씬 창조적인 에너지를 발휘하게 된다. 하나님의 지혜는 크고 깊고 오묘하기 때문이다.

사도 바울은 하나님의 능력과 지혜에 대해 이같이 전하고 있다.

깊도다 하나님의 지혜와 지식의 풍성함이여, 그의 판단은 헤아리지 못할 것이며 그의 길은 찾지 못할 것이로다.(로마서 11:33)

하나님의 어리석음이 사람보다 지혜롭고 하나님의 약하심이 사람보다 강하니라.(고린도전서 1:25)

기록된 바 하나님이 자기를 사랑하는 자들을 위하여 예비하신 모든 것은 눈으로 보지 못하고 귀로 듣지 못하고 사람의 마음으로 생각하지도 못하였다 함과 같으니라.(고린도전서 2:9)

우주에 관한 지식은 워낙 방대해서 물리학자 스티븐 호킹도 어떤 수학적 모델로도 그 해답을 제공할 수 없다는 것을 깨달았다. 그래서 '내면의 세계로 눈을 돌린다면 외부의 세계도 이해하게 될 것'이라고 말했다. 그래서 사람을 소우주라고 하지 않았던가. 소

우주도 이해 못하면서 대우주를 이해하는 것은 무리일 것이다. 설령 학문적인 지식을 통해서 우주를 이해한다고 해도 자신의 존재 의미와 삶의 목적이 분명해지는 것은 결코 아니다.

왜냐하면 우리가 알고 있는 지식은 상대적인 것이거나 부분적인 것인 경우가 대부분이기 때문이다. 절대적인 지식은 하나님으로부터 오는 것 말고는 있을 수 없다. 우리들이 일상적으로 얘기하는 상식이나 과학적인 정보들은 상대적인 지식이지 절대적인 지식이 아니다.

일출과 일몰을 예를 들어 생각해보자.

아침에 태양이 떠오르고 저녁에 태양이 진다고 말할 때 그것은 상대적인 지식이다. 왜냐하면 땅 위나 지표면에 가까운 장소에서 관찰하는 사람의 제한된 시야에서는 태양이 떠오르거나 지는 것으로 보인다. 하지만 우주로 나가면 태양은 뜨는 것도 지는 것도 아니며 항상 빛나고 있을 뿐이다.

그것이 상대적인 진리이건 절대적인 진리이건 우리 삶에는 아무런 변화가 없다. 다만 그것을 보고 감동하고 사진 찍고 그림도 그리고 시를 읊는다. 그러나 아무리 장엄하고 아름다운 것들을 마주할지라도 그 현상에는 감탄하지만, 그 배후에서 움직이는 어떤 에너지 혹은 주관자에 대해서는 좀처럼 관심을 두지 않는다. 우리의 생각과 눈길이 거기에 미칠 수 있을 때 비로소 우리의 존재 의미와 삶의 목적이 분명해질 것이다. 하나님은 욥기를 통해서 우리에게 분명하게 말씀해주셨다.

그러나 지혜는 어디서 얻으며 명철이 있는 곳은 어디인고, 그 길을 사람이 알지 못하나니 사람 사는 땅에서는 찾을 수가 없구나. 깊은 물이 이르기를 내 속에 있지 아니 하다 하며 바다가 이르기를 나와 함께 있지 아니 하다 하느니라. 순금으로 바꿀 수 없고 은으로 달아도 그 값을 당하지 못하리니 오빌의 금이나 귀한 청옥수나 남보석으로도 그 값을 당하지 못하겠고 황금이나 수정이라도 비교할 수 없고 정금 장식품으로도 바꿀 수 없으며 진주와 벽옥으로도 비길 수 없나니 지혜의 값은 산호보다 귀하구나. 구스의 황옥으로도 비교할 수 없고 순금으로도 그 값을 헤아리지 못하리라. 그런즉 지혜는 어디서 오며 명철이 머무는 곳은 어디인고, 모든 생물의 눈에 숨겨져 있고 공중의 새에게 가려졌으며 멸망과 사망도 이르기를 우리가 귀로 그 소문은 들었다 하느니라. 하나님이 그 길을 아시며 있는 곳을 아시나니 이는 그가 땅끝까지 감찰하시며 온 천하를 살피시며 바람의 무게를 정하시며 물의 분량을 정하시며 비 내리는 법칙을 정하시고 비구름의 길과 우레의 법칙을 만드셨음이라. 그때에 그가 보시고 선포하시며 탐구하셨고 또 사람에게 말씀하셨도다. 보라 주를 경외함이 지혜요 악을 떠남이 명철이니라. (욥기 28:12~28)

하나님 지혜는 하나님만이 소유할 수 있는 고유의 특권이다. 그런데 그것을 우리에게 거저 주신다고 한다. 우리는 그분의 지혜 얻기를 갈망해야 한다. 왜냐하면 그분의 지혜에는 우리의 존재 의미와 삶의 목적이 담겨 있기 때문이다. 그리고 이것을 돈을 주고 사거나 어떤 다른 방법으로 구할 수 없기 때문이다.

시몬이 사도들의 안수로 성령 받는 것을 보고 돈을 드려 이르되 이 권능을 내게도 주어 누구든지 내가 안수하는 사람은 성령을 받게 하여 주소서 하니 베드로가 이르되 선물을 돈 주고 살 줄로 생각하였으니 네 은과 함께 망할지어다. 하나님 앞에서 네 마음이 바르지 못하니 이 도에는 네가 관계도 없고 분깃 될 것도 없느니라. 그러므로 너의 이 악함을 회개하고 주께 기도하라 혹 마음에 품은 것을 사하여 주시리라.(사도행전 8:18~22)

우리가 하나님을 우리 마음 가운데 모시는 것이 급선무이다. 왜냐하면 하나님이 없는 마음은 그 자체가 죄일 뿐 아니라 죄의 결국은 사망이기 때문이다.

너희가 죄의 종이 되었을 때에는 의에 대하여 자유로웠느니라. 너희가 그때에 무슨 열매를 얻었느냐 이제는 너희가 그 일을 부끄러워하나니 이는 그 마지막이 사망임이니라. 그러나 이제는 너희가 죄로부터 해방되고 하나님께 종이 되어 거룩함에 이르는 열매를 맺었으니 그 마지막은 영생이라. 죄의 삯은 사망이요 하나님의 은사는 그리스도 예수 우리 주 안에 있는 영생이니라.(로마서 6:20~23)

우리는 모두 하나님의 피조물이라는 사실을 잊어서는 안 된다. 우리의 존재 의미는 하나님의 뜻 가운데서 그분의 자녀가 되는 것에 있다. 따라서 삶의 목적도 하나님 나라를 지향하는 데 있어야 한다. 요컨대 그분의 나라 시민권을 얻는 것, 곧 영생을 얻는 것이 중요하다. 이를 위해 우리는 하나님, 예수님을 더욱 알아가야 한다. 그리고 아는 것을 삶으로 살아내야 한다.

> 내 아버지의 뜻은 아들을 보고 믿는 자마다 영생을 얻는 이것이니 마지막 날에 내가 이를 다시 살리리라 하시니라.(요한복음 6:40)

예수님은 우리에게 어떤 분이신가?

> 진실로 진실로 너희에게 이르노니 믿는 자는 영생을 가졌나니 내가 곧 생명의 떡이니라. 너희 조상들은 광야에서 만나를 먹었어도 죽었거니와 이는 하늘에서 내려오신 떡이니 사람으로 하여금 먹고 죽지 아니 하게 하는 것이니라.(요한복음 6:40)

죽음 문제를 해결하지 못한 사람과 죽음 이후의 문제를 해결한 사람의 차이는 말로 다 형언할 수 없을 정도로 극명한 차이를 보여준다. 농부가 씨를 뿌렸지만 추수를 못하는 것에 비유할 수 있다. 아니 그 비유로도 부족할 만큼 너무나 중요한 문제다. 평화로운 생명을 이어가느냐 아니냐의 문제로 인생 설계에 있어서 가장 먼저 해결해야 할 절체절명의 과제임에 틀림없다.

죽음 문제를 해결하지 못하거나 관심이 없는 사람은 가급적 현세 삶에서 축복을 누리고 싶어 할 것이며 어떻게든 생명을 연장하는 데 더 관심을 기울일 것이다. 그러나 예수 그리스도를 믿고 영생을 얻은 사람들은 두려움과 외로움에서 벗어나 하나님의 은혜 가운데서 위로받고 평안과 자유를 누리며 살게 될 것이다.

만약 자신의 생명이 어디서 와서 어디로 가는지에 관심이 없다면 우리는 한낱 소모품에 불과한 것이 아니겠는가. 이런 삶의 끝에는 공허함만이 기다리고 있을 뿐이다. 이런 사람은 이기적인 자아가 이끄는 대로 세상의 풍조에 휘둘리며 어떤 세계관이나 가치관에 관한 인식도 없고 주어진 삶을 별 목적도 없이 무의미하게 허비할 것이 뻔하다. 설령 목적이 있다고 해도 세상에서 먹고 마시고 입고 자고 즐기는 것들에 많은 공을 들이며 살 것이다.

그것들을 성취하기 위해 다른 사람들과 경쟁해야 하고 누군가에게 상처를 주며 또는 질투하며 갈등을 겪는 일이 다반사일 것이다. 이웃들과 더불어 살려고 하기보다는 생존경쟁에서 승리하기 위해 온갖 수단과 방법을 가리지 않을 것이다. 왜냐하면 그런 생각으로 사는 사람들은 오늘이 무엇보다 중요하기 때문에 모든 일에서 성취감을 느껴야 하고 이겨야 한다. 요컨대 그것이 행복이라고 믿고 있기 때문이다.

이런 삶이 연속된다고 생각해보자. 참으로 끔찍하지 않을 수 없다. 그런 사람들은 자기 주변을 살피거나 남과 더불어 살려고 하기보다는 그저 앞만 보고 직진할 가능성이 크다.

얼마 전 오랜 직장생활을 마감하고 정년퇴임을 했는데 자유시간이 늘어나면서 이런저런 생각을 해보게 되었다. 물론 쓸데없는 생각들도 더러 하지만 제법 진지하게 생각들을 정리하고 있다. 우습게 들릴지는 모르겠지만 육십 대에 들어서면서 너무 진지해지고 있는 것 아닌지 생각할 정도다.

지금 우리 연령대의 주요 관심사는 노후생활에 대한 것이다. 요컨대 경제적 여유, 건강, 소일거리, 그리고 대인관계 등이다. 왜냐하면 이런 관심사들이 한참 정신없이 일하던 청춘일 때는 그다지 큰 관심거리가 되지 못했다. 하지만 이제는 모든 사안에 대해 다시 생각하고 조정할 필요가 생긴 것이다. 물론 노후설계가 별거냐고 말할 수도 있다. 그냥 물 흐르는 대로 살면 되지 않겠는가? 라고 가볍게 생각할 수도 있지만 결코 간단한 문제가 아니라는 것을 새삼 느낀다.

그도 그럴 것이 경제, 건강, 대인관계, 취미생활 등이 모두 상호 연관되어 있다는 것을 느끼게 되었다. 어쩌면 선택과 집중을 통해 효율적으로 설계하지 않으면 비루한 노후생활이 될 수 있다는 생각이 든다. 그런 차원에서 지금까지는 어떻게 살 것인가에 대해 초점을 맞추었다면, 이제부터는 어떻게 죽어갈 것인가에 대해 좀 더 고민해야 하지 않을까.

죽음이라는 단어가 주는 다소 어둡고 무거운 느낌이 있어 쉽사리 꺼내기 어려운 주제이기는 하지만, 사실 잘 죽는다는 것은 잘 사는 것과 연계되어 있다. 그래서 인생의 존재 의미나 목적을 다시 한 번 깊이 묵상하게 되는 것 같다. 그래서 요즘 주로 생각하는 것은 창조주 하나님의 뜻이 과연 무엇인가에 대해서이다. 그래서 그 뜻을 알고 그 뜻에 따라 순리대로 살고 싶은 것이다. 그래서 그분의 뜻을 보다 더 깊이 알고 싶은 것이다.

지금까지 육체적인 호사를 위해 살아왔다면 이제 영적인 문제에 대해 진지하게 생각하고 싶은 것이다. 영적인 것은 세상의 지식으로 알 수 없음을 알았다. 세상의 철학이나 인문학은 진리로 향하는 길을 안내할 수는 있지만 영적인 깨달음까지는 주지 못한다. 다만 우리의 영을 깨울 수 있는 유일한 분은 하나님뿐이시다.

하나님이 영적인 언어로 세상을 창조했듯이 우리의 영적인 문제를 이해하기 위해서는 하나님의 말씀에 전적으로 동의하고 의지해야 한다. 하나님과 우리의 소통은 믿음, 사랑, 기쁨, 기도, 감사 등의 영적 언어를 통해서 이루어진다는 것을 깨달았다. 다시 한번 사도 바울이 전한 메시지를 소환해보자.

항상 기뻐하라.
쉬지 말고 기도하라.
범사에 감사하라.
이것이 그리스도 예수 안에서 너희를 향하신 하나님의 뜻이니라.(데살로니가전서 5:16~18)

기뻐하는 일, 기도하는 일, 감사하는 일, 이것들은 우리의 영적 에너지를 사용하지 않으면 안 되는 것들이다. "항상 기뻐하라"고 말씀하셨듯이 기쁨은 우리 안의 부정적인 요소들을 제거하고 평안을 찾는 데 있어서 그 씨앗이 된다. 아니 어쩌면 평안을 담는 그릇일 수 있다.

그리고 "쉬지 말고 기도하라"고 말씀하셨듯이 기도는 하나님과 소통하는 호흡과 같은 것이다. 기도는 내가 원하는 것을 일방적으로 읊조리는 것이 아니라 먼저 하나님 말씀을 듣고 성령의 도움으로 예수님 이름으로 대화하는 것이다.

그러므로 내가 너희에게 말하노니 무엇이든지 기도하고 구하는 것은 받은 줄로 믿으라 그리하면 너희에게 그대로 되리라.(마

가복음 11:24)

또 "범사에 감사하라"고 했다. 감사는 지금 주어진 것들이 모두 하나님 뜻이고 또 그 품 안에서 살겠다는 우리의 반응이다. 그런 면에서 감사는 생수를 마시는 것과 같이 우리의 영과 육의 건강에 필수적인 요소이다.

그러므로 너희가 그리스도 예수를 주로 받았으니 그 안에서 행하되 그 안에 뿌리를 박으며 세움을 받아 교훈을 받은 대로 믿음에 굳게 서서 감사함을 넘치게 하라.(골로새서 2:6~7)

하나님의 뜻을 알아가고 하나님이 원하는 삶을 살며 영광을 돌리는 것이 우리의 존재 의미이고 우리 삶의 목표가 되어야 할 것 같다. 그래서 궁극적으로 우리는 하나님의 자녀가 되고 하늘나라의 백성이 되는 것이라고 믿는다.

종교인의 함정에서 벗어나자

세상에는 스승이 너무 많다.
그것은 가르치려는 자가 많다는 의미이고
그로 인해 진리와는 무관한 지식과 쓸데없는 정보가
너무 많이 넘쳐나고 있음을 말한다.
이런 상황에서 우리에게 필요한 것은 분별력이다.

성서에서 대표적으로 종교적인 사람을 말하라고 하면 서기관과 바리새인을 들 수 있다. 예수 그리스도는 "너희 의義가 서기관과 바리새인보다 낫지 못하면 결코 천국에 들어가지 못하리라"고 단언하셨다.

> 내가 너희에게 이르노니 너희 의가 서기관과 바리새인보다 더 낫지 못하면 결코 천국에 들어가지 못하리라. (마태복음 5:20)

그렇게 말씀하신 이유는 무엇일까?
바리새인은 모세 율법을 가장 세밀하게 연구한 학자들이었다. 그리고 실제 그 율법들을 지키려고 노력한 사람들이었다. 모세의 율법을 분류하고 구체화하는데 그들이 기여했으며 이것들을 지키는 것이 그들의 종교적 의식이고 행태였다.

그렇다면 예수님이 이들보다 더 의롭지 못하면 천국에 들어갈 수 없다고 하신 말씀의 의미는 무엇일까? 율법을 더 세밀하고 더 철저히 지켜야 한다고 하신 말씀일까? 그것을 깨닫기 위해서는 바리새인들이 어떤 사람들인가를 좀 더 구체적으로 살펴볼 필요가 있다. 바리새인들만큼 예수님 마음을 상하게 한 집단도 없었다. 복음서 가운데 그들에 관해 가장 신랄하게 기록하고 있는 것은 마태복음이다. 여기서 바리새인들은 쉴 새 없이 비판을 쏟아붓는다. 이런 그들을 지켜보는 예수님의 마음은 어떠했을지 말씀을 통해 알아보자.

예루살렘아 예루살렘아 선지자들을 죽이고 네게 파송된 자들을 돌로 치는 자여 암탉이 그 새끼를 날개 아래 모음 같이 내가 네 자녀를 모으려 한 일이 몇 번이냐 너희가 원치 아니 하였도다. 보라 너희 집이 황폐하여 버려진 바 되리라.(마태복음 23:37~38)

바리새인이 어떤 사람들인지를 보다 비유적으로 설명한 예화가 있다. 바로 탕자에 관한 비유다. 탕자 이야기의 줄거리는 이렇다. 어떤 사람에게 두 아들이 있었는데 그 가운데 첫째 아들은 비교적 아버지 말을 잘 듣고 성실했다. 반면에 둘째 아들은 아버지 재산에만 관심이 있었다. 그런 둘째 아들은 아버지 재산 가운데 자신의 몫을 미리 물려받을 수 없겠냐고 생떼를 썼고 마침내 소원대로 미리 재산을 물려받았다.

그는 신이 나서 돈을 챙긴 즉시 도시로 나갔고 허랑방탕한 생활을 한 끝에 모든 재산을 탕진하고 거지가 되어버렸다. 그런 그가 다시 찾을 수밖에 없는 유일한 곳은 아버지가 있는 고향 집이었다. 그런데 양심은 있었는지 좀처럼 집으로 들어가지 못하고 집 근처에서 서성거렸다. 그런 그 아들을 아버지가 먼발치에서 알아본 것이다. 이것은 무엇을 의미하는가? 세월이 흘렀음에도 당신의 자식을 금방 알아봤다는 것은 아들을 오매불망 기다렸다는 것을 말해준다.

그런 아버지는 잃어버렸던 자식이 돌아왔다는 사실에 흡족하여 달려가 자식을 껴안고 마음껏 기뻐했다. 그리고 그를 집으로 데려와 성대하게 잔치를 열어주었다. 그런데 한 가지 문제가 있었다. 아버지 곁에서 성실하게 일하며 집안을 지켰던 첫째 아들이 아버지가 둘째 아들을 환대하는 모습을 보고 질투심을 느낀 것이다. 이것이 일반적인 사람의 마음이다. 첫째 아들의 서운한 마음과 아버지의 대답을 통해 예수님의 메시지를 이해할 수 있다.

아버지께 대답하여 이르되 내가 여러 해 아버지를 섬겨 명을 어김이 없거늘 내게는 염소 새끼라도 주어 나와 벗으로 즐기게 하신 일이 없더니 아버지의 살림을 창녀들과 함께 삼켜버린 이 아들이 돌아오매 이를 위하여 살진 송아지를 잡았나이다. 아버지가 이르되 얘야 너는 항상 나와 함께 있으니 내 것이 다 네 것이로되, 이 네 동생은 죽었다가 살아났으며 내가 잃었다가 얻었기로 우리가 즐거워하고 기뻐하는 것이 마땅하다 하니라. (누가복음 15:29~32)

여기에 등장하는 아버지 마음이 곧 하나님 마음이다. 하나님은 잃어버린 양, 요컨대 잃어버린 아들을 찾았기 때문에 기뻐하신 것이다. 예수님께서 이 땅에 오신 목적도 또 제자들과 많은 사람들에게 가르치신 말씀도 모두 잃어버린 영혼을 구하기 위한 것임을 알 수 있다. 여기서 탕자의 형은 죄인들과 함께 먹는다고 예수님을 비난했던 바리새인과 서기관을 떠올리게 한다.

바리새인과 서기관들이 수군거려 이르되 이 사람이 죄인을 영접하고 음식을 같이 먹는다 하더라. 너희 중에 어떤 사람이 양 백 마리가 있는데 그중의 하나를 잃으면 아흔아홉 마리를 들에 두고 그 잃은 것을 찾아내기까지 찾아다니지 아니 하겠느냐. 또 찾아낸 즉 즐거워 어깨에 메고 집에 와서 그 벗과 이웃을 불러 모으고 말하되 나와 함께 즐기자 나의 잃은 양을 찾아내었노라 하리라. 내가 너희에게 이르노니 이와 같이 죄인 한 사람이 회개하면 하늘에서는 회개할 것 없는 의인 아흔아홉으로 기뻐하는 것보다 더하리라.(누가복음 15:2~7)

탕자 이야기 비유의 핵심은 예수님이 죄인들과 함께 먹는 것이 하나님이 죄에 연루되어 있기 때문이 아니라 죄인들을 찾고 계시기 때문이라는 것이다. 탕자 이야기의 마지막 부분에서 예수님은 바리새인에게 손을 내미셨다. 예수님은 아버지(하나님)를 상징한다. 잃었다가 다시 찾은 동생을 위한 잔치에 참석하시고 바리새인과 같은 첫째 아들에게 간청하는 모습으로 묘사하신다.

이 비유를 통해 바리새인들에게 예수님의 삶과 사역 안에서 은혜의 잔치에 참여하자고 제안하신 것이다. 그러나 첫째 아들은 자신을 의롭게 여기는 종의 분노를 거두지 않았다. 좀처럼 질투와 서운한 마음을 거두지 못하고 아들로서 기쁨의 잔치에 동참하려 하지 않았다.

> 아버지께 대답하여 이르되 내가 여러 해 아버지를 섬겨 명을 어김이 없거늘 내게는 염소 새끼라도 주어 나와 벗으로 즐기게 하신 일이 없더니(누가복음 15:29)

물론 아버지 말씀에 순종하는 것도 중요하지만 그 순종의 의도가 하나님을 사랑하고 가족이나 이웃을 사랑하는 것으로 이어지지 못한다면 그 순종은 순수하지 못한 것임을 말해준다. 하나님 말씀의 깊은 뜻에 동참하기보다는 순종이라는 형식에 동참하며 외식적인 삶을 통해 자신의 이기적인 목적을 성취하고자 하는 의도를 숨기고 있다고 생각할 수밖에 없다.

큰아들은 자신을 값없이 사랑받는 아들로서 인식하고 있는 것이 아니라 열심히 일한 종의 자격으로서 자신을 대우해주기를 바랐던 것이다. 당장 눈앞에 보이는 현상만을 가지고 생각하면 그편이 훨씬 자신에게 득이 될 것으로 여겼기 때문이다. 큰아들이 아버지가 하신 일에 대해 수긍하지 않은 것도 문제이지만, 아버지나 동생을 사랑으로 대하지 않은 것도 문제였다. 그리고 자신이 현실적으로 일한 만큼 대가를 받지 못했다며 억울하다고 생각한 것이다.

그는 자신이 아들 혹은 형이라는 관계 의식보다는 일에 대한 보상을 먼저 생각하는 영락없는 종의 사고방식에 젖어 있었다고 볼 수 있다. 아버지가 큰아들에게 건네는 말속에 예수님이 바리새인들에게 느끼셨던 감정이 고스란히 녹아 있다.

아버지의 살림을 창녀들과 함께 삼켜버린 이 아들이 돌아오매 이를 위하여 살진 송아지를 잡았나이다. 아버지가 이르되 얘야 너는 항상 나와 함께 있으니 내 것이 다 네 것이로되(누가복음 15:30~31)

바리새인들은 율법을 지키는 것에 만족하고 스스로 의인이 된 것처럼 행세했다. 그런데 율법을 지키는 자세가 나쁜 것이 아니라 그로 인해 남을 정죄하고 율법의 가치를 손상한 것에 문제가 있다. 모든 율법을 퍼즐처럼 맞추어보면 아마도 그것은 사랑이라는 그림으로 완성될 것이다. 사랑 없는 율법은 본질적으로 아무런 유익이 없다는 것을 말해준다.

이스라엘아 들으라. 우리 하나님 여호와는 오직 유일한 여호와이시니 너는 마음을 다하고 뜻을 다하고 힘을 다하여 네 하나님 여호와를 사랑하라.(신명기 6:4~5)

모세가 광야에서 이스라엘 백성들에게 충고한 말씀이다. 예수님은 이 말씀을 인용하여 오늘 우리에게도 동일하게 말씀하신다.

예수께서 이르시되 네 마음을 다하고 목숨을 다하고 뜻을 다하여 주 너의 하나님을 사랑하라 하셨으니 이것이 크고 첫째 되는 계명이요. 둘째도 이와 같으니 네 이웃을 네 몸과 같이 사랑하라 하셨으니 이 두 계명이 온 율법과 선지자의 강령이니라.(마태복음 22:37~40)

우리가 마음을 다하고 목숨을 다하고 뜻을 다하여 행하여야 할 것이 바로 사랑이라고 했다. 우리가 사랑할 대상은 먼저 하나님이고, 다음은 이웃이다. 하나님의 모든 말씀을 한 단어로 압축하여 말한다면 바로 '사랑'일 것이다.

예수님은 이 땅에 의인을 찾으러 오신 것이 아니라 죄인을 찾으러 오셨다고 말씀하셨다. 왜? 이 세상에 의인은 단 한 사람도 없기 때문이다. 제대로 하나님을 사랑하고 이웃을 사랑한 사람이 한 사람도 없다는 뜻이다. 그래서 이런 사람들을 죄인이라고 부르신다. 그런데 그런 죄인을 벌하러 오신 것이 아니라 그들을 용서하시고 구원하시러 오신 것이다. 하나님이 모든 것을 양보하신 것이다. 우리에게 양손을 다 들어버리신 것이다. 그만큼 우리를 사랑하신다는 뜻이다. 더 사랑하는 쪽이 지는 것이라는 말처럼 하나님의 진정한 승리는 우리에게 지셨다는 것이다. 그 사랑의 깊이가 어느 정도인지 알 수 있는 것은 자신의 독생자 예수를 용서의 대가로 버리시고 우리를 택하셨다는 점이다.

그럼에도 불구하고 여전히 하나님 말씀을 순순하게 믿지 못하고 예수님 사랑에 감동하지 못한다. 그 이유는 무엇일까? 눈에 보이는 것들과 자신의 이성에 근거한 자기애自己愛에서 벗어나지 못하고 있기 때문이다. 하나님 사랑을 깨달으려면 하나님이 애초에 호흡으로 허락하신 생기, 요컨대 하나님의 원자아를 통해 바라보아야 한다. 그렇지 않으면 누구든 바리새인이 아니라고 장담할 수 없다. 하나님과 소통하려면 꺼져가는 한 줄기 원자아를 예수님의 인공호흡으로 회생시켜야 한다. 요컨대 모든 나의 자기애를 버리고 예수님께 통째로 맡겨야 한다. 그것만이 유일한 길이다.

바리새인들이 보고 그의 제자들에게 이르되 어찌하여 너희 선생은 세리와 죄인들과 함께 잡수시느냐. 예수께서 들으시고 이르시되 건강한 자에게는 의사가 쓸데없고 병든 자에라야 쓸 데 있느니라. 너희는 가서 내가 긍휼을 원하고 제사를 원치 아니 하노라 하신 뜻이 무엇인지 배우라. 나는 의인을 부르러 온 것이 아니라 죄인을 부르러 왔노라 하시니라.(마태복음 9:11~13)

이 비유의 말씀은 결말이 마무리되지 않은 채 끝난다. 결국 바리새인들은 그 말씀의 의도가 자신들을 천국 잔치에 초대하는 말씀이라는 것을 깨닫지 못했다. 이들은 자신들을 의롭다고 여기고 남을 판단하는 자세를 버리라는 메시지를 담고 있는 비유 말씀을 깨달았어야 했다. 그리고 예수님 말씀의 의미를 헤아림과 더불어 사랑과 자비, 그리고 용서의 마음을 받아들임으로써 하나님이 베푸신 은혜와 구원의 잔치에 참여했어야 했다. 바리새인들의 보다 근본적인 문제는 그들의 마음이 하나님으로부터 멀리 떠나있었다는 점이다.

주께서 이르시되 이 백성이 입으로는 나를 가까이하며 입술로는 나를 공경하나 그들의 마음은 내게서 멀리 떠났나니 그들이

나를 경외함은 사람의 계명으로 가르침을 받았을 뿐이라.(이사야 29:13)

예수님은 이사야 선지자가 예언한 내용을 다시 한 번 상기시킨다.

외식하는 자들아 이사야가 너희에 관하여 잘 예언하였도다 일렀으되 이 백성이 입술로는 나를 공경하되 마음은 내게서 멀도다.(마태복음 15:7~8)

이들은 하나님 말씀을 경청하지 않았고 자신들의 의義만을 내세웠다. 요컨대 자신들은 모세 율법을 충실히 지키고 있다는 점을 강조했다. 그러나 율법의 본질에 대해서는 제대로 깨닫지 못했다. 율법의 실체이신 예수님을 알아보지 못했다는 점만 보아도 그들은 확실히 남들이 자신을 어떻게 보아주느냐에 더 관심이 있었던 것 같다. 예수님도 그 같은 취지의 심정을 드러내셨다.

사람의 계명으로 교훈을 삼아 가르치니 나를 헛되이 경배하는도다 하였느니라 하시고 무리를 불러 이르시되 듣고 깨달으라. 입으로 들어가는 것이 사람을 더럽게 하는 것이 아니라 입에서 나오는 그것이 사람을 더럽게 하는 것이니라.(마태복음 15:9~11)

바리새인들은 예수님 말씀도 경청하지 않았고 사람들을 판단하는 일에만 열심이었으며, 사람들을 진정으로 사랑하지 않았다. 그들은 돈과 칭찬을 더 소중히 여겼다. 예수님이 돈을 바르게 사용하는 것에 대해 비유로 말씀하실 때 그들은 예수님을 비웃었다.

집 하인이 두 주인을 섬길 수 없나니 혹 이를 미워하고 저를 사랑하거나 혹 이를 중히 여기고 저를 경히 여길 것임이니라. 너희는 하나님과 재물을 겸하여 섬길 수 없느니라. 바리새인들은 돈을 좋아하는 자들이라. 이 모든 것을 듣고 비웃거늘 예수께서 이르시되 너희는 사람 앞에서 옳다 하는 자들이나 너희 마음을 아는 하나님께서 아시나니 사람 중에 높임을 받는 그것은 하나님 앞에 미움을 받는 것이니라.(누가복음 16:13~15)

누가는 바리새인들이 돈을 좋아하는 자라는 것이 근본적으로 예수님의 말씀에 순종할 수 없었던 이유 가운데 하나였다고 핵심을 간파했다. 그 후 예수님도 "서기관을 삼가라 그들은 과부의 가산을 삼키며"라고 말씀하셨다.

긴 옷을 입고 다니는 것을 원하며 시장에서 문안 받는 것과 회당의 높은 자리와 잔치의 윗자리를 좋아하는 서기관을 삼가라. 그들은 과부의 가산을 삼키며 외식으로 길게 기도하니 그들이 더 엄중한 심판을 받으리라 하시니라.(누가복음 20:46~47)

이 말씀을 천천히 묵상하다 보면 누군가 떠오르는 사람들이 있을 것이다. 오늘날 사회에 온갖 물의를 빚고 있는 이단 교회들이나 일부 사이비 교회들을 떠올리게 한다. 그 교회들의 교주나 목사들은 늘 높은 위치를 좋아하며 높은 자리에서 그럴듯하게 말씀을 전한다. 그들은 엄청난 사례금 등을 챙기고 부를 축적한다. 그리고 성경 말씀을 전한다는 명분으로 성도들을 판단하며 자신과 교회에 충성할 것을 종용한다. 그리고 성도들(과부들)의 돈을 착취하며 돈벌이 수단으로 삼는 경우가 허다하다. 심지어 성도들을 성적 유희의 대상으로 삼는다. 이 사람들이 바리새인이나 서기관과 무엇이 다르겠는가. 요컨대 바리새인들과 서기관들은 성전 헌금으로 가난한 자들을 보살피며 또 자신들의 부모를 공경해야 한다고 규범으로 만들어 놓고 전통으로 지키고자 했다. 하지만 그들은 그 계명의 취지와는 다른 이율배반적인 행동을 일삼았다.

> 또 이르시되 너희가 너희 전통을 지키려고 하나님의 계명을 잘 저버리는 도다. 모세는 네 부모를 공경하라 하고 또 아버지나 어머니를 모욕하는 자는 죽임을 당하리라 하였거늘 너희는 이르되 사람이 아버지에게나 어머니에게나 말하기를 내가 드려 유익하게 할 것이 고르반 곧 하나님께 드림이 되었다고 하기만 하면 그만이라고 하고 자기 아버지나 어머니에게 다시 아무것도 하여 드리기를 허락하지 아니 하여 너희가 전한 전통으로 하나님의 말씀을 폐하며 또 이 같은 일을 많이 행하느니라 하시고 무리를 다시 불러 이르시되 너희는 다 내 말을 듣고 깨달으라.(마가복음 7:9~14)

위의 말씀 가운데 '고르반'이라는 단어는 '재물'이라는 의미의 히브리어 '코르반'에서 온 말이다. 구약시대에는 하나님께 드림, 곧 하나님께 바치는 물건 등을 가리키는 신앙적인 제물祭物이라는 의미로 사용했다. 복음서에서 예수님은 당시의 자녀들이 그들의 가련한 부모들에게 도와드려야 할 돈을 드리지 않고 이미 하나님을 섬기는 데 사용했다고 핑계를 대는 못된 관습은 서기관들이 전통적으로 규정한 것이었다.

예수님 당시의 이 말이 순전히 하나님께 예물을 드리기 위해서만 사용된 것은 아니었다. 당시 장로들의 유전을 따르는 사람들이 부모에게 해야 할 봉양 의무를 하나님께 대신했다는 변명으로 사용하였다. 예수님은 서기관들과 바리새인들의 마음을 묘사하시면서 "그 안에는 탐욕과 방탕으로 가득하게 하는 도다"라고 말씀하셨다.

> 화 있을진저 외식하는 서기관들과 바리새인들이여 잔과 대접의 겉은 깨끗이 하되 그 안에는 탐욕과 방탕으로 가득하게 하는 도다.(마태복음 23:25)

그들은 하나님보다 돈을 더 사랑했다. 게다가 그들은 사람들의 칭찬에 더 신경을 썼다. 이들은 자신들의 의를 내세워 하나님께 돌아갈 영광을 자신들이 가로챈 것이다. 그들에게 예수님은 이렇게 말씀하셨다.

> 그들의 모든 행위를 사람에게 보이고자 하나니 곧 그 경문 띠를 넓게 하며 옷술을 길게 하고 잔치의 윗자리와 잔치의 상석과 회당의 상좌와 시장에서 문안 받는 것과 사람에게 랍비라 칭함을 받는 것을 좋아하느니라.(마태복음 23:5~7)

"경문 띠를 넓게 하며 옷술을 길게 하고"라는 말씀이 말해주듯이 경문(말씀 상자)과 옷술tassel(겉옷 자락에 치장하는 여러 가닥의 실 장식)에 신경을 씀으로써 자신들이 남들과 구별된다는 점을 드러낸 것으로 남의 눈을 지나치게 의식했다는 것을 말해준다. 이처럼 사람들의 칭찬과 사랑에 빠져 있었고 자신들이 사람들을 가르치는 선생을 자처함으로써 교만에 빠졌었다. 하나님의 의와 사랑을 가르칠 수 있는 유일한 선생은 예수 그리스도 한 분뿐이라는 사실을 간과한 것이다.

그러나 너희는 랍비라 칭함을 받지 말라. 너희 선생은 하나요 너희는 다 형제니라.(마태복음 23:8)

현대 교회가 권위주의에 사로잡혀 있고 또 사이비 교주들이 득세하는 일이 생기는 것은 "너희 선생은 하나요, 너희는 다 형제니라"라는 말씀에 주목하지 못하기 때문이다.

또 예수님은 다음과 같이 말씀하셨다.

너희가 서로 영광을 취하고 유일하신 하나님께로부터 오는 영광은 구하지 아니 하니 어찌 나를 믿을 수 있느냐.(요한복음 5:44)

바리새인들은 세간으로부터의 칭찬과 상급을 원했다. 그들은 돈을 무척 사랑했는데 하나님보다 사랑했으며 사람들의 칭찬에 늘 목말라했다. 게다가 더욱 최악인 것은 성적으로도 타락한 것이다.

예수님은 그들을 가리켜 "악하고 음란한 세대"라고 질타하셨다.

그때에 서기관과 바리새인 중 몇 사람이 말하되 선생님이여 우리에게 표적 보여주기를 원하나이다. 예수께서 대답하여 이르시되 악하고 음란한 세대가 표적을 구하나 선지자 요나의 표적밖에는 보일 표적이 없느니라.(마태복음 12:3~39)

이러한 이율배반적인 그들의 행동이 예수님은 보시기에 무척 불편하셨을 것이다. 그럴듯한 종교적 복장 속에 감춰져 있는 악하고 음란한 생각을 예수님은 훤히 꿰뚫어 보고 계신 것이다. 이런 신앙인을 가리켜 "외식外飾하는 자"라고 지적하신 것이다.

화 있을진저 외식하는 서기관들과 바리새인들이여 잔과 대접의 겉은 깨끗이 하되 그 안에는 탐욕과 방탕으로 가득하게 하는 도다. 눈먼 바리새인이여 너는 먼저 안을 깨끗이 하라 그리하면 겉도 깨끗하리라.(마태복음 23:25~26)

하나님이 주신 계명을 하나님을 깨닫는 가르침으로 받아들이는 것이 아니라 오히려 하나님을 대적하는 수단으로 활용한 것이다.

화 있을진저 외식하는 서기관들과 바리새인들이여 회칠한 무덤 같으니 겉으로는 아름답게 보이나 그 안에는 죽은 사람의 뼈와 모든 더러운 것이 가득하도다. 이와 같이 너희도 겉으로는 사람에게 옳게 보이되 안으로는 외식과 불법이 가득하도다.(마태복

탐욕, 방탕, 죽은 사람의 뼈, 더러운 것, 외식, 불법 등과 같은 단어들은 바리새인들이 어떤 사람인지를 잘 보여주고 있다. 이 단어들은 그들이 어떤 마음으로 종교 행위를 하고 있는가를 보여주는 것으로 예수님은 이 사실을 예리하게 지적하신 것이다. 그들이 스스로 주장하는 의義가 얼마나 가식적이었는지를 잘 알려주고 있다. 예수님은 의인을 부르러 이 땅에 오신 것이 아니고 죄인을 부르러 오셨다고 말씀하셨다. 왜냐하면 이 땅에 의인은 한 명도 없기 때문이다.

너희는 가서 내가 긍휼을 원하고 제사를 원하지 아니 하노라 하신 뜻이 무엇인지 배우라. 나는 의인을 부르러 온 것이 아니요 죄인을 부르러 왔노라 하시니라.(마태복음 9:13)

바리새인들의 마음을 구체적으로 알 수 있는 사건이 있는데 그것은 하나님께 기도하는 장면이다. 바리새인과 세리가 기도하는 장면으로 우리가 어떤 마음가짐으로 기도해야 하는지를 알게 해준다.

두 사람이 기도하러 성전에 올라가니 하나는 바리새인이요 하나는 세리라. 바리새인은 서서 따로 기도하여 이르되 하나님이여 나는 다른 사람들 곧 토색, 불의, 간음을 하는 자들과 같지 아니 하고 이 세리와도 같지 아니함을 감사하나이다. 나는 이레에 두 번

씩 금식하고 또 소득의 십일조를 드리나이다 하고 세리는 멀리 서
서 감히 눈을 들어 하늘을 쳐다보지도 못하고 다만 가슴을 치며
이르되 하나님이여 불쌍히 여기소서, 나는 죄인이로소이다 하였
느니라.(누가복음 18:10~13)

이 두 사람의 기도를 지켜보신 예수님은 어떤 생각을 하셨을까?
예수님은 바리새인의 기도가 아닌 세리의 기도가 옳았다고 말
씀하셨다.

> 내가 너희에게 이르노니 이에 저 바리새인이 아니고 이 사람이
> 의롭다 하심을 받고 그의 집으로 내려갔느니라. 무릇 자기를 높이
> 는 자는 낮아지고 자기를 낮추는 자는 높아지리라 하시니라.(누가
> 복음 18:14)

바리새인들은 스스로 자화자찬하며 의인 행세를 하였다면, 세
리는 자신의 죄를 인정하고 불쌍히 여겨주실 것을 기도했다. 예수
님은 의인을 찾으러 오신 것이 아니라 세리처럼 죄를 고백하고 하
나님께 돌아오기를 바라신 것이다. 그래서 세리의 기도를 칭찬하
셨다. 세리처럼 진실하고 겸손한 마음으로 하나님께 다가갈 때 하
나님은 두 팔 벌려 우리를 맞아주실 것이다.

죄인을 구하시기 위해 예수님이 이 땅에 오셔서 십자가에서 보
혈을 흘리셨다. 만약 우리가 스스로 의인 행세를 한다면 십자가에
서의 예수님 죽음을 헛되게 하는 일이다. 우리는 하나님 은혜와 자
비와 사랑이 필요한 사람이라는 것을 간과해서는 안 되겠다. 예수

님 사랑과 희생이 우리를 죄로부터 자유롭게 했다는 사실을 인정하고 감사하는 것이 올바른 믿음이 아니겠는가.

그 믿음이 하나님과 우리 관계를 회복시키고 또 우리가 하나님을 사랑하고 이웃을 사랑할 수 있도록 만들 것이다. 그렇지 않고 마음과 행동이 다르고 사랑이 우리 마음 가운데 자리 잡지 못한다면 그것은 제대로 된 믿음이라고 할 수 없다. 하나님이 원하는 것은 단순히 율법을 지키는 것에 있는 것이 아니라 율법이 의미하는 뜻을 헤아리고 그 헤아림으로 행하는 것이다.

하나님 사랑은 온 율법과 선지자들이 전한 모든 것을 포함하고 있다. 그래서 예수님은 일생동안 사랑을 실천하셨고 또 예수님 제자들도 사랑을 가르치고 몸소 행하였다. 사도 바울이 고린도 교인들에게 가르친 사랑에 관한 이야기는 예수님 사랑의 본질을 가장 잘 표현해주고 있다.

> 내가 사람의 방언과 천사의 말을 할지라도 사랑이 없으면 소리 나는 꽹과리가 되고 내가 예언하는 능력이 있어 모든 비밀과 모든 지식을 하고 또 산을 옮길만한 모든 믿음이 있을지라도 사랑이 없으면 내가 아무것도 아니요 내게 있는 모든 것으로 구제하고 또 몸을 불사르게 내줄지라도 사랑이 없으면 내게 아무 유익이 없느니라. (고린도전서 13:1~3)

사도 바울은 사랑의 본질을 가르치는 것에 그치지 않고 우리 마음을 어떻게 사용해야 하는지에 대해 구체적으로 열거하며 제시하였다.

사랑은 오래 참고 사랑은 온유하며 시기하지 아니 하며 사랑은
자랑하지 아니 하며 교만하지 아니 하며 무례히 행치 아니 하며
자기의 유익을 구하지 아니 하며 성내지 아니 하며 악한 것을 생
각하지 아니 하며 불의를 기뻐하지 아니 하며 진리와 함께 기뻐하
고 모든 것을 참으며, 모든 것을 믿으며 모든 것을 견디느니라. 사
랑은 언제까지나 떨어지지 아니 하되 예언도 폐하고 방언도 그치
고 지식도 폐하리라.(고린도전서 13:4~8)

　예언도 방언도 지식도 유한하나 사랑은 영원히 존재할 것이라
고 가르쳤다. 그도 그럴 것이 사랑은 하나님의 존재 근거이자 하
나님 자신의 속성이시기 때문이다.

　　사랑하는 자들아 우리가 서로 사랑하자 사랑은 하나님께 속한
것이니 사랑하는 자마다 하나님으로부터 나서 하나님을 알고 사
랑하지 아니 한 자는 하나님을 알지 못하나니 이는 하나님은 사랑
이심이라.(요한일서 4:7~8)

　우리가 하나님을 사랑하고 이웃을 사랑하는 것이 하나님의 율
법정신을 이해하고 지키는 것이다. 예수님은 우리를 대신해서 모
든 율법을 지키시고 선지자들의 예언을 다 이루셨다. 따라서 예수
님은 우리에게 구약에 나와 있는 모든 문자적 율법을 지키라고 강
요하시지 않는다. 우리가 온전히 율법을 지킬 수 없다는 것을 아
셨기 때문에 예수님이 이 땅에 오셔서 우리를 대신해서 율법을 다
지키신 것이다. 그래서 우리가 할 수 있는 일은 우리를 향한 예수

님 사랑을 믿고 그분의 가르침에 순종하며 하나님 나라를 향해 한 걸음 한 걸음 나아가는 것이다.

지금 우리 자신을 한 번 돌아보고 우리 모습 가운데 혹여 종교적 행태를 답습하고 있는 바리새인의 모습은 없는지 자신의 옳음을 앞세우며 예수님을 우리 마음에서 자꾸 밀어내고 있지는 않은지 살펴보아야 할 것이다. 형식적인 예배를 드리고 십일조를 드리는 것보다 하나님의 긍휼과 사랑을 깨닫고 행하는 것이 더 중요하다.

> 화 있을진저 외식하는 서기관들과 바리새인들이여 너희가 박하와 회향과 근채의 십일조는 드리되 율법의 더 중요한 바 긍휼과 믿음은 버렸도다. 그러나 이것도 행하고 저것도 버리지 말아야 할지니라. (마태복음 23:23)

단순히 율법을 암송하고 그것을 문자적으로 지키려는 태도가 중요한 것이 아니라 그것을 통해 하나님이 하시고자 하는 말씀의 의미를 상고하는 것이 훨씬 중요하다는 뜻이다. 그리고 하나님을 믿는 믿음과 행동이 일치해야 하는데 그런 사람일수록 겸손하고 사랑이 많다는 것이다.

따라서 종교적인 행위보다 긍휼, 사랑, 자비, 용서 등 하나님의 속성을 닮아가는 것이 더 중요하다는 것을 깨닫게 된다. 세상 지식이나 철학, 육체적인 안목으로는 하나님의 뜻을 제대로 알 수 없다. 무엇보다 영적인 분별력이 있어야 한다. 이를 위해서는 하나님의 영적 은혜, 요컨대 성령의 도우심이 절대적으로 있어야 한다. 바리새인들에게 부족했던 것이 바로 영적 분별력이었다. 오늘날 우리에게도 마찬가지로 동일하게 적용되는 말씀이다.

맹인된 인도자여 하루살이는 걸러내고 낙타는 삼키는도다.(마태복음 23:24)

하나님의 뜻을 제대로 파악하지 못한다는 의미에서 맹인에 비유하신 것이다. 하나님에 대한 무지는 곧 자신에 대한 무지로 이어진다. 남에게 보이기 위한 외식적인 신앙보다 먼저 마음을 깨끗이 하라고 말씀하신 것이다.

눈먼 바리새인들이여 너는 먼저 안을 깨끗이 하라. 그리하면 겉도 깨끗하리라.(마태복음 23:26)

그 이유는 마음 안을 깨끗이 하면 저절로 바깥도 깨끗해진다는 것이다. 마음 안을 깨끗하게 하면 모든 일이 좋아질 것이다. 생명의 근원이 거기서 나기 때문이다.

모든 지킬 만한 것 중에 더욱 네 마음을 지키라 생명의 근원이 이에서 남이니라.(잠언 4:23)

설상가상으로 맹인이 인도자가 될 때 자신은 물론이고 다른 사람들까지 잘못된 길로 인도하게 되어 결국 생명까지 잃게 할 수 있다.

그냥 두라 그들은 맹인이 되어 맹인을 인도하는 자로다. 만일 맹인이 맹인을 인도하면 둘이 다 구덩이에 빠지리라 하시니(마태복음 15:14)

화 있을진저 외식하는 서기관들과 바리새인들이여 너희는 천국 문을 사람들 앞에서 닫고 너희도 들어가지 않고 들어가려 하는 자도 들어가지 못하게 하는도다.(마태복음 23:13)

그리스도는 제자들에게 그들을 그냥 두게 하신 두 가지 이유를 말씀하셨다.

첫째 그들은 교만하고 무지하다는 것이다. 교만하고 무지한 것은 나쁜 속성들로서 이 두 속성들은 종종 하나로 결합되어 사람들로 하여금 어리석음에서 벗어날 수 없도록 한다.

네가 스스로 지혜롭게 여기는 자를 보느냐 그보다 미련한 자에게 오히려 희망이 있느니라(잠언 26:12)

스스로 지혜롭게 여기는 자의 고질병은 바로 자만심이다. 당시 서기관들과 바리새인들은 스스로 지혜롭게 여기며 제대로 아는 것이 없으면서도 그것을 자랑하고 자기 능력을 과대평가하여 자신의 의견만을 고집하고 독선적이며 비판적이었다. 이런 사람들보다는 자기의 어리석음을 알고 인정하는 미련한 자에게 바라는 것이 오히려 낫다는 것이다.

둘째 그들은 자기들의 멸망을 서두르고 있다. 둘 다 구덩이에 빠지게 될 것이다. 여기서 지적하고 있는 것은 인도하는 맹인과 아무런 분별력 없이 맹인 인도자를 따라가는 사람 양자 모두이다. 그들의 결국은 모두 구덩이에 빠진다는 것이다. 이 비유에 대해 좀 더 자세히 설명해주시기를 베드로가 간청하였는데 예수님은 친절하게 설명해주셨다.

예수께서 이르시되 너희도 아직까지 깨달음이 없느냐. 입으로 들어가는 모든 것은 배로 들어가서 뒤로 내버려지는 줄 알지 못하느냐. 입에서 나오는 것들은 마음에서 나오나니 이것이야말로 사람을 더럽게 하느니라. 마음에서 나오는 것은 악한 생각과 살인과 간음과 음란과 도둑질과 거짓 증언과 비방이니 이것들이 사람을 더럽게 하는 것이요 씻지 않은 손으로 먹는 것은 사람을 더럽게 하지 못하느니라. (마태복음 15:16~20)

세상에는 스승이 너무 많다. 그것은 가르치려는 자가 많다는 의미이고 그로 인해 진리와는 무관한 지식과 쓸데없는 정보가 너무 많이 넘쳐나고 있음을 말한다. 이런 상황에서 우리에게 필요한 것은 분별력이다. 그런데 분별력은 스스로 갖출 수 있는 것이 아니다. 세상 지식으로 영적인 일을 분별할 수 없기 때문이다. 하나님의 지혜를 통해서만이 만물의 이치를 분별할 수 있고 선과 악을 구별할 수 있다. 그래서 영적인 분별을 위해서는 하나님 말씀을 반드시 의지해야 한다.

때가 오래되었으므로 너희가 마땅히 선생이 되었을 터인데 너희가 다시 하나님의 말씀의 초보에 대하여 누구에게서 가르침을 받아야 할 처지이니 단단한 음식을 못 먹고 젖이나 먹어야 할 자가 되었도다. 이는 젖을 먹는 자마다 어린아이니 의의 말씀을 경험하지 못한 자요 단단한 음식은 장성한 자의 것이니 그들은 지각을 사용함으로 연단을 받아 선악을 분별하는 자들이니라.(히브리서 5:12~14)

하나님 말씀의 초보는 율법이다. 그 율법은 예수님이 오시기 전까지만 역할을 한다. 예수님이 오신 이후에는 그 율법이 소임을 다하게 되는데 그것은 진리이시고 모든 율법의 실체이신 예수님이 직접 가르쳤을 뿐 아니라 그것을 몸소 다 이루셨기 때문이다.

율법시대에는 누구에겐가 가르침을 받아야만 했다. 하나님이 선택한 누군가로부터 전달받아야 했는데 그들이 선지자들이었고 율법사들이었다. 그런데 이제는 선지자나 율법사들의 지식에 의지할 필요가 없게 되었다. 하나님이 각자의 마음에 성령을 부어주셨기 때문이다. 그래서 누구를 통하지 않고서도 하나님을 직접 만날 수 있게 된 것이다.

너희는 주께 받은 바 기름 부음이 너희 안에 거하나니 아무도 너희를 가르칠 필요가 없고 오직 그의 기름 부음이 모든 것을 너희에게 가르치며 또 참되고 거짓이 없으니 너희를 가르치신 그대로 주 안에 거하라.(요한일서 2:27)

성령시대에는 "아무도 너희를 가르칠 필요가 없고"라는 말씀에 주목해야 한다. 그래서 우리가 말씀과 성령 받기를 힘써야 한다. 그렇게 되면 우리는 어머니가 젖을 먹여주어야만 섭취할 수 있었던 어린아이에서 벗어나 스스로 단단한 음식을 먹을 수 있게 된다. 성령의 도움으로 말씀을 깨닫게 되고 예수님의 장성한 분량까지도 자랄 수 있게 되는 것이다.

> 아기가 자라며 강하여지고 지혜가 충만하며 하나님의 은혜가 그의 위에 있더라.(누가복음 2:40)

모세 율법이 어린아이 수준의 가르침이었다면 예수님의 말씀은 우리를 성숙한 어른으로 자라게 해준다. 우리가 무엇보다 예수님 말씀을 우선시하며 살아야 하는 이유가 여기에 있다. 그것이 우리에게 주신 참된 은혜요 축복이다.

> 새 언약이라 말씀하셨으매 첫 것은 낡아지게 하신 것이니 낡아지고 쇠하는 것은 없어져가는 것이니라.(히브리서 8:13)

예수님은 당시 이 문제를 얼마나 심각하게 받아들이셨는지 알 수 있는 말씀이 있다. 교회 안에서 서기관들과 바리새인들이 복음을 전하는 것이 아니라 여전히 자신들의 위상을 굳건히 지켜주었던 율법을 가르치며 예수님의 복음이 사람들에게 전해지는 것을 오히려 방해했었다.

> 화 있을진저 외식하는 서기관들과 바리새인들이여 너희는 교인

한 사람을 얻기 위하여 바다와 육지를 두루 다니다가 생기면 너희보다 배나 더 지옥 자식이 되게 하는 도다.(마태복음 23:15)

율법을 달달 외우고 그것을 자랑삼아 사람들에게 가르치고 뽐냈지만, 그 안에는 예수님의 복음이 없었다. 복음의 본질인 사랑, 희생, 구원, 영생 등이 빠져 있었다. 심지어 사두개인들은 예수님의 부활마저도 믿지 않았다. 그저 자신들의 지식을 자랑하며 외운 것을 청산유수처럼 말하면서도 그들에게서 예수님이 가르쳐주신 사랑을 찾아볼 수 없었다. 요컨대 그들은 말하는 것과 행동하는 것이 다른 이율배반적인 삶을 살았다.

사도 야고보는 율법을 지키라고 하면서도 율법정신은 간과한 사람들을 향해 예수님처럼 말씀을 전하고 그것을 실천하는 것이 중요하다는 사실을 가르쳤다. 그런데 여기에 나오는 행함을 율법과 혼돈해서는 안 된다. 율법주의자들을 비판하는 내용인데 율법을 다시 지켜야 함을 강조하는 내용이겠는가? 여기서 강조하는 행위는 율법행위 그 자체를 말하는 것이 아니라 복음의 본질인 사랑을 행하라는 말씀이다.

만일 형제나 자매가 헐벗고 일용할 양식이 없는데 너희 중에 누구든지 그에게 이르되 평안히 가라, 덥게 하라, 배부르게 하라 하며 그 몸에 쓸 것을 주지 아니 하면 무슨 유익이 있으리요. 이와 같이 행함이 없는 믿음은 그 자체가 죽은 것이라.(야고보서 2:15~17)

사도 바울도 이 같은 말씀의 중요성을 깨닫고 갈라디아서 교회에 보낸 서신에서 강조하여 가르쳤다. 당시 예수님 말씀이나 성령의 소중함을 깨닫지 못하고 여전히 율법이라는 문자적 프레임에 사로잡혀 예수님의 은혜와 사랑을 헛되게 한 것이었다. 그래서 바울은 장황하면서도 단호하게 그 점을 집중적으로 가르쳤다.

> 내가 너희에게서 다만 이것을 알려 하노니 너희가 성령을 받은 것이 율법의 행위로냐 혹은 듣고 믿음으로냐. 너희가 어리석으냐 성령으로 시작하였다가 이제는 육체로 마치겠느냐. 너희가 이같이 많은 괴로움을 헛되이 받았느냐 과연 헛되냐. 너희에게 성령을 주시고 너희 가운데서 능력을 행하시는 이의 일이 율법의 행위에서냐 혹은 듣고 믿음에서냐. 아브라함이 하나님을 믿으며 그것을 그에게 의로 정하셨다 함과 같으니라. 그러므로 믿음으로 말미암은 자들은 아브라함의 자손인 줄을 알지어다. (갈라디아서 3:2~7)

율법주의에 빠진 사람들은 결국 예수님을 인정하지 않고 예수님을 정죄하고 죽이려고까지 하였다. 그런 그들을 향해 예수님은 참담하고 답답한 마음을 토로하셨다.

> 예수께서 이르시되 하나님이 너희 아버지였으면 너희가 나를 사랑하였으리니 이는 내가 하나님께로부터 나와서 왔음이라. 나는 스스로 온 것이 아니요 아버지께서 나를 보내신 것이니라. 어찌하여 내 말을 깨닫지 못하느냐 이는 내 말을 들을 줄 알지 못함이로다. 너희는 너희 마귀에게서 났으니 너희 아비의 욕심대로 너희도 행하고자 하느니라. 그는 처음부터 살인자요 진리가 그 속에

없으므로 진리에 서지 못하고 거짓을 말할 때마다 제 것으로 말하나니 이는 거짓말쟁이요 거짓의 아비가 되었음이라. 내가 진리를 말하므로 너희가 나를 믿지 아니 하는도다. (요한복음 8:42~45)

마귀는 이들의 마음을 빚었으며 이들은 마귀의 뜻에 따라 일을 하는 것이다. 그런데 예수님은 반대로 예수님이 사탄을 위해 일한다고 비난함으로써 자신들에 대한 평가를 면하려 했다.

그때에 귀신 들려 눈멀고 말 못하는 사람을 데리고 왔거늘 예수께서 고쳐 주시매 그 말 못하는 사람이 말하며 보게 된지라. 무리가 다 놀라 이르되 이는 다윗의 자손이 아니냐 하니 바리새인들은 듣고 이르되 이가 귀신의 왕 바알세불을 힘입지 않고는 귀신을 쫓아내지 못하리라 하거늘 예수께서 그들의 생각을 아시고 이르시되 스스로 분쟁하는 나라마다 황폐하여질 것이요 스스로 분쟁하는 동네나 집마다 서지 못하리라. (마태복음 12:22~25)

그러나 예수님께서는 그들의 비판을 논리적으로 반박하셨다.

만일 사탄이 사탄을 쫓아내면 스스로 분쟁하는 것이니 그리하고야 어떻게 그의 나라가 서겠느냐. (마태복음 12:26)

자신들이 악하기 때문에 선하게 말할 수 없는 것은 '독사의 자식'인 바리새인들이다.

독사의 자식들아 너희는 악하니 어떻게 선한 말을 할 수 있느냐. 이는 마음에 가득한 것을 입으로 말함이라. 선한 사람은 그 쌓은 선에서 선한 것을 내고 악한 사람은 그 쌓은 악에서 악한 것을 내느니라.(마태복음 12:34~35)

그렇다. 선한 행위를 위해서는 평소에 선한 마음을 쌓아두어야 한다. 그래야 선을 사용할 수 있다. 악한 생각을 하면 자신도 모르게 악한 말과 행위로 이어지게 된다. 선한 분은 오직 하나님 한 분뿐이시다. 우리가 우리 마음속에 차곡차곡 쌓아두어야 할 것은 하나님 말씀이다.

예수께서 길에 나가실 때 한 사람이 달려와서 꿇어앉아 묻자오되 선한 선생님이여 내가 무엇을 하여야 영생을 얻으리이까 예수께서 이르시되 네가 어찌하여 나를 선하다 일컫느냐 하나님 한 분외에는 선한 이가 없느니라.(마가복음 10:17~18)

예수님은 하나님 자신이면서도 하나님의 진리를 깨닫게 하시기 위해서 오직 하나님 한 분만이 선하시다고 자신을 낮추신 것이다. 하물며 우리가 하나님에 대해 알면 얼마나 알겠는가. 그래서 예수님은 끊임없이 겸손하라고 몸소 가르치신 것이다.

바리새인들은 속보다 겉을 더 중시했다. 실제 그들의 마음은 완악했다. 그들의 마음에 복음, 요컨대 예수님을 믿는 믿음이 없었다. 그러니 당연히 그들 마음에 사랑도 없었다. 이것이 문제의 핵심이다. 예수님은 제자들이 바리새인의 실체를 분명히 알기 바라셨다. 그래서 많은 시간을 할애해서 제자들을 가르치셨다.

입으로 들어가는 모든 것은 배로 들어가서 내버려지는 줄 알지 못하느냐 입에서 나오는 것들은 마음에서 나오나니 이것이야말로 사람을 더럽게 하느니라.(마태복음 15:17~18)

바리새인들은 겉을 신경 쓰는 것만큼 속을 신경 쓰지 않았다.

어리석은 자들아 겉을 만드신 이가 속도 만들지 아니 하셨느냐.(누가복음 11:40)

예수님은 바리새인들에게 필요한 것이 무엇인지 조목조목 말씀해주셨다.

그러나 그 안에 있는 것으로 구제하라. 그리하면 모든 것이 너희에게 깨끗하리라.(누가복음 11:41)

눈먼 바리새인들이여 너는 먼저 안을 깨끗이 하라. 그리하면 겉도 깨끗하리라.(마태복음 23:26)

여호와께서 선지자 사무엘에게 하신 말씀에서도 하나님은 사람의 중심을 보시는 분이시라는 것을 잘 알 수 있다.

여호와께서 사무엘에게 이르시되 그의 용모와 키를 보지 말라.

내가 이미 그를 버렸노라 내가 보는 것은 사람과 같지 아니 하니 사람은 외모를 보거니와 나 여호와는 중심을 보느니라 하시더라.(사무엘상 16:7)

바리새인들의 마음 중심에는 사랑이 없었다. 그들은 자신들의 행위를 통해 사람들에게 칭찬받는 것에만 관심이 있었다. 그러니 그 행위가 진실한 것이라고 할 수 없다. 예수님 복음의 본질은 사랑이다. 그 사랑은 사람의 생명을 향하고 있다. 예수님이 사랑을 실천하신 것은 생명을 구하기 위한 것이었다. 그리고 그 생명을 구하기 위해 자신의 생명을 기꺼이 내놓으신 것이다. 그래서 예수님 사랑을 참사랑이라고 부른다. 아울러 예수님 말씀을 진리로 믿는 것이다. 예수님은 오늘날 우리에게도 동일한 논리로 말씀하고 계신다는 점을 잊어서는 안 되겠다.

내가 너희에게 이르노니 너희 의가 서기관과 바리새인보다 더 낫지 못하면 결코 천국에 들어가지 못하리라.(마태복음 5:20)

키에르케고르는 "마음의 청결은 하나에 뜻을 두는 것이다Purity of heart is to will one thing"라고 했다.*

청결은 하나님이 예수님 안에서 가장 소중하게 여김을 받으시는 수준까지 올라가는 것을 의미한다. 하나님보다 더 나은 의義는 없다는 것을 믿는 것이다. 예수님은 그런 마음을 갖기 위해서는

* 존 파이버 저, 예수님의 지상명령, p.230, 생명의 말씀사

"거듭나라"고 말씀하신다.

> 내가 네게 거듭나야 하겠다 하는 말을 놀랍게 여기지 말라. 바람이 임의로 불매 네가 그 소리는 들어도 어디서 와서 어디로 가는지 알지 못하나니 성령으로 난 사람도 다 그러하니라. (요한복음 3:7~8)

우리가 성령을 받는 것이 곧 거듭남을 나타내는 증표다. 믿음이 그렇듯 성령도 우리 눈으로 볼 수 있는 것은 아니라는 사실이다. 중요한 것은 우리가 바람을 볼 수 없지만, 그 소리를 들을 수 있는 것처럼 스스로가 성령을 느낄 수 있다는 것이다. 그래서 바리새인의 의를 능가하는 청결한 마음을 가질 수 있으려면 성령이 우리 마음 가운데 오셔야 한다. 우리는 마음 문을 활짝 열고 모셔야 한다. 그것은 구체적으로 예수님을 믿는 것이고 말씀을 받아들이는 것을 말한다.

다만 그것은 우리 노력만으로 될 수 있는 문제는 아니다. 하나님 은혜 가운데 이루어지는 것으로 마치 선물과 같은 것이다. 그 선물이 주어지는 순간 우리는 하나님의 자녀가 된다. 그렇게 되면 우리는 하나님의 뜻 가운데서 모든 것을 할 수 있다.

> 나는 포도나무요 너희는 가지라 그가 내 안에, 내가 그 안에 거하며 사람이 열매를 맺나니 나를 떠나서는 너희가 아무것도 할 수 없음이라. (요한복음 15:5)

우리가 포도나무로 비유된 예수님 안에 거하지 못하면 결코 좋은 열매를 맺을 수 없다는 사실을 잊어서는 안 되겠다.

> 이와 같이 좋은 나무마다 아름다운 열매를 맺고 못된 나무가 나쁜 열매를 맺나니 좋은 나무가 나쁜 열매를 맺을 수 없고 못된 나무가 아름다운 열매를 맺을 수 없느니라.(마태복음 7:17~18)

예수님은 우리가 의에 대해 주리고 목말라야 한다고 말씀하셨고 더불어 마음을 청결히 하라고 말씀하셨다. 우리 영혼이 거기에 달려 있기 때문이다.

> 의에 주리고 목마른 자는 복이 있나니 그들이 배부를 것임이요. 긍휼히 여기는 자는 복이 있나니 그들이 긍휼히 여김을 받을 것임이요 마음이 청결한 자는 복이 있나니 그들이 하나님을 볼 것임이요.(마태복음 5:6~8)

이 말씀의 의미는 모든 것의 근본 원인이 마음에 있음을 강조하신 것이다. 우리 생명의 실체인 영혼에 대해 생각할 것을 암시하고 있다. 우리가 인생이라는 긴 여행을 마치고 영혼이 돌아갈 곳은 우리의 본향인 하나님 나라이다. 그것을 위해 어린 양 예수께서 이 땅에 오셔서 우리 눈물을 씻어주셨고 덕분에 우리는 하나님 나라에 소망을 두고 살 수 있게 되었다.

사도 요한이 밧모섬에서 환상을 통해 하나님의 계시를 보고 들었는데 그것을 기록한 말씀이 요한계시록이다. 여기서 예수님이 다시 오실 때 그를 믿고 기다리는 모든 사람의 눈에서 눈물을 씻어주실 것이라고 다시 한 번 분명히 밝히고 있다.

그들이 다시는 주리지도 아니 하며 목마르지도 아니 하고 해나 아무 뜨거운 기운에 상하지도 아니 하리니 이는 보좌 가운데에 계신 어린 양이 그들의 목자가 되사 생명수 샘으로 인도하시고 하나님께서 그들의 눈에서 모든 눈물을 씻어주실 것임이라.(요한계시록 7:16~17)

우리가 할 수 있는 일은 그저 성령이 우리 마음속에 오셔서 우리를 청결하게 해주시기를 바라는 것이고 하나님의 도우심을 입어 새로운 심령으로 거듭나는 것이다.

오직 너희의 심령이 새롭게 되어 하나님을 따라 의와 진리의 거룩함으로 지으심을 받아 새 사람을 입으라.(에베소서 4:23~24)

또 하나님을 의지하는 온전한 마음으로 속사람이 강건해짐으로써 하나님의 자녀로서 부끄럼 없이 사는 것이다.

그러므로 우리가 낙심하지 아니 하노니 우리의 겉사람은 낡아지나 우리의 속사람은 날로 새로워지도다.(고린도후서 4:16)

그러기 위해서는 말씀을 주야로 묵상하며 늘 마음이 새로워질 수 있어야 할 것이다. 그리고 삶의 우선순위에서 내 생각이나 지식이 우선이 아니라 먼저 하나님의 나라와 그의 의를 구하는 믿음이 필요하다.

> 그런즉 너희는 먼저 그의 나라와 그의 의를 구하라. 그리하면 이
> 모든 것을 너희에게 더하시리라. (마태복음 6:33)

지금 우리에게 필요한 것은 날마다 숨 쉬는 순간마다 새로워질
수 있도록 마음 밭을 일구는 일이고 그 마음이 하나님의 성전, 하
나님의 나라가 될 수 있도록 기뻐하고 기도하고 감사하며 사는 것
이다. 예수님은 우리가 더 이상 바리새인이나 서기관들처럼 형식
적인 신앙에 젖어 하나님의 뜻을 헤아리지 못하는 우를 범하지 말
라고 질책하셨다. 예수님이 이 땅에 오셔서 실제로 몸소 보여주신
것도 하나님의 참뜻(진리)을 드러내는 것이었다.

그래서 우리는 가식적인 종교인의 함정에서 벗어나야 하나님을
제대로 만날 수 있음을 깨달아야 할 것 같다. 우리가 인식하는 것
들 그리고 보이는 것들 저 너머에 하나님의 진리가 엄연히 존재함
을 믿음의 눈으로 볼 수 있어야 한다.

삶의 최대 장애물, 자기애

원자아原自我와 자기애ego의 서로 다른 목소리가
마음 가운데서 부딪칠 때 끊임없이 파열음이 생기고
그 불협화음으로 인해 스트레스가 발생한다.
따라서 이런 감정과 생각의 원천인 정보를
무엇으로 채울 것인가는 매우 중요해진다.

에크하르트 톨레는 자신의 저서 《삶으로 다시 떠오르기》에서
"자기애自己愛, 요컨대 자기를 사랑하는 것은 관찰되지 않는 마음이
다. 말하자면 자기 자신인 것처럼 가장하는 머릿속 목소리일 뿐만
아니라, 관찰되지 않는 감정, 즉 머릿속의 목소리가 하는 말에 대
한 몸의 반응이다"*고 했다.

태초에 하나님으로부터 부여받은 원자아原自我와 선악과 사건 이
후 형성된 자기애의 서로 다른 목소리가 마음 가운데서 부딪칠 때
끊임없이 파열음이 생기고 그 불협화음으로 인해 스트레스가 발
생한다.

헤르만 헤세는 자신의 마음에 두 개의 욕구가 늘 존재하여 이것

---

*   에크하르트 톨레 저·류시화 역, 삶으로 다시 떠오르기, pp.181~182, 연금술사

도 하고 저것도 하게 만든다고 했다. 그런 심정을 다음과 같이 표현하고 있다.

아침과 저녁 사이에 낮이 있듯이 나의 삶도 여행을 떠나고 싶은 열망과 고향을 그리는 향수 사이에서 흘러가고 있다. … 자기 안에 고향을 갖는다는 것! 그럴 때 삶은 얼마나 달라질 것인가! 그러면 중심이 설 것이고, 그 중심으로부터 모든 힘이 솟구쳐 나올 것이다. 그러나 나의 삶에는 그러한 중심이 없다. 오히려 나는 수많은 열정들의 양극 사이를 주저하며 지나쳐 가고 있다. 그저 고향에 남아 있고 싶은 동경이 이는가 하면, 저 먼 여행길을 떠나고 싶은 욕망이 일기도 한다. 여기서는 수도원에 들어가 고독하게 머물고 싶은 갈망이 있는가 하면, 저기서는 사랑을 하면서 더불어 살고 싶은 충동이 인다! 나는 책과 그림을 수집했다가 다시 그것들을 남들에게 주어 버리기도 하고, 한때는 사치스럽고 부도덕한 생활을 했다가 그것에서 벗어나 금욕과 고행의 길을 떠난 적도 있다.*

따라서 평소 감정과 생각의 원천인 정보를 무엇으로 채울 것인가는 매우 중요해진다. 그런데 하루가 멀다고 홍수처럼 쏟아지는 정보를 우리는 아무 여과 없이 받아들인다. 그것이 우리에게 어떤 의미가 있고 우리를 행복하게 할 것인지 아닌지를 따질 겨를도 없이 일단 먹어 치운다. 그런 후 그것을 소화하지 못해 몸부림치는 동물처럼 꾸역꾸역 정보의 노예가 되어 살아간다.

* 헤르만 헤세 저 · 두행숙 역, 그리움이 나를 밀고 간다, pp. 182~183, 문예춘추사

그런 유해한 정보들은 마치 중금속처럼 우리 몸속에 차곡차곡 쌓여간다. 그리고 그것은 체내에서 이물질로 취급받는 것이 아니라 오래전부터 한 몸이었던 것처럼 우리를 속이고 있다. 그것을 처리하지 않으면 언젠가 우리는 몹쓸 병에 걸리게 될지도 모른다.

인간의 마음이 얼마나 과거를 내려놓지 못하는지 혹은 내려놓으려 하지 않은지를 여실히 보여주는 일화가 있다. 일본의 탄잔이라는 선승이 에키도라는 승려와 함께 폭우가 쏟아진 뒤 진흙탕으로 변한 시골길을 걷고 있었다. 마을 근처까지 오자 그들은 길에서 젊은 여인과 마주쳤다. 그런데 진흙탕이 너무 심해서 입고 있는 기모노가 더러워질 것을 우려한 때문인지 길 건너는 것을 망설이고 있었다. 그래서 탄잔은 곧바로 그녀를 등에 업고 길 반대편으로 데려다주었다.

그 후 두 수도승은 한참을 침묵 속에 걸었다. 다섯 시간이 지나 그날 밤 묵게 될 절이 보일 때 쯤 에키도가 더 이상 참지 못하고 입을 열었다. 왜 그 처녀를 등에 업고 길을 건네주었는가? 우리 수도승들은 그렇게 하면 안 되는 것을 모르는가? 그러자 탄잔이 대답했다. 나는 몇 시간 전에 그 처녀를 내려놓았는데 자네는 아직도 그녀를 업고 있는가?

누구의 생각이 옳은지 생각해보자.

세상에서 들려오는 것들, 지식이라는 이름으로 우리 머릿속에 앉아 있는 잡동사니들을 우리는 마치 보물단지처럼 여기며 흘려보내지 못한다. 오래전 일들을 여전히 쌓아두는 삶, 이것이 보통 사람들의 삶이 아니겠는가.

우리가 우리 안에 자리 잡고 있는 것들을 늘 새로운 것들로 대체하지 않으면 그런 정보와 지식들에 의해 우리 생각과 행동이 지배받기 때문이다. 우리 안에 있는 불안, 초조, 두려움, 분노, 슬픔, 미움, 질투, 시기 등의 부정적인 감정은 우리 안에 자리 잡고 있는 그 무엇인가에 의해 조장되어 발생하는 것들이다. 그것이 바로 자기애ego이다.

사랑, 용서, 절제, 배려, 관대함, 칭찬, 기쁨, 친절 등의 긍정적인 감정을 샘솟게 하는 새로운 에너지를 공급해야 한다. 이런 긍정적인 본성이 분출될 수 있도록 자기애를 자극하는 외부적인 요소들을 적절히 통제하지 않으면 안 된다. 그러기 위해 무엇을 듣고, 무엇을 취해야 할 것인지를 분별해야 한다. 그러려면 그것을 분별할 수 있는 기준이나 근거가 있어야 한다.

누구에게 물어봐야 할까?

태초에 우리를 창조하신 창조주에게 물어보아야 하지 않을까. 창조목적이나 의도를 무시한 채 자신의 에고에 의존하거나 타인에게 지혜를 구한들 그것이 무슨 도움이 되겠는가.

성서에는 창조주의 의도를 알 수 있는 말씀이 있다. 거기에서 우리는 모든 해답의 실마리를 찾을 수 있을 것이다. 하나하나 찾아가며 말씀을 음미해보는 것도 의미 있지 않을까.

하나님의 말씀은 살아 있고 활력이 있어 좌우에 날선 어떤 검보다도 예리하여 혼과 영과 및 관절과 골수를 찔러 쪼개기까지 하여 또 마음의 생각과 뜻을 판단하나니 지으신 것이 하나도 그 앞에 나타나지 않음이 없고 우리의 결산을 받으실 이의 눈앞에 만물이 벌거벗은 것 같이 드러나느니라.(히브리서 4:12~13)

여기에 등장하는 "말씀"은 하나님 자신이시다. 그분의 존재와 창조방식도 만물과 사람의 경영방식도 모두 말씀을 통해서 이루어진다는 것을 기억해야 할 것이다.

> 태초에 말씀이 계시니라. 이 말씀이 하나님과 함께 계셨으니 이 말씀은 곧 하나님이시라. 그가 태초에 하나님과 함께 계셨고 만물이 그로 말미암아 지은 바 되었으니 지은 것이 하나도 그가 없이는 된 것이 없느니라. 그 안에 생명이 있었으니 이 생명은 사람들의 빛이라.(요한복음 1:1~4)

이 말씀의 핵심은 하나님이 생명의 근원이라는 점이다. 그리고 말씀이라는 독특한 방법으로 존재하고 창조하고 경영한다는 것을 가르쳐준다. 세례 요한은 그분이 그것을 증언하러 세상에 왔다고 했고 모든 사람이 하나님을 믿게 하기 위해 왔다고 했다. 그분은 성육신으로 실제 이 땅에 오신 예수 그리스도이다.

> 그가 증언하러 왔으니 빛에 대하여 증언하고 모든 사람이 자기로 말미암아 믿게 하려 함이라.(요한복음 1:7)

세례 요한은 그 말씀, 즉 하나님을 빛으로 묘사했다. 그 빛을 영접하는 자는 하나님의 자녀가 되는 권세를 얻는다고 했다. 여기서 묘사된 빛은 특정 공간만 비추는 등불이나 조명등과는 다르다. 하나님은 모든 곳을 비추시는 빛이시다. 그래서 누구든 그 빛을 영접할 수 있다. 그것이 하나님이 제시하는 은혜이고 공의公義이다.

영접하는 자 곧 그 이름을 믿는 자들에게는 하나님의 자녀가
되는 권세를 주셨으니 이는 혈통으로나 육정으로나 사람의 뜻으
로 나지 아니 하고 오직 하나님께로부터 난 자들이니라.(요한복음
1:12~13)

따라서 우리가 마음에서 비워야 할 것, 채워야 할 것을 가려야
한다. 오랜 관념이나 관습이 우리 안에 가득 채워져 있으면 새로운
질서를 가지고 오신 예수님을 받아들일 수 없다. 우리가 신속히 비
워야 할 것은 자기애를 기반으로 켜켜이 쌓아온 것들이다. 그리고
우리가 시급히 받아들여야 할 것은 진리이신 예수 그리스도이다.

예수께서 이르시되 내가 곧 길이요 진리요 생명이니 나로 말미
암지 않고는 아버지께로 올 자가 없느니라.(요한복음 14:6)

그리고 인식되는 것이나 보이는 것으로 판단하는 것이 아니라
오직 믿음으로 행하는 것이다.

이는 우리가 믿음으로 행하고 보는 것으로 행하지 아니함이
라.(고린도후서 5:7)

진리가 우리 삶을 지배하지 않으면 우리 안에서 자기애가 독버
섯처럼 자라서 우리를 위험에 빠뜨릴 수 있다. 사탄은 호시탐탐 자
기애를 자극하여 끊임없이 유혹할 것이다. 자기애는 사탄이 우리
안으로 들어오는 통로이다. 그럼에도 불구하고 예수 그리스도를

의지하는 사람은 걱정할 것이 없다. 하나님의 권능이 우리를 지켜주실 것이기 때문이다. 우리가 빛을 받아들여야 하는 이유다. 사탄은 어둠 가운데 활동하기 때문이다. 하나님의 빛 아래 있는 사람들은 더 이상 두려워할 필요가 없다.

근신하라 깨어라 너희 대적 마귀가 우는 사자 같이 두루 다니며 삼킬 자를 찾나니 너희는 믿음에 굳건하게 하여 그를 대적하라 이는 세상에 있는 너희 형제들도 동일한 고난을 당하는 줄을 앎이라. 모든 은혜의 하나님 곧 그리스도 안에서 너희를 부르사 자기의 영원한 영광에 들어가게 하신 이가 잠깐 고난을 당한 너희를 친히 온전하게 하시며 굳건하게 하시며 강하게 하시며 터를 견고하게 하시리라. (베드로전서 5:8~10)

따라서 우리 삶이 자유로워지기 위해서는 자기애로부터 자유로워야 한다. 그것을 할 수 있는 분은 오직 예수 그리스도 한 분뿐이시다.

진리를 알지니 진리가 너희를 자유롭게 하리라. (요한복음 8:32)

우리가 자기애로부터 벗어나지 못하면 어떤 일이 발생할까?

여전히 죄의 종이 되어 죄인으로 살아갈 수밖에 없다. 죄인인 상태에서는 하나님 은혜를 체험할 수 없다. 그래서 예수님은 한결 같이 죄의 종에서 벗어나 구원받으라고 말씀하시는 것이다.

예수께서 대답하시되 진실로 진실로 너희에게 이르노니 죄를 범하는 자마다 죄의 종이라. 죄의 종은 영원히 집에 거하지 못하되 아들은 영원히 거하나니 그러므로 아들이 저희를 자유롭게 하면 너희가 참으로 자유로우리라.(요한복음 8:34~36)

내가 여전히 자유롭지 못하다면 아직 죄 가운데 있는 것은 아닌지 여전히 죄의 종으로 살고 있는지 살펴보아야 한다. 만약 그렇다면 그 자리에서 시급히 돌아서야 한다. 예수님의 말씀에 귀 기울여야 한다.

이때부터 예수께서 비로소 전파하여 이르시되 회개하라 천국이 가까웠느니라 하시더라.(마태복음 4:17)

사도 바울도 동역자 디모데에게 보낸 서신에서 다음과 같이 기록하고 있다. 그는 디모데를 사랑하는 아들이라고 특별한 애칭을 붙여 불렀다.

사랑하는 아들 디모데에게 편지하노니 하나님 아버지와 그리스도 예수 우리 주께로부터 은혜와 긍휼과 평강이 네게 있을지어다.(디모데후서 1:2)

이어서 디모데에게 당시의 현실을 진단하면서 하나님 사랑할 것을 권면하였다.

사람들이 자기를 사랑하며 돈을 사랑하며 자랑하며 교만하며 비방하며 부모를 거역하며 감사하지 아니 하며 거룩하지 아니 하며 무정하며 원통함을 풀지 아니 하며 모함하며 절제하지 못하며 사나우며 선한 것을 좋아하지 아니 하며 배신하며 조급하며 자만하며 쾌락을 사랑하기를 하나님 사랑하는 것보다 더하며 경건의 모양은 있으나 경건의 능력은 부인하니 이 같은 자들에게서 네가 돌아서라.(디모데후서 3:2~5)

자기애는 하나님 말씀, 예수 그리스도의 십자가 능력, 그리고 성령 충만으로 능히 이길 수 있다.

그런즉 너희가 어떻게 행할지를 자세히 주의하며 지혜 없는 자 같이 하지 말고 세월을 아끼라 때가 악하니라. 그러므로 어리석은 자가 되지 말고 오직 주의 뜻이 무엇인가를 이해하라. 술 취하지 말라 이는 방탕한 것이니 오직 성령으로 충만함을 받으라.(에베소서 5:15~18)

누구든지 주의 이름을 부르는 자는 구원을 받으리라 하였느니라.(사도행전 2:21)

성聖 삼위일체이신 성부 하나님, 성육신成肉身으로 오신 예수님, 그리고 또 다른 존재 방식으로 우리 마음 가운데 찾아오신 성령이 합력하여 우리를 도우신다. 그렇게 될 때 비로소 우리는 자신을 사랑하는 데 그치는 것이 아니라 하나님을 사랑하고 이웃도 사랑할 수 있게 된다.

그런 마음이 우리 안에서 샘솟기 시작하는 것을 느낀다면 그 사람은 이제 자기애에서 벗어나고 있다는 증거다. 그러면서 그 사람은 하나님의 뜻과 말씀에 순종하며 내 안에서 하나님 나라가 확장되는 것에 관심을 갖고 살려는 자세로 태세 전환을 하게 될 것이다. 그것이 바로 자유롭게 사는 삶이다.

오직 성령의 열매는 사랑과 희락과 화평과 오래 참음과 자비와 양선과 충성과 온유와 절제니 이 같은 것을 금지할 법이 없느니라. 그리스도 예수의 사람들은 육체와 함께 그 정욕과 탐심을 십자가에 못박았느니라.(갈라디아서 5:22~24)

궁극적으로 자유로운 삶을 산다는 것은 에덴동산에서 아담과 하와가 선악과를 따먹기 전의 모습으로 돌아가는 것을 의미한다. 그 당시의 순수한 영혼을 회복하는 것을 말한다. 하지만, 그때 그들은 자유가 주어졌을 때 하나님 말씀보다는 자신의 자유의지를 사용함으로써 사탄의 유혹에 넘어가고 말았다.

그럼에도 불구하고 하나님은 우리에게 엄청난 긍휼과 사랑으로 새로운 기회를 주셨다. 상상할 수 없는 예수 그리스도의 사랑으로 우리가 의지해야 할 분이 누구라는 것을 분명히 알게 되었다. 세상의 어떤 존재보다 하나님이 공의롭고 사랑이 많으신 분이라는 것을 알 수 있게 되었다.

그분의 말씀이야말로 세상의 어떤 지식으로도 대체할 수 없는 진리라는 것을 알게 된 것이다. 그 진리를 믿는 것이 진짜 믿음이

다. 그 믿음대로 사는 것이 자유롭게 사는 것이다. 그 자유 안에는
더 이상 죄로 인한 죽음이나 불안이 없다. 진리 안에는 영원한 생
명과 사랑이 있기 때문이다.

08

자기애의 정체

어떤 것에 집착하는 것에서 벗어나거나 타인의 시선에서 자유로워질 때
비로소 자아自我에 시선이 돌아갈 수 있다.
그랬을 때 비로소 내면의 소리를 들을 수 있고
원초적 자아로의 여행이 가능해진다.
성령이 충만한 사람들은 전형적으로 그런 경향을 보여준다.

자기애自己愛는 언제 어디서 왔을까?

그 답은 성서에 있었다. 천지창조 직후에 아담과 하와는 하나님
으로부터 낙원을 선물로 받았다. 그곳이 에덴동산이다. 그렇다면
사람의 대표 아담은 어떤 반응을 보였을까? 성서에는 하나님의 창
조물이나 에덴동산을 받은 아담의 반응에 대해서는 한마디도 기록
되어 있지 않다. 하지만 그가 하와를 선물 받고 기뻐한 사실은 창
세기에 기록되어 있다. 아담은 진심으로 하와를 사랑한 것 같다.

아담이 이르되 이는 내 뼈 중의 뼈요 살 중의 살이라 이것을 남
자에게서 취하였은즉 여자라 부르리라 하니라.(창세기 2:23)

여호와 하나님은 천지창조는 물론이고 에덴동산에 대해서도 구체적으로 보기에 좋고 먹기에 좋은 나무가 나게 하시니(창세기 2:9)라고 흡족해하신 것을 알 수 있다. 그런데 정작 아담이 에덴동산에 대해서 하나님께 영광을 돌리거나 감사했다는 기록은 찾아볼 수 없다. 좀 더 정감 있게 하나님께 존경을 표하고 고마운 마음도 전했더라면 어땠을까.

그는 하와에게 눈을 빼앗겼다. 시각적인 아름다움에 도취陶醉된 나머지 "내 뼈 중의 뼈요 살 중의 살이라"고 고백했다. 그리고 바로 자신의 주권을 행사했다. 자신(남자)에게서 취하였은즉 여자라고 불렀다. 이 같은 태도가 하나님의 뜻에 부합되는지 아닌지를 말하려고 하는 것이 아니다. 먼저 영적인 찬사나 감사가 이루어졌었다면 어땠을까 하는 아쉬움이 느껴지는 대목이다.

어쨌든 하나님은 아담이 에덴동산에 있는 모든 것을 누리고 기뻐하며 살기를 바라셨다. 다만 하나님이 동산 중앙에 있는 선악과만은 따먹지 말라고 명령했다. 그것도 가볍게 한 얘기가 아니다. 그것을 따먹으면 "반드시 죽으리라"고 경고하신 것이다.

여호와 하나님이 그 사람에게 명하여 이르시되 동산 각종 나무의 열매는 네가 임으로 먹되 선악을 알게 하는 나무의 열매는 먹지 말라 네가 먹는 날에는 반드시 죽으리라 하시니라.(창세기 2:16~17)

그것은 하나님과 사람이 맺은 첫 번째 계약이었다. 그렇다면 그는 어떤 것보다도 그 사실을 염두에 두었어야 했다. 그때는 하와가 지음 받지 않았을 때이니만큼 아담은 하와에게도 그 사실을 정확히 알려주고 신신당부했어야 옳았다. 하지만 그렇지 않았다. "네가 먹는 날에는 반드시 죽으리라"(창세기 2:17)와 "너희가 죽을 까 하노라"(창세기 3:3)의 차이는 실로 엄청난 결과를 낳고 말았다. 정확한 정보가 얼마나 중요한지를 깨우쳐주는 대목이다. 아담이 애처가였는지 공처가였는지 알 수 없지만, 하나님과 신뢰를 지키는 대신 하와가 준 선악과를 먹는 쪽을 선택했다.

하와가 따먹은 다음에도 자신이 먹지 않을 수 있는 기회는 충분히 있었다. 하지만 그는 하와가 준 선악과를 덜컥 먹어버리고 말았다. 이로 인해 온 인류의 원조인 아담은 하나님과의 약속을 저버림으로써 죄인이 되어버린 것이다. 그 원죄가 바로 지금 우리 마음을 괴롭히고 있는 자기애自己愛의 시작이라고 할 수 있다.

하나님은 그 일이 발생한 직후 아담을 부르시며 그를 찾았다. 그러자 그는 나무 사이로 숨어버렸다. 그리고 더 한심한 일은 그가 선악과를 따먹은 것을 하와가 주므로 먹었다고 핑계를 댔다는 사실이다. 여기서 그가 간과한 사실이 하나 있다. 하나님이 선악과를 따먹지 말라고 하셨지만, 여기에는 훨씬 더 포괄적인 내용을 담고 있다는 사실이다.

> 여호와 하나님이 그 사람을 이끌어 에덴동산에 두사 그것을 다 스리며 지키게 하시고(창세기 2:15)

모든 피조물의 관리권을 아담에게 부여하신 것이다. 그렇다면 모든 책임도 총책임자인 자신에게 있다는 사실이다. 그래서 아담이 하와가 주므로 먹었다는 핑계는 여기서 통하지 않은 것이다. 아담은 불행히도 그런 의식이나 책임감이 결핍되어 있었다. 그러나 예수님은 달랐다. 이후에 마지막 아담으로 오신 예수님은 이점의 중요성을 분명히 강조하여 가르치셨다.

그런즉 너희는 먼저 그의 나라와 그의 의를 구하라 그리하면 이 모든 것을 너희에게 더하시리라.(마태복음 6:33)

그것은 태초부터 지금까지 우리가 귀담아듣고 지켜야 할 하나님의 권위에 대해 말씀하신 것이다. 그런데 우리는 여전히 하나님 말씀에 귀를 기울이지 않는다. 이유가 무엇일까? 그것은 우리 안에 두 개의 자아가 있기 때문이다. 하나는 태초에 천지를 창조하시고 사람을 지으시면서 부어주신 생령生靈 그것이 원자아이다. 또 하나는 사탄이 유혹하여 선악과를 따먹은 후 우리 안에 들어온 죄성罪性, 그것이 바로 자기애이다. 사람은 본디 선하게 지음받았지만, 선악과를 따먹음으로써 선과 악이 우리 몸 안에서 섞여버린 것이다.

우리가 흔히 자아를 정체성Identity이라고도 표현한다. 그도 그럴 것이 말이나 행동은 그 사람이 평소 생각하고 있는 것이나 지식이 외부로 튀어나오기 때문이다. 그런 내면과 외면의 모든 것이 합해져 그 사람 고유의 정체성으로 형성되는 것이다.

그렇다면 자신의 정체성을 어떻게 긍정적인 방향으로 잘 가꾸어갈 수 있을까? 그것은 성서에 나오는 성령의 열매에 그 답이 있다. 예수님이 왜 우리에게 성령을 보내주셨을까? 그것은 각자의 원자아를 잘 보전하고 가꾸어가라는 뜻이다. 그것은 마치 에덴동산을 잘 가꾸고 지키라고 아담에게 말씀하신 명령과 다를 바 없다. 그렇다면 우리가 염두에 두어야 할 성령의 열매는 무엇인가?

> 오직 성령의 열매는 사랑과 희락과 화평과 오래 참음과 자비와 양선과 충성과 온유와 절제니 이 같은 것을 금지할 법이 없느니라.(갈라디아서 5:22~23)

이것은 하나님과의 관계, 사람과의 관계, 자연과의 관계, 일과의 관계, 사물과의 관계 등에 다양하게 적용될 수 있는 요소들이다. 사람들이 자신의 정체성에 대한 오해 때문에 잘못된 관계를 형성하는 경우가 적지 않다. 예를 들면 보통 사람들은 자기 가족이나 주변 사람이 혹은 자신의 직위나 소유물 등이 자신의 위상을 높여줄 수 있다고 생각하는 경향이 있다. 그래서 자신에 관한 직접적인 얘기보다는 자신의 주변 얘기나 소유물에 관한 얘기를 훨씬 많이 한다.

실제 좋은 집에 살거나 좋은 차를 타고 명품 옷을 입는 것으로 자신을 과시하려는 사람들도 적지 않다. 자기 내면이 빈약할수록 외적인 것에 더 신경을 쓰는 경향이 있다. 진정한 자아를 찾기 위해서 때로는 혼자가 되어야 한다. 아울러 아무것도 걸치지 않고 벌거벗은 상태로 있어 보아야 한다. 아담과 하와는 선악과를 따먹기 전에는 둘 다 벌거벗은 상태였지만 그 사실을 전혀 의식하지도 않고 지낼 수 있었다. 그러나 선악과를 따먹은 후 그들은 남의 시선을 의식하기 시작했다. 그래서 벌거벗은 것에 대해 의식하기 시작했고 심지어 부끄러워하고 두려워했다.

이에 그들의 눈이 밝아져 자기들이 벗은 줄을 알고 무화과나무 잎을 엮어 치마로 삼았더라.(창세기 3:7)

여호와 하나님이 아담을 부르시며 그에게 이르시되 네가 어디 있느냐 이르되 내가 동산에서 하나님의 소리를 듣고 내가 벗었으므로 두려워하여 숨었나이다.(창세기 3:9~10)

어떤 것에 집착하는 것에서 벗어나거나 타인의 시선에서 자유로워질 때 비로소 자아에 시선이 돌아갈 수 있다. 그랬을 때 비로소 내면의 소리를 들을 수 있고 원초적 자아로의 여행이 가능해진다. 성령이 충만한 사람들은 전형적으로 그런 경향을 보여준다.

성령은 사람을 창조하실 때 불어넣어주신 생기生氣 안에 계신다. 그런데 우리는 그것을 잘 의식하지 못한다. 성령은 보이는 것이 아니기 때문에 늘 염두에 두며 살기 쉽지 않다. 우리는 대부분 정보나 행복을 보이는 것들에서 찾는 경향이 있기 때문이다. 그러나 시각은 우리 본능이 지닌 감각 가운데 하나일 뿐이고 굉장히 부정확하다. 사람들은 자신들이 속아 넘어갈 수 있는 착시적 현상을 좀처럼 인정하려 하지 않는다.

뱀(사탄)이 하와를 공략했을 때 하와가 선악과를 보고 느꼈던 시각적 정보는 굉장히 위험한 정보들이었다. 왜냐하면 선악과가 주는 본질적 의미를 망각할 만큼 시각적인 유혹이 강렬했기 때문이다.

여자가 그 나무를 본즉 먹음직도 하고 보암직도 하고 지혜롭게

할 만큼 탐스럽기도 한 나무인지라 여자가 그 열매를 따먹고 자기
와 함께 있는 남편에게도 주매 그도 먹은지라.(창세기 3:6)

우리가 원자아를 찾아가는데 방해되는 요소들이 세상에는 너
무 많다. 사회적 관념이나 트렌드, 사람들과의 관계, 정치적 이데
올로기, 돈이나 사물에 대한 가치관 등을 들 수 있다. 이런 것들에
휘둘리지 않고 적절히 대응할 수 있느냐의 문제는 매우 중요하다.
  하나님이 태초에 불어넣어주신 원초적 자아, 선악과 이전의 상
태로 어떻게 회복할 것인지가 과제이다. 다른 방법이 없다. 성령
의 열매를 맺기 위해 성령 충만해질 수 있도록 끊임없이 기도하고
소망해야 한다. 어린아이 같은 신앙에 머물러 있지 않고 성숙한 신
앙으로 성장해야 하는 이유가 거기에 있다.

  우리가 다 하나님 아들을 믿는 것과 아는 일에 하나가 되어 온
  전한 사람을 이루어 그리스도의 장성한 분량이 충만한 데까지 이
  르리니 이는 우리가 이제부터 어린아이가 되지 아니 하여 사람의
  속임수와 간사한 유혹에 빠져 온갖 교훈의 풍조에 밀려 요동하지
  않게 하려 함이라.(에베소서 4:13~14)

나를 돋보이게 하거나 나의 위상을 더욱 높여 줄 것으로 생각하
고 세속적인 것에 연연하는 순간 우리는 아담이 범했던 실수를 반
복할 수 있다. 우리 속에는 그럴 위험성이 늘 내재되어 있다. 우리
안에서 원자아와 자기애가 끊임없이 다투고 있기 때문이다.
  여전히 자신의 이력이나 소유물이 자신의 정체성에 영향을 미

친다고 생각하는가? 그런 것들로 인해 우월감이나 열등의식을 갖고 있는가? 그렇다면 이제 그것을 치유 받아야 한다. 그것은 원자아의 결핍에서 비롯된 것이다. 시급히 원자아를 회복해야 한다.

그 열쇠를 가지고 계신 분이 예수 그리스도이시다. 우리 원자아를 회복하기 위해서는 그 장애요인이었던 원죄라는 암 덩어리를 제거해야 하는데 그 역할을 예수 그리스도께서 해주셨다. 아담 이후 모든 사람은 원죄原罪라는 프레임에서 자유로운 사람은 아무도 없다. 그래서 원죄를 해결해주실 분은 아무런 죄도 없으신 분이어야 한다.

그래서 하나님은 마침내 결단을 내리신 것이다. 하나님이 자신의 독생자 신분으로 예수 그리스도를 성육신으로 이 땅에 보내주심으로 말미암아 우리 죄를 대신 짊어지게 하신 것이다. 그것이 바로 십자가이다. 하나님이 스스로 자신을 희생시키셔서 우리 원죄를 해결해주신 것이다.

이렇게 원죄를 해결할 모든 조건은 갖추어졌다. 그렇다면 우리에게 필요한 것은 무엇인가? 그것은 예수 그리스도가 하나님의 아들이라는 사실과 십자가의 죽음으로 우리를 구원해 주신 사실을 온전히 믿는 것이다. 그 사실을 증명하시기 위해 예수님은 이 땅에 오셔서 모본模本을 보여주신 것이다. 그리고 마침내 부활하셔서 그 모든 것이 진리였다는 것을 증명하신 것이다. 여전히 그 증거는 살아 있다. 우리 안에 성령이 함께 계신다는 사실을 믿어야 한다.

사도 바울은 성령을 굳게 믿었고 성령에 따라 순종했다. 그리고 갈라디아 교인들에게 그 성령에 의지할 것을 가르쳤다.

내가 너희에게서 다만 이것을 알려 하노니 너희가 성령을 받은 것이 율법의 행위로냐 혹은 듣고 믿음으로냐 너희가 이같이 어리석으냐 성령으로 시작하였다가 이제는 육체로 마치겠느냐.(갈라디아서 3:2~3)

왜 사람들이 묵상, 명상, 침묵 등을 통해 수행하는지 생각해볼 필요가 있다. 이것은 우리 내면에 영혼이 있음을 간파했기 때문이다. 현대인들은 바쁘게 산다. 그러면 조용한 곳을 더 찾고 싶어 할 것 같은 데 군중이 많은 곳을 더 선호하는 경향이 있다. 왜 그럴까? 그것은 행복이 자신의 밖 어딘가에 있다고 생각하기 때문이다.

우리가 새 옷을 입어서, 새 자동차를 사서, 새 집을 마련해서 행복해질 수 있다면 얼마나 많은 감정의 기복을 겪어야 하겠는가? 세상에는 하루가 멀다고 새로운 것들이 쏟아진다. 새로운 것이 주는 기쁨은 잠시 잠깐이다.

그러나 내 안에 있는 영혼의 존재에 대해 알기 시작하고 그 안에서 하나님이 주신 지혜로 기쁨을 누린다면 그곳이 집이든 교회든 학교든 회사든 상관없다. 그것이 새벽이든 아침이든 낮이든 저녁이든 상관없다. 자신이 남자이건 여자이건 어린아이건 어른이건 상관없다. 내가 부자이건 가난하건, 지식인이건 그렇지 않건 상관없다.

사실 존재 자체에 관심을 갖게 되면 내 존재에 누가 관여하고 계신지가 더 궁금해질 것이다. 그것은 성서에 답이 있다. 창세기를 천천히 음미하며 읽어보면 도움이 된다. 우리의 생물학적 인생은 길어야 백 년 안팎이다. 그러나 영원하다고 하는 영혼에 대해 관심을 갖지 않는다면 얼마나 허무한 인생이 되겠는가.

　우리 내면, 요컨대 마음, 정신, 영혼 등 그것을 어떻게 불러도 좋다. 중요한 것은 그것을 더 이상 방치해서는 안 된다는 점이다. 그것은 영원하기 때문이다. 왜? 영혼은 하나님의 호흡이니까. 그 호흡은 하나님에 의해 들숨과 날숨에 의해 지속되기 때문이다. 우리 육체는 하나님의 호흡에서 끊어지는 순간 아무런 의미도 없다. 그저 대기 속의 한낱 먼지와 무엇이 다르겠는가. 우리 삶이 소중하다고 생각한다면 무엇보다 먼저 영혼을 살펴야 한다.

역설계로 하나님 알아가기

보이지 않으므로 믿지 못하겠다고 투덜댈 것인지
우리에게 나타난 모든 것들을 통해 역설계하여 하나님을 알아갈 것인지
그 몫은 각자에게 달려 있다.

론 프리드먼은 그의 저서 《역설계》*에서 세계적인 혁신 기업가인 스티브 잡스와 빌 게이츠에 관한 흥미로운 일화를 소개하고 있다. 1983년 스티브 잡스는 애플의 혁신 제품인 매킨토시의 출시를 불과 6주 앞두고 허를 찔렀다는 사실을 알았다. 마이크로 소프트의 빌 게이츠가 새로운 운영체계를 만들겠다고 발표한 것이다.

이것은 매킨토시와 비슷한 점이 한두 가지가 아니었다. 스티브 잡스는 애플 컴퓨터에 들어갈 소프트웨어 회사로 마이크로 소프트를 선정했고 그동안 빌 게이츠에게 잘 해주었다고 생각했다. 그래서 그는 실망한 나머지 이렇게 말했다고 한다. "당신을 믿었는데 우리 것을 도둑질했어."

스티브 잡스의 말을 조용히 듣고 있던 빌 게이츠가 전혀 예상하

---

*   론 프리드먼 저·이수경 역, 역설계, 채식주의

지 못한 말을 했다고 한다. "스티브, 이건 좀 다른 문제인 것 같아요. 우리에게 제록스라는 부자 이웃이 있었는데 내가 TV를 훔치려고 그 집에 들어갔다가 당신이 이미 그것을 훔쳐 갔다는 것을 알게 되었어요." 빌 게이츠는 진실을 알고 있었다. 매킨토시는 애플의 발명품이 아니었다. 그것은 복사기 회사로 유명한 제록스 제품을 역설계해서 탄생시킨 것이었다.

스티브 잡스가 고등학생 시절이었던 1970년대에 제록스는 개인용 컴퓨터 '알토'를 개발했다. 하지만 제록스는 이 기술의 가치를 알지 못했다. 반면, 스티브 잡스는 알토를 보자마자 머리에 스치는 것이 있었다. 바로 컴퓨터의 미래를 본 것이다. 스티브 잡스는 알토를 분석하여 발전시켜 매킨토시를 출시했었다.

한편, 빌 게이츠 역시 제록스의 컴퓨터에 매료되었었다. 그는 애플의 매킨토시를 보기 전부터 운영체계를 개발했었다. 그것이 바로 '윈도우'다. 스티브 잡스와 빌 게이츠는 동시대인들이 개발한 결과물을 분석해 중요한 통찰을 토대로 새로운 결과물을 만들어낸 것이다.

이러한 접근법을 '역설계'라고 한다. 역설계는 깊이 파고 들어가 숨겨진 구조를 찾아내는 것이다. 요컨대 맛있는 음식을 먹고 난 후 그 음식의 레시피를 역추적하는 것과 유사하다. 스티브 잡스와 빌 게이츠는 그 기술의 확장성을 눈여겨보았던 것이다.

실리콘밸리의 혁신가들은 서로에게 배우며 역설계의 소스를 찾는 일이 흔한 일이라고 한다. 그런데 역설계라는 사고방식은 혁신가나 천재들 소수에게만 해당하는 얘기는 아니다. 그래서 누구나 최고가 되기 위해서 최고가 된 인물이나 선진사례를 경험하고 연구하는 것이 필요하다.

화가이자 수집가인 앤디 워홀은 수많은 미술작품을 모았고 어니스트 헤밍웨이는 9000여 권의 장서를 보유했다고 한다. 사례들을 끊임없이 접하고 경험하고 분석하면 성공의 패턴을 찾아내는 능력이 저절로 생긴다는 것이다.

그래서 생각하고 깊이 생각하여 통찰력을 키우는 것이 중요하다. 어떤 것이든 배울 점이 있고 응용할 수 있는 것이 있다는 것을 간과해서는 안 된다. 그렇다고 새로운 것에만 집착하거나 트렌드만을 좇으라는 뜻은 아니다. 때로는 고전을 읽을 필요가 있고 낯선 곳을 여행하는 것도 필요하다. 때로는 뒤를 돌아보고 성찰할 필요가 있고 실수나 실패를 통해서도 배울 점이 있다.

성서 속의 도마는 예수님의 부활을 의심했다. 그래서 그는 예수님 몸의 못 자국을 직접 만져보고서야 믿을 수 있었다. 예수님은 도마의 경우를 상기시키면서 보지 않고 믿는 자는 복이 있다고 말씀하셨다.

예수께서 이르시되 너는 나를 본 고로 믿느냐 보지 못하고 믿는 자들은 복되도다 하시니라. (요한복음 20:29)

예수님과 함께 오랜 시간을 동행했던 당시 제자들도 예수님이 어떤 분이신지 잘 몰랐다는 것을 알 수 있다. 예수님 말씀과 실제 하신 일을 역설계해서 추론해보면 하나님이 보여야 그것이 정상이다. 그러나 도마는 그런 발상보다는 눈에 보이는 현상에만 지나치게 의존했다. 그래서 하나님 나라나 그분의 능력에 대해 상상조차

할 수 없었고 그의 생각은 하나님께 도달하지 못했다.

안식 후 첫날 예수님 무덤을 가장 먼저 찾은 사람은 내로라하는 제자들이 아니었다. 다름 아닌 막달라 마리아였다. 그리고 그녀는 예수님이 무덤에 계시지 않으심을 알았다. 이 사실을 시몬 베드로와 다른 제자들에게 알렸다. 그래서 제자들도 무덤을 찾게 되었다.

예수님의 시신이 어디로 옮겨졌는지 가장 애타게 울었던 사람은 마리아였다. 그래서 그녀의 간절함에 천사들이 나타나고 이윽고 예수님이 나타나셨다. 예수께서는 마리아에게 말을 건넸으나 처음에 마리아는 예수님을 알아보지 못했다. 마리아는 예수님이 동산지기인 줄로 알았다. 예수께서 마리아에게 말씀하셨다.

> 예수께서 이르시되 나를 만지지 말라. 내가 아직 아버지께로 올라가지 못하였노라 너는 내 형제들에게 가서 이르되 내가 내 아버지 곧 너희 아버지, 내 하나님 곧 너희 하나님께로 올라간다 하라 하신대(요한복음 20:17)

예수님은 간절히 바라는 사람에게 나타나신다. 마리아는 예수님 말씀대로 다른 제자들에게 이 사실을 알렸다. 이날 예수님은 제자들에게 나타나셨다. 그 자리에 도마는 없었다. 이 사실을 나중에 알게 된 도마는 자신이 직접 손가락을 예수님 옆구리에 만지지 않고서는 믿지 않겠다고 했다.

막달라 마리아, 다른 제자들, 그리고 도마는 예수님을 대하는 태도나 발상이 각각 달랐다. 예수님은 그들의 태도나 발상에 따라 각각 응답해주신 것이다. 예수님이 이 상황에서 전하고자 하신 말씀은 다음과 같다. 다시 한 번 깊이 묵상할 필요가 있다.

> 예수께서 이르시되 너는 나를 본 고로 믿느냐 보지 못하고 믿는 자들은 복되도다 하시니라.(요한복음 20:29)

우리는 자신의 믿음이 어떤 수준인지 어떤 상태인지 스스로 가늠할 수 없다. 당시 마리아나 다른 제자들처럼 예수님을 직접 만날 수도 없다. 그래서 예수님은 성령을 받으라고 말씀하셨다. 그래서 하나님의 뜻을 알기 위해서는 누구나 성령을 받아야 한다. 성령은 예수님이 하셨던 일을 이어받아 우리 가운데 오셔서 지속적으로 우리를 도우신다.

> 이 말씀을 하시고 그들을 향하사 숨을 내쉬며 이르시되 성령을 받으라.(요함복음 20:22)

성령은 우리 눈으로 볼 수 있는 분이 아니다. 그래서 보지 않고 믿는 자가 복이 있다고 말씀하신 것이다. 이제 우리가 역설계해볼 시간이다. 예수님께서 삼 년 공생애 동안 보여주셨던 수많은 치유, 기적, 말씀 선포, 십자가의 죽음과 부활 등을 생각해보자. 예수님은 하나님의 독생자요 궁극적으로 하나님 자신이었음을 어렵지 않게 알 수 있다. 지금 우리가 마땅히 취해야 할 믿음의 자세가 어떠해야 하는지 묵상해볼 필요가 있다.

> 믿음은 바라는 것들의 실상이요 보이지 않는 것들의 증거니 선

진들이 이로써 증거를 얻었느니라. 믿음으로 모든 세계가 하나님의 말씀으로 지어진 줄을 우리가 아나니 보이는 것은 나타난 것으로 말미암아 된 것이 아니니라.(히브리서 11:1~3)

창공을 나는 새를 보자. 들에 핀 백합화를 생각해보자. 웅장한 산과 깊고 깊은 바다를 떠올려보자. 수많은 사람들이 각자의 달란트를 가지고 창의적으로 즐겁게 사는 모습들을 바라보자.

이와 같이 우리 많은 사람이 그리스도 안에서 한 몸이 되어 서로 지체가 되었느니라. 우리에게 주신 은혜대로 받은 은사가 각각 다르니 혹 예언이면 믿음의 분수대로 혹 섬기는 일이면 섬기는 일로, 혹 가르치는 자면 가르치는 일로, 혹 위로하는 자면 위로하는 일로, 구제하는 자는 성실함으로, 긍휼을 베푸는 자는 즐거움으로 할 것이니라.(로마서 12:5~8)

은사는 여러 가지나 성령은 같고 직분은 여러 가지나 주는 같으며 또 사역은 여러 가지나 모든 것을 모든 사람 가운데서 이루시는 하나님은 같으니 각 사람에게 성령을 나타내심은 유익하게 하려 하심이라. 어떤 사람에게는 성령으로 말미암아 지혜의 말씀을, 어떤 사람에게는 같은 성령을 따라 지식의 말씀을, 다른 사람에게는 같은 성령으로 믿음을, 어떤 사람에게는 한 성령으로 병 고치는 은사를, 어떤 사람에게는 능력 행함을, 어떤 사람에게는 예언함을, 어떤 사람에게는 영들 분별함을, 어떤 사람에게는 각종 방언 말함을, 어떤 사람에게는 방언들 통역함을 주시나니 이 모든 일은 같

은 한 성령이 행하사 그 뜻대로 그 사람에게 나누어 주시는 것이니라. (고린도전서 12:4~11)

때에 따라 이른 비와 늦은 비를 내리시고 또 모든 만물에 필요한 빛을 주시는 점을 생각해보자. 매일매일 기적처럼 낮과 밤을 주시고 해와 달과 별이 있는 하늘을 주시며 우리 양식의 보고인 드넓은 대지에 생명을 불어넣으신 것을 생각해보자.

태초의 천지창조가 얼마나 위대한 일이었는지 끝없는 우주를 떠올리면서 그 은혜를 깊이 묵상해보자. 전지전능하신 하나님, 알파요 오메가이시고 만물의 시작과 끝이신 하나님을 떠올려보자. 하나님의 형상을 닮게 우리를 창조하신 하나님의 사랑을 상상해보자.

이는 물이 바다를 덮음 같이 여호와의 영광을 인정하는 것이 세상에 가득함이니라. (하박국 2:14)

보이지 않으므로 믿지 못하겠다고 투덜댈 것인지 우리에게 나타난 모든 것들을 통해 역설계하여 하나님을 알아갈 것인지 그 몫은 각자에게 달려 있다. 믿음으로 세상을 바라보면 물이 바다를 덮음같이 여호와의 영광을 인정하는 것이 세상에 가득하다는 사실을 깨달을 수 있을 것이다.

창세로부터 그의 보이지 아니 하는 것들 곧 그의 영원하신 능력과 신성이 그가 만드신 만물에 분명히 보여 알려졌나니 그러므로

그들이 핑계하지 못할지니라.(로마서 1:20)

구약에서 신약에 이르기까지 전 성경을 관통하는 가장 중요한 핵심 키워드 가운데 하나는 '믿음'이다. 하박국 선지자는 우리가 살아가는 데 있어서 가장 중요한 것은 믿음이라고 전하고 있다.

　　보라 그의 마음은 교만하여 그 속에서 정직하지 못하나 의인은 그의 믿음으로 말미암아 살리라.(하박국 2:4)

사도 바울도 이 말씀을 되새기면서 복음의 본질을 가르친 바 있다.

　　복음에는 하나님의 의가 나타나서 믿음으로 믿음에 이르게 하나니 기록된 바 오직 의인은 믿음으로 말미암아 살리라 함과 같으니라.(로마서 1:17)

주 예수 그리스도를 믿는 것은 세상 지식이나 나의 안목으로 믿을 수 있는 것이 아니다. 하나님이 거저 주시는 것이다. 믿어지는 것 그 자체가 엄청난 은혜이고 선물이다. 믿어진다고 해서 아무것도 하지 않아도 된다는 뜻은 아니다. 비를 내리신 분은 하나님이시다. 만약 빗물을 받고 싶다면 물통을 밖에 내놓아야 한다. 그것마저도 하지 않는다면 자유의지를 가진 사람으로서의 존재 자체를 부인하는 꼴이 된다.

여호와께서 너희의 땅에 이른 비, 늦은 비를 적당한 때에 내리시리니 너희가 곡식과 포도주와 기름을 얻을 것이요.(신명기 11:14)

그래서 먼저 말씀을 들어야 한다. 그리고 그 말씀을 주야로 묵상하고 끊임없이 되새김질해야 한다.

그러므로 믿음은 들음에서 나며 들음은 그리스도의 말씀으로 말미암았느니라.(로마서 10:17)

하나님 백성의 기준은 믿음이 있느냐 없느냐에 달려 있기 때문이다. 그래서 사도 바울은 그토록 믿음을 강조했었다.

이르되 주 예수를 믿으라 그리하면 너와 네 집이 구원을 받으리라 하고 주의 말씀을 그 사람과 그 집에 있는 모든 사람에게 전하더라.(사도행전 16:31~32)

우리가 믿음의 사람인지 아닌지, 하나님의 자녀인지 그렇지 않은지 스스로 성찰해봐야 한다. 그것은 성령이 우리 안에 충만한지 그로 인해 하나님의 자녀로서 열매 맺는 삶을 살고 있는지에 달려 있다.

오직 성령의 열매는 사랑과 희락과 화평과 오래 참음과 자비와 양선과 충성과 온유와 절제니 이 같은 것을 금지할 법이 없느니라. 그리스도 예수의 사람들은 육체와 함께 그 정욕과 탐심을 십자가에 못박았느니라. 만일 우리가 성령으로 살면 또한 성령으로 행할 지니 헛된 영광을 구하여 서로 노엽게 하거나 서로 투기하지 말지 니라.(갈라디아서 5:22~26)

하나님을 알아가는 일은 자신의 뿌리 혹은 정체성을 찾아가는 일이다. 그래서 내가 어떻게 살아야 하는지를 알고 싶으면 창조주 하나님의 뜻을 알아야 한다. 사도 바울은 우리가 잘 살기 위해서는 무엇보다 먼저 하나님의 선하시고 기뻐하시고 온전한 뜻이 무엇인지 분별하라고 전하고 있다.

너희는 이 세대를 본받지 말고 오직 마음을 새롭게 함으로 변화를 받아 하나님의 선하시고 기뻐하시고 온전하신 뜻이 무엇인지 분별하도록 하라. 네게 주신 은혜로 말미암아 너희 각 사람에게 말하노니 마땅히 생각할 그 이상의 생각을 품지 말고 오직 하나님께서 각 사람에게 나누어 주신 믿음의 분량대로 지혜롭게 생각하라.(로마서 12:2~3)

성서 말씀을 통해 하나님 뜻을 헤아려 보면 우리가 살면서 항상 지녀야 할 핵심 키워드 가운데 또 하나는 '사랑'이라는 것을 알 수 있다. 우리가 하나님을 사랑하고 이웃을 사랑하는 것이 최고의 계명이라는 것을 알 수 있다. 예수님께서는 모세가 광야에서 이스라엘 백성들에게 전했던 하나님의 메시지(신명기 6:5)를 인용하여 다시 한 번 강조하셨다.

네 마음 다하고 목숨을 다하고 뜻을 다하고 힘을 다하여 주 너의 하나님을 사랑하라 하신 것이요. 둘째는 이것이니 네 이웃을 네 자신과 같이 사랑하라 이보다 더 큰 계명이 없느니라.(마가복음 12:30~31)

우리가 사랑할 수 있다면 그 사랑은 하나님으로부터 비롯된 것이다. 그래서 내가 진실로 누군가를 사랑할 수 있다면 그것은 모두 하나님 은혜이다.

우리가 사랑함은 그가 먼저 우리를 사랑하셨음이라. 누구든지 하나님을 사랑하노라 하고 그 형제를 미워하면 이는 거짓말하는 자니 보는 바 그 형제를 사랑하지 아니 하는 자는 보지 못하는 바 하나님을 사랑할 수가 없느니라. 우리가 이 계명을 주께 받았나니 하나님을 사랑하는 자는 또한 그 형제를 사랑할지니라.(요한일서 4:19~21)

사도 바울, 사도 요한 등 예수님의 제자들은 늘 사랑을 마음 가운데 장착하고 말씀을 가르치고 전했다. 그래서 성도들을 "사랑하는 자들아"라고 부르기를 좋아했다.

사랑하는 자들아 너희가 친히 원수를 갚지 말고 하나님의 진노하심에 맡기라 기록되었으되 원수 갚는 것이 내게 있으니 내가 갚으리라고 주께서 말씀하시니라.(로마서 12:19)

사랑하는 자들아 우리가 서로 사랑하자 사랑은 하나님께 속한 것이니 사랑하는 자마다 하나님으로부터 나서 하나님을 알고 사랑하지 아니 하는 자는 하나님을 알지 못하나니 이는 하나님은 사랑이시라.(요한일서 4:7~8)

그렇다면 하나님을 사랑한다는 것은 무엇이고 이웃을 사랑하는 것은 무엇일까?

먼저 하나님을 사랑한다는 것은 그분의 말씀에 순종하는 것이다.

나를 사랑하고 내 계명을 지키는 자에게는 천 대까지 은혜를 베푸느니라.(출애굽기 20:6)

그렇다면 이웃을 사랑한다는 것은 무엇인가?

할 수만 있으면 모든 사람과 더불어 화목하게 지내는 것이다. 자기 자신을 대하듯 남을 대하는 것이다.

할 수 있거든 너희로서는 모든 사람과 더불어 화목하라.(로마서 12:18)

선한 사마리아 사람의 비유는 하나님이 우리에게 어떻게 이웃을 사랑해야 하는지 구체적으로 제시하고 있다. 어떤 율법사가 예수를 시험하여 이르되 선생님 내가 무엇을 하여야 영생을 얻으리이까?(누가복음 10:25), 그리고 내 이웃이 누구오니이까?(누가복음

10:29)라고 질문을 한다.

그때 예수께서 비유적으로 하신 말씀 안에 답이 있다.

> 예수께서 대답하여 이르시되 어떤 사람이 예루살렘에서 여리
> 고로 내려가다가 강도를 만나매 강도들이 그 옷을 벗기고 때려 거
> 의 죽을 것을 버리고 갔더라. 마침 한 제사장이 그 길로 내려가다
> 가 그를 보고 피하여 지나가고 또 이와 같이 한 레위인도 그곳에
> 이르러 그를 보고 피하여 지나가되 어떤 사마리아 사람은 여행하
> 는 중 거기 이르러 그를 보고 불쌍히 여겨 가까이 가서 기름과 포
> 도주를 그 상처에 붓고 싸매고 자기 짐승에 태워 주막으로 데리고
> 가서 돌보아주라. 그 이튿날 그가 주막 주인에게 데나리온 둘을 내
> 어 주며 이르되 이 사람을 돌보아주라 비용이 더 들면 내가 돌아
> 올 때에 갚으리라 하였으니 네 생각에는 이 세 사람 중에 누가 강
> 도 만난 자의 이웃이겠느냐. 이르되 자비를 베푼 자니이다. 예수께
> 서 이르시되 가서 너도 이와 같이 하라 하시니라.(누가복음 10:30~37)

영생에 관한 질문에 대한 대답도, 진정한 이웃에 대한 대답도 결
국 사랑이 답이다. 왜냐하면 하나님은 사랑이시기 때문이다.

> 어느 때나 하나님을 본 사람이 없으되 만일 우리가 서로 사랑
> 하면 하나님이 우리 안에 거하시고 그의 사랑이 우리 안에 온전히
> 이루어지느니라. 그의 성령을 우리에게 주시므로 우리가 그 안에
> 거하고 그가 우리 안에 거하시는 줄을 아느니라. 아버지가 아들을
> 세상의 구주로 보내신 것을 우리가 보았고 또 증언하노니 누구든

지 예수를 하나님의 아들이라 시인하면 하나님이 그 안에 거하시고 저도 하나님 안에 거하느니라. 하나님이 우리를 사랑하시는 사랑을 우리가 알고 믿었노니 하나님은 사랑이시라. 사랑 안에 거하는 자는 하나님 안에 거하고 하나님도 그 안에 거하시느니라.(요한일서 4:12~16)

궁극적으로 우리 인생은 하나님을 알아가는 여정이고 우리가 깨달아야 하는 것은 하나님 말씀이다. 아울러 우리가 하나님 말씀대로 산다는 것은 더욱 힘써 하나님을 사랑하고 이웃을 사랑하며 사는 것이다.

진리 안에서의 자유

사람들이 예수님을 믿지 않는 이유는
진리이신 하나님 말씀에 문제가 있어서가 아니라
사람들 내면에 진리를 받아들일 여지가 없기 때문이다.
사람들 내면에 진리가 자리할 공간이 없다는 것은
아마도 그 자리에 세속적 탐욕이나 허탄한 신화로 채우고 있거나
거기서 자기애가 주인행세하고 있을 가능성이 크다.

진리는 참된 이치의 성질을 띠고 있다. 좀 더 구체적으로 말하면 현실이나 사실에 분명하게 맞아떨어지는 것, 또는 보편적이며 불변하며 알맞은 것을 뜻한다. 이는 허위에 대한 반대 개념으로 참, 진실 등이 있다. 그렇다면 성경에서 진리를 무엇이라고 말하는가? 예수님은 자신이 진리眞理라고 말씀하셨다. 요컨대 참된 것은 예수 그리스도 자신뿐이라고 단언하신다.

예수께서 이르시되 내가 곧 길이요 진리요 생명이니 나로 말미암지 않고는 아버지께로 올 자가 없느니라. (요한복음 14:6)

예수님은 자신과 하나님을 동일시하셨는데 자신을 알았더라면 하나님을 알았고 또 보았다고 말씀하셨다.

> 너희가 나를 알았더라면 내 아버지도 알았으리로다 이제부터는 너희가 그를 알았고 또 보았느니라.(요한복음 14:7)

사실 예수님의 위상은 하나님의 독생자(성자)이시지만 하나님 아버지(성부) 자신이면서도 하나님의 영(성령)이시다. 요컨대 성부, 성자, 성령이 한 분이신 삼위일체三位一體이시다. 이것은 하나님만이 가능한 일로 삼위께서 각각 역할을 달리하면서도 모든 것을 공유하시며 함께 일하신다. 이 사실은 진리를 이해하기 위해서 필수적으로 주지해야 할 사항이다.

하나님이 천지를 창조하실 때 예수님과 함께하셨고 성령과 함께하셨으며 예수님이 십자가에서 죽으시고 부활하실 때 하나님이 함께하셨으며 성령도 함께하셨다. 이렇듯 삼위일체 하나님은 만물을 창조하시고 운영하는 과정에서도 서로 협력하신다. 예수님은 지금 하나님 우편에 앉아 계시지만, 또 만물 안에 또 우리 안에 동시에 존재하신다. 이런 내용을 과학적으로 설명할 수 없지만, 성서는 우리에게 하나님 존재 방식을 그렇게 말씀하신다.

여기서 주는 메시지는 무엇일까?

한 치의 오차도 없이 만물을 주관하시고 우리를 경영하신다는 뜻이다. 따라서 우리가 하나님을 잘 믿고 은혜 가운데 삶을 누리기 위해서는 당연히 하나님을 잘 알아가야 한다.

하나님은 누구신가?

가장 중요한 것은 태초에 천지를 창조하신 분이라는 사실이다. 성서의 첫머리에는 어디에서도 찾아볼 수 없는 위대한 문장이 등장한다. 이 세상의 시작을 장엄하게 선포하고 있다.

태초에 하나님이 천지를 창조하시니라.(창세기 1:1)

성서 외에는 어떤 경전에도 세상을 창조하신 분에 관한 얘기는 없다. 물론 밑도 끝도 없이 시작된 그리스 로마신화 가운데 여러 신들이 등장하지만, 그들의 불공정과 부도덕성은 이루 말할 수 없을 정도다. 이렇게 선한 목적으로 상세하게 우주 만물과 사람의 창조과정을 설명한 사례는 그 어디에도 없다.

무엇보다 어마어마한 사실은 이 모든 만물을 사람에게 선물하기 위해 창조하셨다는 점이고 게다가 하나님 형상을 닮은 모습으로 사람을 창조하셨다는 사실이다. 이는 하나님께서 사람의 창조에 얼마나 공을 들이셨는지를 알게 해준다. 다시 말하면 하나님이 사람을 얼마나 사랑하셨는지를 잘 말해주고 있다.

그렇다면 하나님은 어떤 분이신가?

하나님은 스스로 존재하시는 분이시다. 전지전능하신 분이시다. 무에서 유를 창조하신 분이시다. 장소와 시간의 구애를 받지 않고 존재하시는 분이시다. 또 하나님은 사랑이시다. 모든 것의 시작과 끝을 주관하시는 분이시다. 하나님은 아담과 하와의 선악과 사건 이후 죄로 물든 세상을 공의로 심판하시는 분이시고 더불어 죄 가운데서 인류를 구원하시는 분이시다.

아울러 하나님은 그분의 나라를 운영하고 계시는 분으로 특히 우리를 당신의 나라로 초대하고 계시며 그런 자격을 주시기 위해 예수님을 이 땅에 보내셔서 십자가 사역을 감당하게 하신 분이시다. 그리고 우리가 예수님을 믿고 구원받아 하나님의 자녀, 즉 하나님의 백성 자격을 얻기 바라시는 분이시다.

하나님은 우리의 영생을 바라고 계시며 영원히 살 수 있는 새 하늘과 새 땅으로 우리를 초대하신 분이시다. 하나님은 타락한 천사가 사탄이 되어 세상에서 온갖 악행을 저지르고 있는 것을 예의주시하고 계시며 그들을 멸망시킬 계획을 확실히 가지고 계신 분이시다. 하나님은 한 사람의 영혼도 실족하지 않고 하늘나라에 입성할 수 있기를 간절히 바라시며 오늘도 말할 수 없는 탄식으로 우리를 위해 기도하시는 분이시다.

> 이와 같이 성령도 우리의 연약함을 도우시나니 우리는 마땅히 기도할 바를 알지 못하나 오직 성령이 말할 수 없는 탄식으로 우리를 위하여 친히 간구하시느니라.(로마서 8:26)

하나님은 세상의 어떤 지식이나 철학과 비교할 수 없는 진리 그 자체이시다. 하나님 말씀은 한 치의 오류도 없으며 그 말씀은 반드시 이루어졌고 또 이루어질 것이다. 하나님은 우리가 그 진리 안에 거하고 진리 가운데 말하고 행하기를 바라신다. 또 하나님은 우리를 통해 영광 받으시길 바라신다. 하나님은 우리 삶이 형통하기를 바라시고 복 주시기를 기뻐하신다. 하나님 영광을 우리와 함께 나누시기를 바라신다.

이 얼마나 은혜로운 일인가!

그러므로 하나님은 우리가 항상 기뻐하고 쉬지 말고 기도하며 범사에 감사하며 살기를 바라신다. 하나님은 아담과 하와의 선악과 사건 이후 죄의 종으로 매여 사는 삶을 그만두고 우리가 진리 안에서 자유 얻기를 바라신다. 그리고 예수 그리스도께서는 진리 가운데 사는 것이 무엇인지를 몸소 가르쳐주셨다.

그 사실이 성서에 기록되어 있다. 하나님은 그 진리에 순종하며 살기를 바라신다. 하나님에 대한 순종은 강한 자 앞에서 굽신거리는 것 그런 것과는 전혀 차원이 다르다. 그 순종은 다른 말로 하면 믿음이다. 우리 마음에 삼위일체 하나님(성부, 성자, 성령)을 받아들이는 것이고 그 뜻대로 살고자 결단하는 것이다.

특히 하나님은 이 땅에 성육신成肉身으로 오신 예수 그리스도의 모든 말씀과 그분이 행하신 모든 일을 전적으로 믿을 것을 바라신다. 예수님이 곧 하나님이시므로 예수님 뜻이 곧 하나님 뜻이다. 하나님과 예수님의 뜻을 가장 잘 표현하는 단어 가운데 하나가 '사랑'이다.

> 누구든지 예수를 하나님의 아들이라 시인하면 하나님이 그의 안에 거하시고 그도 하나님 안에 거하느니라. 하나님이 우리를 사랑하시는 사랑을 우리가 알고 믿었노니 하나님은 사랑이시라. 사랑 안에 거하는 자는 하나님 안에 거하고 하나님도 그 안에 거하시느니라.(요한일서 4:15~17)

하나님이 사랑이시라는 사실은 아무리 강조해도 지나치지 않다. 그리고 그 사랑이 눈으로 볼 수 있게 우리 앞에 오신 분이 예수 그리스도이시다. 그러므로 하나님과 우리가 하나 될 수 있는 길은 오직 예수 그리스도뿐이다. 예수 그리스도께서 하나님과 우리 사이에 가교역할을 해주신 것이다. 그런 의미에서 우리는 진리이고 사랑이신 예수님의 은혜 가운데서 회복되어야 한다. 우리가 진리 가운데서 회복된다는 것은 바로 사랑을 회복한다는 의미이다. 예수님은 우리 사랑이 어떠해야 하는지 구체적으로 말씀해주셨다. 우리를 박해하고 미워하고 괴롭히는 자들까지도 사랑하고 기도하라는 것이다.

이 얼마나 어려운 일인가!

그러나 내가 하는 것이 아니라 예수님이 하신 일이다. 그 사실을 믿고 그 믿음으로 우리가 살려고 할 때 예수님이 이루신 모든 것으로 우리에게 은혜로 덧씌워진다는 의미이다. 예수님은 자신이 짊어지셨던 십자가를 우리에게 똑같이 짊어지라고 하신 것이 아니다. 각자에게 맞는 십자가를 짊어지라고 하신 것이다. 우리가 짊어질 십자가는 아주 가벼운 것이다.

수고하고 무거운 짐 진 자들아 다 내게로 오라 내가 너희를 쉬게 하리라. 나는 마음이 온유하고 겸손하니 나의 멍에를 메고 내게 배우라 그리하면 너희 마음이 쉼을 얻으리니 이는 내 멍에는 쉽고 내 짐은 가벼움이라. (마태복음 11:28~30)

고대 근동의 그리스 로마 시대에는 소와 당나귀의 뿔이나 목에 멍에를 씌웠다고 한다. 동물에 멍에를 씌워 다루는 것은 매우 어려운 일이었다. 고대의 멍에는 짐을 실어 나르는 짐승을 통제하기에는 유효한 수단이었지만, 때로는 짐승의 숨통을 압박해서 호흡이 곤란해지기도 하고 심할 때는 질식사하는 경우도 있었다고 한다. 이와 비슷한 단어로 굴레가 있는데 소에 코뚜레를 꿰어 머리를 마음대로 움직이지 못하게 동여맨 것을 말한다.

굴레는 죽을 때까지 쓰고 있어야 하는 것이고 멍에는 달구지나 쟁기를 끌며 일할 때만 사용했다. 요컨대 가난이라는 멍에는 개인이 노력 여하에 따라 얼마든지 벗어날 수 있지만, 죄의식이나 신분 등은 평생 굴레가 되어 자신을 옥죄어 속박하게 된다.

멍에든 굴레든 주목해야 할 점은 스스로 풀 수 없다는 것이다. 주인이 그것을 풀어주어야 한다. 우리를 창조하신 하나님은 예수님을 통해 우리 멍에를 가볍고 쉽게 해주셨다. 예수님은 자신의 멍에는 쉽고 가볍다고 말씀하셨다. 그것은 예수님이 이미 쉽고 가볍게 해놓으셨기 때문이다. 이 사실을 믿느냐 그렇지 않느냐는 순전히 각자의 믿음에 달려 있다.

예수 그리스도를 믿고 산다는 것은 하나님이 예수님을 보내신 분이라는 사실을 믿고 그에 걸맞게 순종하는 삶을 사는 것이다. 말하자면 늘 마음을 새롭게 하고 믿음과 사랑이 우리 삶을 지배할 수 있도록 하고 자기중심적인 삶에서 벗어나기 위해 노력하는 것이 아니겠는가.

나는 너희에게 이르노니 너희 원수를 사랑하며 너희를 박해하는 자를 위하여 기도하라. (마태복음 5:44)

그러나 너희 듣는 자에게 내가 이르노니 너희 원수를 사랑하며 너희 미워하는 자를 선대하며 너희를 저주하는 자를 위하여 축복하며 너희를 모욕하는 자를 위하여 기도하라. 너의 이 뺨을 치는 자에게 저 뺨도 돌려대며 네 겉옷을 빼앗는 자에게 속옷도 거절하지 말라. 네게 구하는 자에게 주며 가져가는 자에게 다시 달라하지 말며 남을 대접하고자 하는 대로 너희도 남을 대접하라. 너희가 만일 너희를 사랑하는 자만을 사랑하면 칭찬받을 것이 무엇이냐 지인들도 사랑하는 자는 사랑하느니라.(누가복음 6:27~32)

예수님은 우리에게 사랑하면서 살 것을 강조하시면서 하나님 말씀을 잘못 사용하는 부분에 대해 바로 잡아주신다.

또 네 이웃을 사랑하고 네 원수를 미워하라 하였다는 것을 너희가 들었으나 나는 너희에게 이르노니 너희 원수를 사랑하며 너희를 박해하는 자를 위하여 기도하라.(마태복음 5:43~44)

예수님이 동시대 사람들과 공유하신 성경(모세오경)에도 "원수를 미워하라"고 말하지 않았다.

너는 네 형제를 마음으로 미워하지 말며 네 이웃을 반드시 견책하라. 그러면 네가 그에 대하여 죄를 담당하지 아니 하리라. 원수를 갚지 말며 동포를 원망하지 말며 네 이웃 사랑하기를 네 자신과 같이 사랑하라 나는 여호와이니라.(레위기 19:17~18)

예수님이 말씀하신 진리는 사랑이 근간이다. 그리고 이 땅에 오셔서 그것을 몸소 보여주셨다. 예수님의 지상 생애 마지막에 빌라도가 예수님께 "진리가 무엇이냐"고 냉소적으로 질문했다.

> 빌라도가 이르되 진리가 무엇이냐 하더라. 이 말을 하고 다시 유대인들에게 나가서 이르되 나는 그에게서 아무 죄도 찾지 못하였노라.(요한복음 18:38)

이는 예수님이 자신이 세상에 오신 이유를 포괄적으로 말씀하셨기 때문에 이해하기 어려웠을 수 있지만 빌라도는 예수님이 진리라는 사실에 대해 이해가 부족했던 것 같다.

> 빌라도가 이르되 그러면 네가 왕이 아니냐 예수께서 대답하시되 네 말과 같이 내가 왕이니라 내가 이를 위해 태어났으며 이를 위하여 세상에 왔나니 곧 진리에 대하여 증언하려 함이로라 무릇 진리에 속한 자는 내 음성을 듣느니라 하신대(요한복음 18:37)

빌라도가 생각하는 왕의 개념과 예수님이 말씀하신 왕의 개념은 전혀 달랐다. 빌라도는 이스라엘 왕으로 생각했을 것이다. 그러나 예수님은 진리에 대하여 증언하러 오셨다고 분명히 말씀하셨다. 그러나 빌라도는 그 의미를 알지 못했다. 진리를 믿음으로 받아들이지 않았기 때문에 예수님 말씀을 깨닫지 못했었다. 비록 빌라도가 말한 의미와는 다르지만, 주님은 스스로 왕임을 인정하셨다. 비록 그리스도께서 종의 형체를 입으셨다 하더라도 그는 왕의 명예와 권위를 정당하게 주장하셨다.

예수님은 단순히 이스라엘 왕이 아니라 진리의 능력으로 세상을 다스리시는 분이시기 때문이다. 그는 세상과 우리를 만드신 하나님을 증언하고 모든 사람이 그분의 통치를 받아야 할 것을 선포하러 오신 것이다.

사실 당시 유대인들도 예수님을 어떤 식으로든 죄를 뒤집어씌우려고 흠을 찾으려 했지만 찾지 못했다. 빌라도마저도 예수님에게 죄를 찾을 수 없다고 말했다. 그럼에도 불구하고 그들에게는 예수님이 자신들의 기득권 유지와 위상에 별로 도움이 안 된다는 현실적 판단이 작용하여 예수님을 달갑지 않게 생각하던 터였다. 여기서 그들이 예수님에 대해 말한 것에 주목할 필요가 있다.

그들이 예수의 말씀을 책잡으려 하여 바리새인과 헤롯당 중에서 사람을 보내매 와서 이르되 선생님이여 우리가 아노니 당신은 참되시고 아무도 꺼리는 일이 없으시니 이는 사람을 외모로 보지 않고 오직 진리로써 하나님의 도를 가르치시니이다.(마가복음 12:13~14)

예수님은 세상을 파멸하려는 죄악에 대적하는 증인이 되시려고 오셨다. 그리고 자신의 이러한 말씀과 행동을 통해서 세상을 구함으로써 만국을 통치하시는 왕이라는 사실을 당당히 밝히신 것이다. 예수님은 그 진리를 확증하시려고 십자가에 자신의 목숨을 내놓으신 것이다. 그리고 부활하심으로써 그 사실을 여실히 입증하셨다.

빌라도를 비롯한 당시 유대인들은 이런 예수님의 오심과 그 속에 담긴 하나님의 긍휼과 사랑을 알아차리지 못했다. 예수님은 하나님으로부터 전권을 부여받으신 것으로 실질적으로 세상을 통치하실 왕의 신분이라는 사실이다. 예수님은 이 사실을 우리가 알기를 바라신다.

> 내가 아버지의 이름으로 그들에게 알게 하였고 또 알게 하리니 이는 나를 사랑하신 사랑이 그들 안에 있고 나도 그들 안에 있게 하려 함이니이다.(요한복음 17:26)

예수님이 세상을 떠나 천국 아버지께로 돌아가실 때 자신을 대신하여 보내실 성령은 '진리의 성령'이라고 불리실 것이라고 했다.

> 내가 아버지께로부터 너희에게 보낼 보혜사 곧 아버지께로부터 나오시는 진리의 성령이 오실 때에 그가 나를 증언하실 것이요
> (요한복음 15:26)

사람들이 예수님을 믿지 않는 이유는 진리이신 하나님 말씀에 문제가 있어서가 아니라 사람들 내면에 진리를 받아들일 여지가 없기 때문이다. 사람들 내면에 진리가 자리할 공간이 없다는 것은 아마도 그 자리에 세속적 탐욕이나 허탄한 신화로 채우고 있거나 거기서 자기애가 주인행세하고 있을 가능성이 크다. 만약 진리에 갈급하거나 절실한 마음이 있다면 우리 마음이 변화를 겪을 준비를 해야만 할 것이다.

내가 진리를 말하므로 너희가 나를 믿지 아니 하는 도다. 너희 중에 누가 나를 죄로 책잡겠느냐 내가 진리를 말하는데도 어찌하여 나를 믿지 아니 하느냐. 하나님께 속한 자는 하나님의 말씀을 듣나니 너희가 듣지 아니함은 하나님께 속하지 아니 하였음이로다.(요한복음 8:45~47)

진리는 사람들을 받아들이기 위해 실용적인 노선을 취하거나 합리적인 방법만을 추구하지는 않는다. 게다가 효율성이나 융통성 등과도 타협하지 않는다. 우리가 진리를 납득하지 못하거나 그에 반응할 수 없다고 해서 진리에 등을 돌리거나 무시할 일인가?

그래서는 안 된다. 진리는 받아들여도 되고 받아들이지 않아도 되는 문제가 절대 아니다. 우리의 생명이 걸린 문제이기 때문이다. 진리는 우리 죄를 용서받게 해주고 죄와 율법의 종으로부터 자유를 얻게 해주며 영원한 생명을 얻을 수 있는 길로 인도하는 유일한 대안이기 때문에 다른 선택의 여지가 없다. 진리는 예수 그리스도이시다. 그분만이 우리를 모든 굴레로부터 자유롭게 할 수 있다.

진리를 알지니 진리가 너희를 자유롭게 하리라.(요한복음 8:32)

칼릴 지브란은 이런 말을 남겼다. "자유 없는 삶은 영혼이 살지 않는 육신과 같다. 사상 없는 자유는 혼돈된 의식과 같다. 삶과 자유와 사상은 삼위일체이며 사라지지 않는다." 아울러 그는 "인간은 위대하지 않고서도 자유로울 수 있습니다. 그러나 자유롭지 못하면서 결코 위대해질 수 없습니다."*

그들을 진리로 거룩하게 하옵소서 아버지의 말씀은 진리이니이다.(요한복음 17:17)

예수님은 진리 그 자체이시다. 진리가 사람을 자유롭게 한다. 우리들에게 진리가 필요한 이유다. 예수 그리스도는 십자가 사랑으로 그 사실을 여실히 증명하셨다. 세상은 예수님의 십자가 사랑을 두고 여러 가지 반응을 보였다.

이를 본 자가 증언하였으니 그 증언이 참이라 그가 자기의 말하는 것이 참인 줄 알고 너희로 믿게 하려 함이라.(요한복음 19:35)

그와 같이 대제사장들도 서기관들과 장로들과 함께 희롱하여 이르되 그가 남은 구원하였으되 자기는 구원할 수 없도다. 그가 이스라엘의 왕이로다. 지금 십자가에서 내려올지어다. 그리하면 우리가 믿겠노라.(마태복음 27:41~42)

사람들이 어떤 반응을 보였느냐에 따라 진리가 달라지는 일은 없다. 당시 유대인들은 예수님을 못마땅하게 여긴 사람들이 많았다. 제자들이 예수님께 "바리새인들이 이 말씀을 듣고 걸림이 될 줄 아시나이까?"라고 여쭈었다. 그러자 예수님은 정곡을 찌르는 대답을 내놓으셨다.

※   칼릴 지브란 저·정은하 역, 보여줄 수 있는 사랑은 아주 작습니다. pp.24~25, 진선books

예수께서 대답하여 이르시되 심은 것마다 내 하늘 아버지께서 심으시지 않은 것은 뽑힐 것이니 그냥 두라 그들은 맹인이 되어 맹인을 인도하는 자로다. 만일 맹인이 맹인을 인도하면 둘이 다 구덩이에 빠지리라 하시니. (마태복음 15:13~14)

요컨대 그들이 예수님 말씀과 행동에서 사랑을 보지 못한 것은 예수님께 문제가 있는 것이 아니라 그들의 눈이 멀었기 때문이라는 것이다. 사랑이 없는 사람은 절대로 진리 가운데 속할 수 없다.

사랑에 대해 이해하려면 자신이 사랑이 필요한 존재라는 사실을 먼저 인지해야 한다. 자신은 사랑 없이도 살 수 있다고 생각하면 그들은 굳이 누군가를 사랑할 필요를 느끼지 못할 것이다. 그래서 우리는 하나님의 긍휼과 사랑이 절대적으로 필요한 죄인 신분이라는 사실을 깨달아야 한다. 그 사실을 인정하지 않으면 진리의 문턱에도 도달하지 못할 것이다.

서기관과 바리새인들이 율법을 달달 외울 정도로 지식에 능통한 사람들이었지만 그들에게 부족한 것은 사랑이었다. 그 근본 원인은 자신들이 죄인이라는 사실과 죄 사함을 받아야 하는 신분이라는 사실을 인정하려 하지 않았기 때문이다. 예수님은 원수 같은 우리, 괴수 같은 우리를 진심으로 사랑해주신 것이다. 그런 고백이 이루어질 수 있을 때 비로소 우리가 하나님을 사랑하게 되고 이웃을 사랑할 수 있는 것이다. 그래야 자신을 위해 혹은 누군가를 위해 기도할 수 있다.

나는 너희에게 이르노니 너희 원수를 사랑하며 너희를 박해하는 자를 위하여 기도하라. 이같이 한즉 하늘에 계신 너희 아버지의 아들이 되리니 이는 하나님이 그 해를 악인과 선인에게 비추시며 비를 의로운 자와 불의한 자에게 내려주심이라.(마태복음 5:44)

너희는 저주하는 자를 위하여 축복하며 너희를 모욕하는 자를 위하여 기도하라.(누가복음 6:28)

예수님은 십자가에서 죽음을 맞이한 가운데서도 자신을 핍박한 사람들을 용서해달라고 기도하셨다

이에 예수께서 이르시되 아버지 저들을 사하여 주옵소서 자기들이 하는 것을 알지 못함이니이다 하시더라(누가복음 23:34)

하나님의 관대함이 얼마나 지대하고 하나님의 사랑이 얼마나 위대한 것인지 알 수 있는 말씀이다. 우리는 도저히 흉내도 낼 수 없다는 사실을 잘 알고 있다. 그러면서도 우리는 선인과 악인을 구별할 때 자신은 당연히 선인 쪽에 속한다고 생각하기 쉽다.
그러나 과연 하나님 보시기에도 그럴까?
많이 빚 진자가 많이 탕감 받았다고 생각하기 때문에 그 빚을 탕감해준 이에게 더욱 감사할 것이고 사랑이 많아지는 것과 같은 이치다. 우리는 사랑이라는 단어의 심오한 의미에 대해 깊이 성찰할 필요가 있다. 그 안에 믿음이 있으며 용서가 있으며 겸손이 있으며 인내가 있고 온유가 있다. 사랑이 곧 하나님이시고 하나님이 곧 사랑이시다.

사랑이 아닌 것은 선善이 아니다. 사랑이 아닌 것은 진리가 아니다. 사랑과 미움, 선과 악은 진리 안에 동시에 공존할 수 없다. 두 마음을 동시에 가지고 행할 수 없다는 뜻이다. 예수님은 이 같은 진리를 설명하기 위해 이런 비유로 말씀하셨다.

한 사람이 두 주인을 섬기지 못할 것이니 혹 이를 미워하고 저를 사랑하거나 혹 이를 중히 여기고 저를 경히 여김이라 너희가 하나님과 재물을 겸하여 섬기지 못하느니라.(마태복음 6:24)

하나님께서는 진리를 사랑함으로 우리가 은혜와 평강을 누리기를 바라신다. 진리가 아닌 것들에 마음을 빼앗기거나 사랑이 아닌 것들에 유혹당하지 않기를 바라시는 것이다. 그렇다면 우리는 원수를 위해 어떤 기도를 해야 할까? 바로 나를 위해 기도하는 것처럼 기도해야 하지 않을까. 내가 원하는 것을 그들도 원하기 때문이다. 그것이 네 몸 같이 이웃을 사랑하는 것이 아니겠는가.

여호와는 네게 복을 주시고 너를 지키시기를 원하며 여호와는 그의 얼굴을 네게 비추사 은혜 베푸시기를 원하며 여호와는 그 얼굴을 네게로 향하여 드사 평강 주시기를 원하노라 할지니라 하라. 그들은 이같이 내 이름으로 이스라엘 자손에게 축복할지니 내가 그들에게 복을 주리라.(민수기 6:24~27)

예수님은 산상설교에서 제자들에게 원수를 사랑하라고 말씀하시면서 어떻게 기도해야 하는지 직접 가르쳐 주셨다.

그러므로 너희는 이렇게 기도하라. 하늘에 계신 우리 아버지여 이름이 거룩히 여김을 받으시오며 나라가 임하오시며 뜻이 하늘에서 이루어진 것 같이 땅에서도 이루어지이다. 오늘 일용할 양식을 주옵시고 우리가 우리에게 죄지은 자를 사하여 준 것 같이 우리 죄를 사하여 주옵시고 우리를 시험에 들게 하지 마옵시고 다만 악에서 구하옵소서(나라와 권세와 영광이 아버지께 영원히 있사옵나이다. 아멘) (마태복음 6:9~13)

또 예수님은 십자가 위에서 자신을 십자가에 못 박은 자들을 위해 이렇게 기도하셨다. 그들은 사형 선고받은 두 행악자를 예수님 좌우에 둠으로써 예수님의 이미지를 극악무도한 죄인으로 보이게 하려고 한 것이다.

해골이라는 곳에 이르러 거기서 예수를 십자가에 못 박고 두 행악자도 그렇게 하니 하나는 우편에 하나는 좌편에 있더라. 이에 예수께서 이르시되 아버지 저들을 사하여 주옵소서 자기들이 하는 것을 알지 못함이니이다 하시더라 (누가복음 23:33~34)

한 번은 베드로가 "주여, 형제가 내게 범죄하면 몇 번이나 용서해야 할까요? 일곱 번까지 용서해야 할까요?"라고 예수님께 질문한 적이 있다. 예수님은 이렇게 대답하셨다.

예수께서 이르시되 네게 이르노니 일곱 번뿐 아니라 일곱 번을 일흔 번까지라도 할지니라. (마태복음 18:22)

예수님의 자비로우심은 한계가 없다. 그 공로를 예수님은 하나님께 돌렸다. 하나님의 자비를 우리가 배워야 한다고 가르치셨다.

> 너희 아버지의 자비로우심 같이 너희도 자비로운 자가 되라.(누가복음 6:36)

우리가 자비로워질 수 있는 유일한 방법은 우리가 진리 안에서 사는 것이다. 요컨대 예수님의 사랑을 믿고 말씀에 순종하는 것이다.

> 미움은 다툼을 일으켜도 사랑은 모든 허물을 가리느니라.(잠언 10:12)

우리의 자비로움이 자기 가족이나 친척 등 자기와 가까운 사람들에게만 베풀어진다면 그것은 하나님께서 말씀하시는 자비의 의미를 제대로 파악하지 못한 것이다. 예수님이 믿음 없는 사람들에게도 그러셨던 것처럼, 아니 원수 같은 사람들에게도 하셨던 것처럼, 사람을 가리지 말고 사랑의 마음을 가지라는 뜻이다. 그런 믿음을 가질 때 비로소 온전한 사랑을 할 수 있다는 것이다.

> 또 너희가 너희 형제에게만 문안하면 남보다 더하는 것이 무엇이냐 이방인들도 이같이 아니 하느냐. 그러므로 하늘에 계신 너희 아버지의 온전하심과 같이 너희도 온전하라.(마태복음 5:47~48)

원수를 사랑하기란 말처럼 쉬운 일이 아니다. 특히 그 사람 앞에서 직접 사랑을 베풀기는 더욱 어렵다. 하지만 입장을 바꿔 놓고 생각해보자. 하나님은 원수 같은 우리를 용서하신 것이다. 독생자 예수님을 이 땅에 보내셔서 그 사랑을 먼저 실천해 보이신 것이다. 그래서 하나님은 우리에게 원수까지도 사랑하라고 말씀하실 자격이 있으시다.

너희가 각각 마음으로부터 형제를 용서하지 아니 하면 나의 하늘 아버지께서도 너희에게 이와 같이 하시리라.(마태복음 18:35)

예수님은 제단에 예물을 드리는 것보다 형제와 화목하게 지내는 것이 더 우선한다고 말씀하셨다.

그러므로 예물을 제단에 드리려다가 거기서 네 형제들에게 원망들을 만한 일이 있는 것이 생각나거든 예물을 제단 앞에 두고 먼저 가서 형제와 화목하고 그 후에 와서 예물을 드리라.(마태복음 5:23~24)

하나님은 형식적인 사랑이 아니라 마음 중심에서 용서하라고 말씀하셨다. 완전히 새로운 마음을 가지라는 것이다. 그리고 그런 마음을 하나님께 표현해야 한다. 그것이 기도다. 기도를 통해 하나님께 아뢰는 것이다. 기도하면 하나님께서 도와주시겠다는 뜻이다. 하나님이 함께하신다면 불가능이 없기 때문이다. 그렇게 될 때 자신도 모르게 마음에 용서의 움이 싹트기 시작할 것이다.

나는 너희에게 이르노니 너희 원수를 사랑하며 너희를 박해하는 자를 위하여 기도하라.(마태복음 5:44)

하나님은 사랑의 힘이 어떠한지를 알고 계신다. 하나님은 그 사랑을 선인과 악인을 구별하지 않으시고 베풀어주시기를 기뻐하신다. 마치 햇볕이 모든 사람을 내리쬐고 비가 모든 대지를 적시는 것처럼 은혜를 베푸신다.

이같이 한즉 하늘에 계신 너희 아버지의 아들이 되리니 이는 하나님이 그 해를 악인과 선인에게 비추시며 비를 의로운 자와 불의한 자에게 내려주심이라.(마태복음 5:45)

하나님 사랑의 목적은 분명하다. 진리이신 예수님께서 하나님의 아들이심을 증거하기 위한 것이었다.

예수께서 대답하시되 내가 너희에게 말하였으되 믿지 아니 하는 도다. 내가 아버지의 이름으로 행하는 일들이 나를 증거하는 것이거늘 너희가 내 양이 아니므로 믿지 아니 하는 도다. 내 양은 내 음성을 들으며 나는 그들을 알며 그들은 나를 따르느니라.(요한복음 10:25~27)

그리고 선인과 악인을 따지지 않고 예수님은 그들을 초대하고 계시며 예수님을 믿는 모든 사람들을 하나님 자녀로 삼고자 한 것이다.

내가 행하거든 나를 믿지 아니할지라도 그 일은 믿으라. 그러면 너희가 아버지께서 내 안에 계시고 내가 아버지 안에 있음을 깨달 아 알리라 하시니(요한복음 10:38)

오죽하면 예수님은 자신을 믿지 못하겠거든 하나님께서 역사 하시는 일을 믿으라고 말씀하셨을까. 이것은 예수님의 겸손이 드 러나는 말씀이기도 하지만 그만큼 하나님은 절대적인 진리를 행 하신 분이라는 것을 말씀하신 것이다. 그렇게 되면 예수님 자신 에 대해서도 하나님 아들이라는 것을 깨닫게 되고 자연스럽게 믿 게 될 것으로 생각하신 것이다. 예수님은 제자들에게 너희가 받은 사랑은 하나님 은혜 가운데 거저 받은 것이니 너희들도 거저 주라 고 가르치셨다.

병든 자를 고치며 죽은 자를 살리며 나병환자를 깨끗하게 하며 귀신을 쫓아내되 너희가 거저 받았으니 거저 주라.(마태복음 10:8)

여전히 우리는 우리가 어떻게 원수까지 사랑할 수 있을 것인지 에 대해 의문을 가질 수 있다. 그것은 당연히 할 수 있는 생각이 다. 그런 사실을 하나님도 잘 알고 계신다. 그래서 예수님을 이 땅 에 보내셔서 그 모든 일을 감당하게 하신 것이다. 우리에게 예수 님처럼 살라는 것이 아니다. 예수님의 사랑을 믿고 따르라는 것이 다. 그것은 결코 예수님께서 짊어지셨던 십자가를 똑같이 지고 따 르라는 뜻이 아니다.

예수님이 우리를 대신해서 죗값을 치르신 사실을 믿고 감사하며 기뻐하며 그 뜻을 따르라는 것이다. 마음을 다하고 뜻을 다하라는 것이다. 요컨대 종의 신분에서 벗어나 하나님의 양자 신분이 된 만큼 이제 신분에 걸맞은 삶을 살라는 것이다.

자신이 알고 있거나 믿음대로 사랑하지 못한다고 해서 자신의 믿음까지 소용없다고 자책하거나 있는 믿음까지 버려서는 안 된다. 우리의 약함을 하나님은 다 알고 계신다. 우리가 완벽할 수 있었다면 예수 그리스도께서 굳이 이 땅에 오셔서 십자가에 달리실 필요가 없었을 것이다.

다만, 하나님의 자녀가 된 순간부터 우리는 하나님의 법, 사랑의 법을 생각하면서 살아야 하는 것이다. 그 믿음을 저버리지 말아야 한다. 그러기 위해서는 주야로 하나님 말씀을 묵상하는 수밖에 다른 도리가 없다. 그 외에는 아무것도 걱정할 필요가 없다. 가장 큰 걱정인 죽음 문제마저도 더 이상 염려할 필요 없다. 하나님의 자녀가 된 순간 영생을 얻게 되고 영원히 하나님 나라에서 왕 같은 제사장으로 살게 될 것이기 때문이다. 그것이 신실하신 하나님의 약속이다. 그 약속을 믿는 것이 우리에게 요구되는 믿음이다. 얼마나 단순한가! 얼마나 가벼운 것인가! 얼마나 은혜 넘치는 선물인가! 얼마나 영광스러운 즐거움인가! 그저 감사할 따름이다.

우리가 세상을 보고 혹은 자신의 믿음 없음을 보고 상심해서는 안 된다. 그것을 사탄은 원하고 노린다. 사탄은 그 틈새를 놓치지 않는다. 치료약인 것처럼 들고 온 약이 독약일 수 있다는 점을 간과해서는 안 된다. 설령 상한 마음이 생기더라도 그것을 방치해서는 안 된다. 하나님께 내보이고 치유받아야 한다.

상한 갈대를 꺾지 아니 하며 꺼져가는 심지를 끄지 아니 하기를 심판하여 이길 때까지 하리니 (마태복음 12:20)

하나님만이 유일한 우리의 치유자이시고 보호자시라는 사실을 믿어야 한다. 하나님은 심판 날까지, 요컨대 마지막 승리하는 날까지 우리와 함께하시겠다고 약속하셨다.

오늘 있다가 내일 아궁이에 던져지는 들풀도 하나님이 이렇게 입히시거든 하물며 너희일까 보냐 믿음이 작은 자들아. 그러므로 염려하여 이르기를 무엇을 먹을까 무엇을 마실까 무엇을 입을까 하지 말라. 이는 다 이방인들이 구하는 것이라 너희 하늘 아버지께서 이 모든 것이 너희에게 있어야 할 줄을 아시느니라.(마태복음 6:30~32)

몸은 죽여도 영혼은 능히 죽이지 못하는 자들을 두려워하지 말고 오직 몸과 영혼을 능히 지옥에 멸하실 수 있는 이를 두려워하라.(마태복음 20:28)

예수님을 믿고 하나님 자녀가 되면 하나님의 모든 것을 상속받는다.

온유한 자는 복이 있나니 그들이 땅을 기업으로 받을 것임이요.(마태복음 5:5)

하나님 자녀가 될 기회는 누구에게나 동등하게 주어졌다. 특히 자신이 죄인이라고 생각할지라도 예외가 아니다. 오히려 자신이 의인이라고 생각한 사람보다는 죄인이라고 생각한 사람들이 훨씬 더 하나님의 사랑을 받을 것이다. 왜냐하면 예수님이 그렇게 직접 말씀하셨기 때문이다.

> 내가 의인을 부르러 온 것이 아니요 죄인을 불러 회개시키러 왔노라.(누가복음 5:32)

태초에 에덴동산에서 아담과 하와가 선악과를 따먹은 이후 하나님께서 그들에게 주신 최고의 선물인 낙원 에덴동산에서 추방당한 이후 그 후손인 우리는 죄인 신분으로 이 땅에서 방랑자로 살고 있다. 하나님은 마치 집 나간 자식이 속히 돌아오기를 간절히 바라시는 탕자의 아버지 심정일 것이다. 하나님은 에덴동산에서 내보낸 것이 우리를 버렸다는 의미가 아니다. 하나님의 사랑을 깨닫기를 바라신 것이다. 하나님은 우리에게서 한시도 눈을 떼시지 않고 지켜보고 계신다. 그리고 우리에게 복 주시기를 바라신다. 하나님이 모세에게 말씀하신 내용을 묵상해보자.

> 여호와께서 모세에게 말씀하여 이르시되 아론과 아들들에게 말하여 이르기를 너희는 이스라엘 자손을 위하여 이렇게 축복하여 이르되 여호와는 네게 복을 주시고 너를 지키시기를 원하며 여호와는 그의 얼굴을 네게 비추사 은혜 베푸시기를 원하며 여호와는 그 얼굴을 네게로 향하여 드사 평강 주시기를 원하노라 할지니라

하라. (민수기 6:22~26)

시편 기자도 하나님이 어떻게 우리를 지키시고 사랑하시는지를 찬양하였다.

이스라엘을 지키시는 이는 졸지도 아니 하시고 주무시지도 아니 하시리로다. 여호와는 너를 지키시는 이시라 여호와께서 네 오른쪽에서 네 그늘이 되시나니 낮의 해가 너를 상하지 아니 하며 밤의 달도 너를 해치지 아니 하리로다. 여호와께서 너를 지켜 모든 환난을 면하게 하시며 또 네 영혼을 지키시리로다. 여호와께서 너의 출입을 지금부터 영원까지 지키시리로다. (시편 121:4~8)

우리 삶 자체를 지키시고 인도하시는 분이시지만 무엇보다 우리 영혼을 지금부터 영원까지 지키시는 하나님이시라는 점에서 감사와 찬양을 드리지 않을 수 없다. 이처럼 우리를 사랑하시는 하나님은 마지막 처방으로 예수님을 이 땅에 보내주시고 십자가 보혈을 통해 하나님과 사람 사이의 걸림돌이었던 원죄 문제를 해결해주신 것이다. 이 사실을 듣고 믿고 입으로 시인하면 하나님의 자녀로서 당당히 다시 낙원으로 입성할 수 있게 되는 것이다.

영접하는 자 곧 그 이름을 믿는 자들에게는 하나님의 자녀가 되는 권세를 주셨으니 이는 혈통으로나 육정으로나 사람의 뜻으로 나지 아니 하고 오직 하나님께로부터 난 자들이니라, 말씀이 육신이 되어 우리 가운데 거하시매 우리가 그의 영광을 보니 아버지

의 독생자의 영광이요 은혜와 진리가 충만하더라.(요한복음 1:12~14)

예수님은 이 땅에 오셔서 자신의 이름을 높이기 위해 살지 않으셨다. 오로지 하나님의 위대한 뜻을 이루시기 위해 더 이상 낮아질 수 없을 만큼 낮아지셨다. 죄악으로 가득한 온 인류를 구원하기 위해 아낌없이 자신을 희생하셨다. 그리고 하나님의 뜻을 온전히 이루시기 위해 자신의 모든 것을 내려놓으셨다.

오직 하나님의 뜻인 십자가에서 눈을 돌리지 않으시고 한결같이 그 길을 향해 걸어가셨다. 그러나 사람들은 대부분 예수님의 순전한 뜻을 곡해하고 오히려 예수님을 핍박했다. 얼마나 예수님이 답답하셨을지 생각만 해도 안타깝기 그지없다.

내가 땅의 일을 말하여도 너희가 믿지 아니 하거든 하물며 하늘의 일을 말하면 어떻게 믿겠느냐 하늘에서 내려온 자 곧 인자 외에는 하늘에 올라간 자가 없느니라. 모세가 광야에서 뱀을 든 것 같이 인자도 들려야 하리니 이는 그를 믿는 자마다 영생을 얻게 하려 하심이라.(요한복음 3:12~15)

광야에서 모세에게 들려졌던 놋뱀은 예수 그리스도 십자가의 예표이다. 흔히 이런 경우를 가리켜 신학 용어로 예표론像表論, typology이라고 부른다. 성서에는 많은 예표적 사건이 있다. 그 가운데 모세가 들었던 광야에서의 놋뱀은 대표적으로 예수님을 상징하고 있다.

이스라엘 백성이 광야를 통과할 때의 일이다. 광야 여정이 너무 힘들어 이스라엘 백성들이 원망하고 불평하게 되었다. 하나님이 이를 지켜보시고 불뱀을 보냈고 백성들은 독이 있는 뱀에 물려 죽어가고 있었다. 모세가 안타까워서 하나님께 불쌍히 여겨달라고 기도하게 되었다. 그래서 하나님은 모세의 기도에 응답하여 불뱀에 물려 죽지 않는 방법을 가르쳐주셨다. 놋으로 불뱀과 동일한 모양의 놋뱀을 만들어서 장대에 높이 매달라고 하셨다. 누구든지 그것을 바라보면 살게 될 것이라고 말씀하셨는데 정말 놋뱀을 쳐다본 사람마다 다 살아난 것이다. 참 기적적인 일이었다.

백성이 호르산에서 출발하여 홍해 길을 따라 에돔 땅을 우회하려 하였다가 길로 말미암아 백성의 마음이 상하니라. 백성이 하나님과 모세를 향하여 원망하되 어찌하여 우리를 애굽에서 인도해 내어 광야에서 죽게 하는가. 이곳에는 먹을 것도 없고 물도 없도다. 우리 마음이 하찮은 음식을 싫어하노라 하매 여호와께서 불뱀들을 백성 중에 보내어 백성을 물게 하시므로 이스라엘 백성 중에 죽은 자가 많은지라. 백성이 모세에게 이르러 말하되 우리가 여호와와 당신을 향하여 원망함으로 범죄하였사오니 여호와께 기도하여 이 뱀들을 우리에게서 떠나게 하소서 모세가 백성을 위하여 기도하매 여호와께서 모세에게 이르시되 불뱀을 만들어 장대 위에 매달아라, 물린 자마다 그것을 보면 살리라. 모세가 놋뱀을 만들어 장대 위에 다니 뱀에게 물린 자가 놋뱀을 쳐다본즉 모두 살더라.(민수기 21:4~9)

이 사건이 예수 그리스도의 십자가를 예표하고 있다. 예수님도

이 같은 사실을 언급하신 바 있다.

> 모세가 광야에서 뱀을 든 것 같이 인자도 들려야 하리니 이는 그를 믿는 자마다 영생을 얻게 하려 하심이라.(요한복음 3:14~15)

십자가에 달리신 예수 그리스도를 보고 믿는 자마다 죄를 용서받고 구원받아 영생을 얻는다는 것을 의미한다. 우리는 예수님의 희생으로 우리가 죄인 신분에서 의인 신분이 될 수 있는 길이 열린 것이다. 광야에서 이스라엘 백성들은 자기 생각과 다른 것, 그리고 불편한 것을 참지 못하고 불평을 늘어놓았다. 그런데 불뱀에 물리고 나서는 놋뱀을 쳐다보았다. 이것은 무엇을 의미하는가?

평소의 일상생활에서는 하나님을 보지 않고 자신의 생각대로 살다가 죽음을 목전에 두고 하나님을 찾는 꼴이다. 진리 가운데 온전할 수 있다는 것은 어떤 상황에 있든지 예수님을 전적으로 믿고 성령의 인도함을 받고 말씀에 따라 그 안에서 사는 것을 말한다. 내가 나를 사는 것이 아니라 하나님이 나를 경영하시게 하는 것이다. 그렇게 될 때 비로소 우리는 진리 안에서 자유를 누릴 수 있다.

11

창세기에서 길을 찾다

세상에 사는 동안 우리는
아주 작은 역할만을 하면서도 엄청난 것들을 누리며 살아간다.
자신이 얻은 것들의 대부분에 남의 땀이 녹아 있다는 증거다.
사람들은 그것을 까맣게 잊어버리고
자신에게 유익한 것은 모두 자신의 덕이라 생각하면서도
유익하지 않은 것은 남의 탓으로 돌리는 경향이 있다.

성서 창세기를 보면 태초에 하나님이 세상과 사람을 창조한 내용이 기록되어 있다. 창세기 1장은 31절까지 기록되어 있다. 그런데 여기에 '하나님'이라는 단어가 무려 서른두 번이나 등장한다. 여기서 이 세상과 사람을 창조하신 분이 하나님이시라는 것을 분명히 선포하셨다.

하나님은 엿새 동안 세상을 창조하시고 칠 일째는 안식하신 것으로 기록하고 있다. 창조 순서는 이렇다. 만물을 창조하시고 사람을 가장 나중에 창조하신 것이다. 말하자면 모든 선물을 준비해 두시고 마지막으로 사람을 창조하셨다. 그야말로 어마어마한 깜짝 선물이 사람에게 주어진 것이다. 사람이 마지막에 창조되었다는 것을 가볍게 넘길 일이 아니다. 거기에 담긴 하나님의 뜻이 무엇인지 헤아려 보아야 한다.

> 하나님이 자기 형상 곧 하나님의 형상대로 사람을 창조하시되 남자와 여자를 창조하시고 하나님이 그들에게 복을 주시며 하나님이 그들에게 이르시되 생육하고 번성하여 땅에 충만하라, 땅을 정복하라, 바다의 물고기와 하늘의 새와 땅에 움직이는 모든 생물을 다스리라 하시니라. 하나님이 이르시되 내가 온 지면의 씨 맺는 모든 채소와 씨 가진 열매 맺는 모든 나무를 너희에게 주노니 너희의 먹을거리가 되리라.(창세기 1:27~29)

그렇다면 여기서 질문 하나를 던져볼 수 있다. 최초의 사람은 하나님의 창조과정을 보았을까? 정답은 '보지 못했다'이다. 당연하다. 왜냐하면 사람은 하나님의 창조 일정 가운데 가장 마지막에 창조되었기 때문이다. 아담이 창조되어 눈을 떴을 때 이미 모든 만물이 창조되어 있었다. 따라서 아담은 하나님의 창조과정을 보지 못했다. 그렇다면 아담보다 늦게 지어진 하와의 창조과정은 아담이 볼 수 있었을까? 그렇지 못했다. 하나님은 하와를 창조하기 위해 아담의 갈비뼈를 취했는데 그때 하나님은 아담을 잠들게 하셨기 때문이다.

> 여호와 하나님이 아담을 깊이 잠들게 하시니 잠들매 그가 그 갈빗대 하나를 취하고 살로 대신 채우시고 여호와 하나님이 아담에게서 취하신 그 갈빗대로 여자를 만드시고 그를 아담에게로 이끌

어오시니 아담이 이르시되 이는 내 뼈 중의 뼈요, 살 중의 살이라. 이것을 남자에게서 취하였은즉 여자라 부르리라.(창세기 2:21~23)

하나님께서는 하와를 창조하시기 전에 아담을 깊이 잠들게 하셨다. 왜 아담은 하와를 깊이 잠들게 한 후 그의 갈비뼈를 취하셨을까? 갈비뼈를 취하는 과정에서 아담이 아플까 염려되어 그렇게 하셨을까? 단지 그 이유뿐이라면 하나님은 전능하신 분이기 때문에 아담을 잠들게 하지 않고서도 충분히 아프지 않게 하실 수 있으셨을 것이다. 그렇다면 왜 아담을 잠들게 하셨을까? 하나님의 깊은 뜻이 있었을 것이라는 생각을 해볼 수 있다. 아마도 하나님의 창조과정을 아담이 알지 못하도록 그렇게 하셨을 것이라는 점이다. 결국 최초의 사람은 하나님의 창조를 하나도 지켜보지 못했다. 이것은 무엇을 의미할까?

마지막으로 창조되었다는 점을 감안하면 하나님이 사람을 얼마나 존귀하게 여겼는지 알 수 있다. 또 하나 생각해볼 수 있는 것은 마지막에 창조되었기 때문에 하나님에 대해 모르는 것이 가장 많은 존재가 사람이라는 점이다. 하나님이 빛을 만드시고 궁창을 만드시고 땅을 만드실 때 사람은 없었다. 바다의 물고기와 하늘의 새와 땅의 모든 생물들이 창조될 때 사람은 없었다. 사람이 지음 받았을 때는 이미 모든 것이 창조되어 있었다.

우리도 마찬가지다. 눈을 떠보니 세상이 있었고 부모 형제가 있었고 잠잘 곳이 있었고 먹을 것 입을 것이 있었으며 심지어 이름도 지어져 있었다. 그렇다면 우리가 하나님과 세상을 대하는 태도는 어때야 할까? 마치 당연한 것처럼 여기며 누리기만 하면 되는 것일까? 아니면 그것의 근원을 찾아 나서기라도 해야 하는 것 아닐까? 여러 가지로 생각해볼 일이 많을 것 같다.

사람들은 아무것도 한 것 없이 많은 것을 누리며 산다. 또 많은 것들을 배우고 습득하며 살아간다. 그런데 그 많고 적음을 가지고 서로 비교하며 교만에 빠지기도 하고 배타적인 사람이 되기도 한다. 이 얼마나 적반하장이고 무지의 소치인가. 다시 한 번 창조과정에서 사람이 가장 늦게 창조되었다는 사실을 떠올려 볼 필요가 있다. 모든 것을 거저 받은 처지에 교만할 것이 무엇이며 남을 무시할 일이 어디 있겠는가.

바로 하나님이 전하시고자 한 메시지가 여기에 있는 것 같다. 사람은 하나님을 전적으로 의지하며 살 수밖에 없는 처지라는 점과 그로 인해 온전히 하나님께 영광을 돌리는 삶을 살아야 한다는 점이다.

또 하나 주목할 것이 있는데 그것은 사람이 하나님 형상대로 창조되었다는 점이다. 사람은 만물 가운데 유일하게 하나님 형상을 닮도록 창조되었다. 말하자면 하나님께서 가장 심혈을 기울이신 작품이라는 점이다. 우리는 어떤 상품이나 제품이 아니라 하나님의 걸작이라는 사실을 잊어서는 안 되겠다. 하나님의 지혜가 온전히 스며든 작품이라는 점에서 우리는 자부심을 가져도 된다. 하나님은 우리를 창조하실 때 그야말로 혼을 불어넣으신 것이다.

하나님의 창조과정을 기록한 창세기가 없었다면 성서의 가치는 어땠을까?

아마도 다른 종교 경전과 그다지 차별성을 갖기 어려웠을지도 모른다. 하나님의 창조 메시지는 우리에게 많은 것을 가르쳐주지만, 특히 우리가 아무것도 모르고 가진 것 없는 존재로서 하나님을 의지할 수밖에 없는 존재라는 점과 하나님 형상을 닮은 귀중한 존재라는 사실을 알게 한다. 이런 사실은 우리를 교만해질 수 없게 만들기도 하고 한편으로는 자부심을 갖게 만들기도 하는데 무엇보다 우리에게 삶의 정체성을 알려주고 있다는 것이 중요하다.

그렇다면 하나님의 걸작으로서 사람은 어떤 삶을 살아야 할까?

그것은 아무것도 모르는 자신의 처지를 아는 것이 중요하다. 사람은 하나님의 역작이기는 하지만 그저 피조물에 불과하다는 사실을 간과해서는 안 된다. 그런데 하나님이 선물한 낙원인 에덴동산에서 아담과 하와는 하나님을 배신하고 말았다. 하나님이 당부하신 말씀을 어기고 선악과를 따먹음으로써 하나님의 창조질서를 어지럽게 만들어버린 것이다. 그래서 하나님은 아담과 하와를 더 이상 그곳에 둘 수 없어서 에덴동산 밖으로 추방하셨다.

에덴동산 밖의 삶이 바로 인류의 역사가 되었다. 아담과 하와는 가인과 아벨을 낳았다. 그런데 선악과 사건 이후로 죄가 몸 가운데로 흘러들어왔고 이것은 당대에 그치지 않고 그들의 자녀에게 이어졌다. 첫째 아들 가인이 동생 아벨을 죽인 것이다. 그래서 그 이후 가인의 계보가 이어진 것이다. 창세기 4장에는 가인의 후예들 이름들이 나열되어 있다.

가인이 여호와 앞을 떠나서 에덴 동쪽 놋 땅에 거주하더니 아내와 동침하매 그가 임신하여 에녹을 낳은지라 가인이 성을 쌓고 그의 아들의 이름으로 성을 이름하여 에녹이라 하니라. 에녹이 이랏을 낳고 이랏은 므후야엘을 낳고 므후야엘은 므드사엘을 낳고 므

드사엘은 라멕을 낳았더라. 라멕이 두 아내를 맞이하였으니 하나의 이름은 아다요 하나의 이름은 씰라였더라. 아다는 야발을 낳았으니 그는 장막에 거주하며 가축을 치는 자의 조상이 되었고 그의 아우의 이름은 유발이니 그는 수금과 퉁소를 잡는 모든 자의 조상이 되었으며 씰라는 두발가인을 낳았으니 그는 구리와 쇠로 여러 가지 기구를 만드는 자요 두발가인의 누이는 나아마였더라.(창세기 4:16~22)

가인은 에덴 동쪽 놋이라는 땅에 정착하였고 그는 성을 쌓았으며 자기 아들 이름을 따서 성城 이름을 에녹이라 하였다. 선악과 사건 이전의 에덴동산에서는 이런 성이 필요 없었다. 하나님께서 철저하게 보호해주셨기 때문이다. 하지만 가인은 스스로 자신의 신변을 보호하기 위해 자신의 성을 축조한 것이다. 하나님에 대한 불신이 드러난 사건이다. 가인은 인류 최초로 자신의 건물을 가진 건물주가 되었다. 요즘도 건물주를 조물주보다 더 높은 위치에 올려놓으며 희화화한다. 가인은 누가 봐도 성공한 인생처럼 보일 수 있다. 자손들의 화려함은 여기서 그치지 않고 라멕 때에는 절정에 다다른다.

인류 최초의 카사노바라고 할 수 있는 라멕은 아다와 씰라라는 두 아내를 취하고 아들들을 낳았는데 그 아들들이 가진 타이틀이 아주 대단하다. 아다를 통해 낳은 야발은 가축을 치는 자의 조상이 되었으며 그 아우 유발은 수금과 퉁소를 잡는 자의 조상, 요컨대 음악의 조상이 되었다.

그리고 또 다른 아내인 씰라를 통해 두발가인을 낳았는데 그는 구리와 쇠로 여러 가지 기구를 만드는 장인의 조상이 되었다. 라멕의 아들들을 통해 인류문명이 새로운 전기를 맞이하게 된 것이다. 이런 라멕은 더 이상 부러워할 것이 없었다. 하지만 결격사유가 하나 있었으니 그가 하나님을 의지하지 않았다는 점이다. 가장 중요한 것을 소홀히 한 것이다.

라멕은 교만이 극치에 달했고 마침내 살인까지 저질렀다. 그리고 스스로 자신의 범죄를 정당화하고 자신을 어떤 식으로라도 정죄하지 말 것을 단호하게 선포한다. 하나님을 모르는 자의 무지와 교만을 드러낸 것이다. 그는 하나님의 긍휼로 가인을 지키시겠다며 말씀하신 부분을 패러디하여 자신을 지키기에 급급했다.

> 라멕이 아내들에게 이르되 아다와 씰라여 내 목소리를 들으라 라멕의 아내들이여 내 말을 들으라 나의 상처로 말미암아 내가 사람을 죽였고 나의 상함으로 말미암아 소년을 죽였도다. 가인을 위하여는 벌이 칠 배일진대 라멕을 위하여는 벌이 칠십칠 배이리로다 하였더라. (창세기 4:23~24)

여기서 주목할 말씀이 있다. 라멕이 살인한 이유로 자신의 상처와 상함을 들고 있다. 하나님을 믿지 않는 자의 특성이 잘 드러나 있다. 자신에게 상처와 상함이 있는 사람은 반드시 남에게서 그 원인을 찾고 남에게 해를 가한다는 사실이다.

사도 바울은 우리가 자신에게 일어나는 모든 일을 믿음으로 바라보고 분별하지 않으면 자신의 못된 이기심이 힘을 발휘할 것이고 그것이 쓴 뿌리처럼 쓴 열매를 맺게 될 것이라고 가르치고 있다. 요컨대 쓴 뿌리를 가진 사람들은 반드시 남에게 상처를 주게 되고 상하게 한다는 것이다. 사도 바울은 그로 인해 하나님의 은혜에 이르지 못하는 사람이 한 사람도 없기를 바라는 마음으로 모두가 하나님의 사랑과 은혜 안에 거하기를 권면하고 있다.

> 너희는 하나님의 은혜에 이르지 못하는 자가 없도록 하고 또 쓴 뿌리가 나서 괴롭게 하여 많은 사람이 이로 말미암아 더럽게 되지 않게 하며 (히브리서 12:15)

라멕은 자신을 죽이면 칠십칠 배라는 죗값을 받게 될 것이라고 임의대로 자신이 정하여 선포하였다. 이 얼마나 어처구니없는 처사인가. 그는 돈과 부동산, 명예, 그리고 막강한 권력을 가지고 있었다. 그의 교만함이 하늘을 찌른 것이다. 당시 세상에는 그를 견제할만한 사람이 없었고 마치 온 세상이 자신의 손아귀에 있는 것처럼 행세할 수 있게 되었다.

그런데 성경은 이런 라멕을 성공한 인생이라고 말하지 않는다. 오히려 실패한 인생이라고 말한다. 가인이 성을 쌓고 그 이후 농업과 철강과 음악 등을 두루 섭렵하며 풍요와 낙을 누리며 살게 되었지만, 그것은 하나님의 창조목적과는 거리가 먼 삶이었다. 언뜻 성공한 삶처럼 보일 수 있지만 가인의 후예는 창세기 4장을 끝으로 성경에서 더 이상 등장하지 않는다. 가인의 후예는 노아의 홍수 때 모두 물에 잠겨버린다.

> 지면의 모든 생물을 쓸어버리시니 곧 사람과 가축과 기는 것과

공중의 새까지라. 이들은 땅에서 쓸어버림을 당하였으되 홀로 노아와 그와 함께 방주에 있던 자만 남았더라.(창세기 7:23)

산업, 상업, 예술 등이 인생을 윤택하게 할 수 있을지는 몰라도 그것을 통해 하나님께 감사하지 않는다면 오히려 그것들은 영혼 구원에 있어서 장애요인이 될 뿐이라는 것을 알 수 있다. 이와 달리 가인이 죽인 동생 아벨 대신 하나님께서 주신 셋의 자손은 가인의 자손들처럼 화려한 이름을 갖지는 않았지만 평범하고 소박한 삶을 살면서 하나님을 경외하였다. 하나님은 가인이 아닌 셋을 통해 구원의 역사를 이루어가신 것을 볼 수 있다.

아담이 다시 자기 아내와 동침하매 그가 아들을 낳아 그의 이름을 셋이라 하였으니 이는 하나님이 내게 가인이 죽인 아벨 대신에 다른 씨를 주셨다 함이며(창세기 4:25)

셋의 후손들은 창세기 4장에서 시작하여 오늘날까지 이어지고 있다. 그렇다면 어떤 차이가 가인 후손과 셋 후손의 차이를 만든 것일까? 그 차이는 바로 여호와의 이름을 불렀느냐 부르지 않았느냐다.

셋도 아들을 낳고 그의 이름을 에노스라 하였으며 그때에 사람들이 비로소 여호와의 이름을 불렀더라.(창세기 4:26)

셋이 등장하면서 그때에 비로소 여호와의 이름을 불렀다. 가인의 후손들은 자신들이 어떤 이름으로 불리느냐를 더 중요하게 생각했다. 음악의 조상, 농업의 조상, 철강의 조상 등 사람들에게 자신들이 어떻게 불리느냐에 더 관심이 많았다. 그러나 셋의 자손들은 자신보다는 여호와의 이름을 부르는 것을 더 좋아했다.

우리가 주목해야 할 것이 바로 이 부분이다. 우리는 하나님에 의해 창조된 피조물이라는 사실이다. 하나님이 계시지 않으면 우리의 삶도 의미를 잃고 만다. 그래서 나 자신의 이름보다 먼저 하나님 이름을 불러야 하는 것이다.

여호와의 이름은 견고한 망대라 의인은 그리로 달려가서 안전함을 얻느니라.(잠언 18:10)

우리 성공은 내 이름이 이 땅에서 어떻게 불리느냐에 있지 않다. 어떻게 하면 내 삶을 통해 하나님 이름이 영광을 받느냐에 있다. 우리의 구원과 영생이 하나님 안에 있기 때문이다. 세상은 우리 이름을 세상에 떨치며 살라고 부추긴다. 그것은 우리 마음 가운데 온갖 탐욕과 교만이 싹트도록 충동질하는 것에 불과하다. 거기에 속아 넘어가서는 안 된다. 왜냐하면 그 길은 필경 멸망의 길이기 때문이다.

부자의 재물은 그의 견고한 성이라 그가 높은 성벽 같이 여기느니라 사람의 마음의 교만은 멸망의 선봉이요 존귀의 길잡이니라.(잠언 18:11~12)

세상 철학은 먼저 자기 삶을 생각하고 자신의 이름을 높이는 것이 마치 현명한 삶인 것처럼 종용한다. 세상의 신화는 자신을 특별하게 여기고 자신의 이름을 세상에 새기라고 부추긴다. 하지만 가인의 자손과 셋의 자손들을 통해서 알 수 있는 것은 하나님 이름을 영화롭게 하는 사람들의 결국이 좋았다는 점을 알 수 있다.

성경에는 종종 동명이인同名異人이 등장한다. 그 가운데 에녹이라는 사람이 있다. 창세기 4장에 등장하는 에녹은 가인의 아들이다. 가인은 인류 최초의 성城을 쌓았는데 자신의 아들 이름을 따서 그 성의 이름을 에녹이라고 지었다.

아내와 동침하매 그가 임신하여 에녹을 낳은지라 가인이 성을 쌓고 그의 아들의 이름으로 성을 이름하여 에녹이라 하니라.(창세기 4:17)

또 한 명의 에녹은 셋의 자손으로서 하나님과 동행하며 하나님을 경외한 삶을 살다가 죽음을 보지 않고 하나님의 부르심을 받은 사람이다.

에녹이 하나님과 동행하더니 하나님이 그를 데려가시므로 세상에 있지 아니 하였더라.(창세기 5:24)

이 두 사람은 이름은 같았지만 삶이나 삶의 결과는 사뭇 달랐다. 무엇이 달랐을까? 하나님 이름을 불렀느냐 부르지 않았느냐, 또 하나님과 동행했느냐, 동행하지 않았느냐이다.

또 다른 동명이인이 있었는데 라멕이라는 사람이다. 가인의 후손인 라멕은 연쇄살인범이었지만 셋의 후손인 라멕은 노아를 낳았으며 오백구십오 년을 지내며 자녀를 낳았으며 칠백칠십칠 세까지 살았다.

가인이 아벨을 죽인 후 그는 죽음에 대한 두려움이 있었다. 그래서 하나님은 그를 보호하기 위해 가인을 죽인 자는 벌을 칠 배나 받을 것이라고 경고하셨다. 그것을 기억하고 있었던 라멕은 자신이 살인을 범한 후 두려운 마음에 자신을 죽인 자는 칠십칠 배나 벌을 받을 것이라고 선포했다.

여기서 칠 배, 칠십칠 배 등의 숫자가 나온다. 그런데 더욱 재미있는 것은 셋의 자손 라멕은 하나님의 은혜 가운데 자식들을 낳으면서 장수했는데 칠백칠십칠 세까지 살았다는 점이다.

> 라멕은 노아를 낳은 후 오백구십오 년을 지내며 자녀들을 낳았으며 그는 칠백칠십 세를 살고 죽었더라.(창세기 5:30~31)

이 말씀은 무엇을 말해주고 있는가?

하나님 이름을 부르는 자의 축복이 어떠한가를 잘 보여주고 있다. 사람 이름도 물론 중요하지만, 동일한 이름을 가졌다고 할지라도 여호와의 이름을 부른 사람과 그렇지 않은 사람의 결과는 극명하게 다르다는 사실을 잘 말해주고 있다.

셋의 자손 라멕은 노아의 아버지다. 노아는 익히 알고 있듯이 하나님을 신실하게 믿은 사람으로 하나님의 명령에 순종하여 방주를 지어 홍수를 피해 살아남은 것으로 유명하다. 노아의 방주는 하나님의 역사 가운데서 아주 특별한 상징성을 가진 사건이다.

이는 아담과 하와가 에덴동산에서 추방된 이후 하나님이 창조하신 첫 번째 작품이라는 점이다. 에덴동산에서 노아의 방주 때까지 하나님은 어떤 새로운 것도 만들지 않으셨다. 그런데 죄가 없는 에덴동산이 아니고 죄가 만연한 에덴동산 밖에서 하나님의 창조가 처음으로 이루어졌다는 점에 주목할 필요가 있다.

또 하나 의미 있는 것은 에덴동산까지의 하나님 창조는 순전히 하나님 홀로 하셨지만 노아의 방주는 노아라는 신실한 사람과 함께하셨다는 것이다. 그것은 셋이라는 믿음의 조상으로부터 이어지는 준비된 하나님의 은혜로운 역사役事라는 것에 감동하지 않을 수 없다.

그런 차원에서 묵상해볼 때 지금도 하나님은 여호와 이름을 부르는 자와 더불어 뭔가를 함께 하시기를 바라신다는 것을 알 수 있다. 하나님 말씀에 귀를 기울이고 하나님의 창조 사역에 동참할 수 있는 믿음의 사람을 항상 부르고 계신다는 것이다.

하나님 지시에 따라 노아에 의해 만들어진 방주는 몇 가지 특징이 있다.

첫 번째는 방주 안팎에 역청을 끝까지 칠했다는 점이다. 방주 안으로 물이 새지 않도록 꼼꼼하게 마감을 한 것이다.

너는 고페르 나무로 너를 위하여 방주를 만들되 그 안에 칸을 막고 역청을 그 안팎에 칠하라.(창세기 6:14)

이 역청은 히브리어로 '코페르'라는 단어인데 이것은 '칠하다'

는 뜻의 '카파르(칠)'라는 단어에서 파생되었다고 한다. 그래서 역 청을 칠하라는 것은 '마땅히 칠할 것을 칠하라'는 뜻이 된다. 우리 생각대로 우리 지식으로 방주를 짓는 것이 아니라 마땅히 하나님 께 순종해야 함을 말하고 있다. 세상을 보시는 하나님 시각이 잘 드러나 있다고 할 수 있는데 방주에 세상의 죄악이 더 이상 스며들 지 못하도록 안팎으로 칠하라는 것이다.

그것은 결국 무엇을 의미하는가?

바로 하나님 말씀에 순종하라는 것을 말한다. 모든 것을 능히 이 기는 것이 하나님 말씀이기 때문이다.

> 그러므로 하나님의 전신갑주를 취하라 이는 악한 날에 너희 능 히 대적하고 모든 일을 행한 후에 서기 위함이라. 그런즉 서서 진 리를 너희 허리띠를 띠고 의의 호심경을 붙이고 평안의 복음이 준 비한 것으로 신을 신고 모든 것 위에 믿음의 방패를 가지고 이로 써 능히 악한 자의 모든 불화살을 소멸하고 구원의 투구와 성령의 검 곧 하나님의 말씀을 가지라. (에베소서 6:13~17)

방주의 두 번째 특징은 창문이 천장에만 있었다는 사실이다. 우 선 노아 방주는 일반적인 선박의 형태가 아니었다는 것에 주목할 필요가 있다. 만약 일반적인 배의 형태였다면 거기에 있는 동안 물을 퍼내기에 바빴을 것이고 엄청난 비를 감당하지 못했을 것이 다. 하나님은 그 비를 감당할 수 있는 특별한 배를 제작하도록 지 시하셨다.

그 배의 형태는 건물과 같은 직사각형으로 이루어졌다는 사실이다. 방주^{方舟}를 뜻하는 히브리어가 '테바'라는 단어인데 이는 상자를 가리킨다. 그래서 방주는 범선 모양이 아니라 네모반듯한 상자 모양으로 지어진 것이다. 노아의 방주는 앞뒤나 옆에 창문이 없었다. 그저 하늘을 볼 수 있는 천창^{天窓}만이 존재했었다.

이것은 무엇을 의미할까?

바로 어떤 세상의 상식이나 관념에서 벗어나 오로지 하늘만 바라보며 하나님의 말씀에만 의지하라는 것을 뜻하지 않을까. 노아의 때에 세상이 타락한 이유는 아주 간단하다. 바로 하늘을 바라보지 않았고 하나님 이름을 부르지 않았기 때문이다.

하나님이 창조주이신 것을 망각하고 인간의 탐욕만을 쫓아 살다가 결국 하나님의 심판을 피할 수 없었다. 하나님은 이렇게 세상을 심판하시면서 노아에게 강렬한 메시지를 전하신 것이다. 이제부터는 하늘을 올려보는 연습을 하고 하나님 말씀에 귀를 기울이며 하나님과 더불어 새 역사를 창조하자는 의도가 있는 것이다.

세상을 살다 보면 모든 창문이 막히는 것 같은 경험을 할 때가 있다. 하는 일마다 잘 풀리지 않을 때가 있다. 그럴 때 포기하거나 절망할 것이 아니라 하나님이 찾고 계신다는 신호로 받아들이고 하나님을 올려다보아야 하지 않을까. 하나님이 찾으신다는 것은 그냥 심심해서 찾는 것이 아니다. 모든 해결책을 가지고 부르시는 것이다. 하나님은 우리를 창조하신 분이시다. 그래서 하나님은 우리가 우리를 아는 것보다 또 세상이 우리를 아는 것보다 우리를 더 잘 아시는 분이시다. 그것을 믿어야 한다.

세 번째는 배를 운행하는 방향키 같은 것이 없었다는 사실이다. 방향키가 없었다는 것은 당연히 별도의 조타실이 없었다는 것을 의미한다. 이것은 인간의 능력이나 기술로 이 배를 운행할 수 없음을 말해주고 있다. 다시 말하면 하나님이 직접 운항하시겠다는 것을 뜻한다.

하나님은 인간이 얼마나 악한지를 보셨기 때문에 인간에게 더 이상 맡겨두실 수 없었다. 그래서 당신이 직접 운항하시겠다는 의지를 표명한 것이고 우리에게 그런 믿음을 요구한 것이다.

> 여호와께서 사람의 죄악이 세상에 가득함과 그의 마음으로 생각하는 모든 계획이 항상 악할 뿐임을 보시고 땅 위에 사람 지으셨음을 한탄하사 마음에 근심하시고 이르시되 내가 창조한 사람을 내가 지면에서 쓸어버리되 사람으로부터 가축과 기는 것과 공중의 새까지 그리하리니 이는 내가 그것들을 지었음을 한탄함이니라. (창세기 6:5~7)

그럼에도 불구하고 하나님 은혜로 살아남은 자들이 있었으니 바로 노아와 그의 가족들 여덟 명뿐이었다. 이것은 무엇을 의미하는가? 우리는 스스로 자신을 구원할 수 없는 존재라는 것을 말해준다. 우리 구원은 전적으로 하나님의 긍휼과 은혜에 달려 있음을 잊어서는 안 될 것이다.

> 그러나 노아는 여호와께 은혜를 입었더라. 이것이 노아의 족보니라 노아는 의인이요 당대의 완전한 자라 그가 하나님과 동행하였으며 (창세기 6:8~9)

노아는 완전한 자이고 하나님과 동행하였다고 기록되어 있다. 이것은 사람으로서 완전한 자가 되었다는 것을 강조한 것이 아니다. 하나님과 동행할 때 하나님의 은혜로 완전해질 수 있다는 것이다. 또 하나 중요한 사실은 노아는 장차 오실 예수님의 예표라는 사실이다. 노아는 믿음으로 자신과 가족들을 구했지만, 예수님은 자신을 희생함으로써 온 인류를 구원하시는 분이시다.

> 이르되 주 예수를 믿으라, 그리하면 너와 네 집이 구원을 얻으리라.(사도행전 16:31)

창세기는 단순히 창조와 타락뿐 아니라 아주 강렬한 구원의 메시지가 있다는 것을 놓쳐서는 안 된다. 우리가 우리 인생의 방향키를 잡고 운항하면 백이면 백 실패하지만, 하나님이 주도권을 가지고 운항하시면 누구도 실족하지 않고 구원받을 수 있음을 전해주고 있다. 그래서 내 인생의 최대 과제는 내 삶의 방향키를 주님께 맡기는 일이다.

만약 탐욕으로 가득한 세상에 방향키를 각 사람의 손에 맡긴다면 이 세상은 어떻게 될까? 생각만 해도 끔찍하지 않을 수 없다. 노아시대뿐 아니라 지금도 어느 정도 그 폐해를 경험하고 있지 않은가. 지금 이대로 방향을 돌리지 않으면 세상은 멸망의 길로 갈 것이 불 보듯 뻔하다.

노아는 하나님의 말씀대로 방주를 지었고 말씀대로 기다렸는데 그 기다림은 노아의 생각보다 훨씬 길었고 그래서 두렵고 답답함을 느꼈을 것이다. 그러나 하나님은 노아를 잊지 않으셨다. 너를 기억하고 있다고 말씀하신다.

> 하나님이 노아와 그와 함께 방주에 있는 모든 들짐승과 가축
> 을 기억하사 하나님이 바람을 땅 위에 불게 하시매 물이 줄어들
> 었고 깊음의 샘과 하늘의 창문이 닫히고 하늘에서 비가 그치매
> (창세기 8:1~2)

하나님께서 노아를 기억하셨다는 점이 무엇보다 중요하다. '기
억'은 히브리어로 '자카르'라는 단어인데 하나님이 기억하신다는
것은 인간이 어떤 사실을 기억하는 것과는 차원이 다른 것으로 하
나님이 적극적으로 개입하고 계신다는 것을 뜻한다. 하나님이 끊
임없이 일하고 계신다는 것을 의미한다. 하나님이 소돔 성을 멸하
실 때 아브라함의 간절한 기도로 롯과 그의 가족을 구할 때도 하
나님은 아브라함을 생각하셨다고 기록되어 있다. 하나님이 생각
하셨다는 것은 우리를 위해 일 하시고 계시고 또 함께하시겠다는
것을 의미한다.

> 하나님이 그 지역의 성을 멸하실 때 곧 롯이 거주하는 성을 엎
> 으실 때에 하나님이 아브라함을 생각하사 롯을 그 엎으시는 중에
> 서 내보내셨더라. (창세기 19:29)

우리는 과연 누구에게 기억되고 생각되는 인생이 되는 것이 좋
을까?
아주 중요한 문제다. 하나님이 우리를 기억해주시고 생각해주

신다면 무엇이 두려울 것이며 또 무엇을 부러워할 것이 있겠는가. 하나님으로부터 잊힌 삶이야말로 가장 불행한 삶이 될 것이고 가장 허무한 인생이 될 것이다.

노아는 하나님 말씀에 순종하여 방주를 짓기 시작하면서는 세상 사람들로부터 철저히 잊힌 사람이었다. 그러나 하나님이 기억하는 사람이 됨으로써 생명을 구할 수 있게 된 것이다. 사람들이 산 아래에서 탐욕과 쾌락에 취해 있을 때 노아는 산 위에서 묵묵히 방주를 짓는 일에 몰두했다.

살다 보면 하나님을 믿고 사는 것이 정말 무익하고 비효율적이라는 생각을 할 수도 있다. 왜냐하면 시간은 돈이라고 생각하는 요즘에 하나님을 믿는 일에 시간을 쓰고 돈을 쓰는 것은 너무 낭비라는 생각이 들 수 있기 때문이다.

노아도 이전에 그런 큰비를 한 번도 경험해보지 못했기 때문에 햇볕 쨍쨍 내리쬐는 날들이 지속되는 가운데 높은 산에서 배를 만드는 일을 감당하기 쉽지 않았을 것이다. 특히 세상 사람들의 눈에는 한심스럽고 미친 짓으로 보였을 것이기 때문이다.

노아 방주 사건에서 기억해야 할 단어가 또 하나 있는데 그것은 '바람'이다. 이 바람은 창세기 1장에도 나온다. 주로 성령을 가리키는데 표현한다.

땅이 혼돈하고 공허하며 흑암이 깊음 위에 있고 하나님의 영은 수면 위에 운행하시니라. (창세기 1:2)

여기서는 '하나님의 영'이라고도 표현되었는데 바람처럼 수면

위를 운행하셨다. 이것은 하나님께서 직접 만물을 운행하고 계신다는 것을 의미한다. 노아의 방주를 둘러싸고 있는 바람이 그 주위에서 불고 있다는 것은 하나님의 영이 직접 관여하고 계신다는 것을 말해주고 있다.

하나님의 영은 혼돈과 흑암을 빛으로 바꾸고 질서와 조화를 이루는 능력을 가지고 있다. 하나님께서 우리를 기억하시고 우리에게 은혜를 베푸시는 분이 바로 바람처럼 존재하시는 성령이라는 것을 알 수 있다. 그래서 날마다 성령으로 충만하기를 기도해야 한다.

이에 여호와의 불이 내려서 번제물과 나무와 돌과 흙을 태우고 또 도랑의 물을 핥은지라.(열왕기상 18:38)

성령은 불처럼 때로는 바람처럼 이렇게 만물 안에 존재하시며 운행하신다.

우리에게 귀에 익은 찬송가도 성령을 봄바람으로 표현하고 있다. 사도행전의 말씀에 영감을 받아 지은 찬송으로 알려져 있다.

제자들은 기쁨과 성령이 충만하니라.(사도행전 13:52)

〈성령의 봄바람 불어오니〉

성령의 봄바람 불어오니 믿음의 새싹이 움터오고
성령의 단비로 흡족하니 메마른 영혼을 적셔주네.

불같은 성령 임하시니 마음에 기쁨 넘쳐나네.

성령의 생수를 마시는 자 갈급한 심령이 해갈되고
성령의 충만함 받은 자는 마음의 평안을 누리겠네.
성령의 감동 받은 자는 주님의 사랑 깨닫겠네.

성령의 은사를 받은 자는 시기와 질투가 사라지고
성령의 지혜를 받은 자는 이웃과 한 형제 되었도다.
성령의 권능 받은 자는 사랑의 복음 전파하네.

누구나 살면서 무엇인가 받고 싶은 선물이 있을 것이다. 그것은 나이에 따라 다를 수 있고 처지에 따라 다를 수 있다. 그런데 우리가 때와 장소를 불문하고 가장 받기를 사모해야 할 선물이 있다면 그것은 성령이 아닐까. 성령은 삼위일체三位一體이신 하나님의 한 위位이시다. 그래서 하나님을 가장 잘 알고 계시기 때문에 우리가 하나님의 뜻에 따라 살기 위해서는 성령의 도움이 절실하다.

예수님께서는 성령을 우리에게 보내주시어 우리를 돕도록 하시겠다고 약속하셨다. 성부와 성자, 그리고 성령은 각각 역할이 다를 뿐 모두 한 분 하나님이시다. 하나님 아버지와 예수 그리스도, 그리고 성령의 관계를 알 수 있는 말씀이 있다. 예수님이 제자들에게 하신 말씀이다.

그러나 진리의 성령이 오시면 그가 너희를 모든 진리 가운데로 인도하시리니 그가 스스로 말하지 않고 오직 들은 것을 말하며 장래 일을 너희에게 알리시리라. 그가 내 영광을 나타내리니 내 것을 가지고 너희에게 알리시겠음이라. 무릇 아버지께 있는 것은 다 내 것이라 그러므로 내가 말하기를 그가 내 것을 가지고 너희에게 알리시리라. (요한복음 16:13~15)

세상에서 받은 선물은 우리에게 주는 기쁨도 행복도 모두 유효 기간이 있다. 하지만 성령은 죽기까지 아니 영원까지 우리와 함께 하시면서 우리를 도우시며 행복하게 해주신다. 그래서 우리는 우리의 실제 삶에서 우리 고집대로 살려고 할 것이 아니라 성령이 우리 삶을 주관하시도록 우리 마음과 뜻을 내어드려야 한다. 성령이 우리의 방향키가 되어주신다면 우리는 방황할 일도 실패할 일도 없을 것이기 때문이다.

다음으로 노아의 방주에서 꼭 기억해야 할 단어가 '점점'이라는 단어가 아닐까. 이 점점點點, continually을 한낱 하찮은 부사쯤으로 간주하고 가벼이 여길 수 있으나 여기서는 그럴 수 없다.

물이 땅에서 물러가고 점점 물러가서 백오십 일 후에 줄어들고 일곱째 달 곧 그달 열이렛날에 방주가 아라랏 산에 머물렀으며 물이 점점 줄어들어 열째 달 곧 그달 초하룻날에 산들이 봉우리가 보였더라. (창세기 8:3~5)

우리가 성령을 받으면 뭔가 이적이 일어나고 일상에서는 볼 수 없는 방법으로 신기한 일들이 일어나기를 기대할 수 있다. 차올랐던 물이 순식간에 빠져나간다거나 마치 홍해가 갈라지는 것처럼 그런 경이로운 일이 일어날 것을 기대할지도 모른다. 그러나 위의 말씀을 보면 물이 어떻게 줄어드는지를 말해주고 있는데 그 방법이 '점점'이다. '서서히' 혹은 '꾸준히'라고 말할 수 있다.

성경은 물이 줄어드는데 150일이라는 긴 세월이 걸렸다고 말하고 있다. 실제 완전히 땅이 마르고 노아의 가족들이 배에서 내려오기까지는 훨씬 더 오랜 세월이 걸렸다. 사람들은 하나님을 바라보며 무슨 일이 보다 획기적으로 일어나기를 기대할 수 있다. 하지만 노아와 가족들이 할 수 있는 것은 인내심을 가지고 기다리는 일이었다.

우리 삶 가운데서도 무슨 일이 마음에 들지 않거나 마음대로 풀리지 않을 때 하나님을 향해 기도하며 그냥 기적처럼 한순간에 해결되기를 바라지만 우리의 바람대로 되지 않는 경우가 많다.

물론 성령은 믿을 수 없을 정도로 경이롭고 빠르게 강림하는 경우도 있지만, 대부분 우리를 서서히 변화시키시며 인내를 요구하신다. 그러나 무엇보다 중요한 것은 우리를 생각하시고 기억하시며 여전히 일하고 계신다는 점이다. 우리 삶 속에서 하나님의 존재가 느껴지지 않을 때 나의 기도가 응답되지 않는 것처럼 느껴질 때 노아의 방주가 주는 교훈을 떠올릴 필요가 있다.

특히 기억, 바람, 점점이라는 세 가지 키워드를 기억하고 하나님을 바라보고 기다리는 자세가 필요하다. 하나님은 우리를 기억하시고 성령님을 바람처럼 보내시고 나와 세상에 지속적으로 관여하고 계신다는 사실을 잊어서는 안 되겠다.

대개 사람들은 그것이 논리적으로나 도덕적으로 다소 이치에 맞지 않더라도 남들보다 더 복을 받고 싶어 하는 경향이 있다. 그것을 횡재라고 말하기도 하고 행운이라고 표현하기도 한다. 그렇다면 그것이 사람들에게 필요한 진정한 복일까?

물론 좋다거나 나쁘다고 한두 마디로 딱 잘라 말하기는 쉽지 않다. 노아의 후손들이 동방으로 옮기다가 시날 평지를 만나게 되고 거기에 거류하게 되었는데 그곳에서 노아의 후손들은 소위 로또에 당첨되는 일과 같은 행운을 맞이하게 된다.

당시만 해도 벽돌이라는 것이 없었는데 시날 평지에서 벽돌의 소재를 찾아내고 벽돌을 굽는 기술을 개발함으로써 획기적인 건축 문화 시대를 열게 되었다. 그래서 자신들의 꿈대로 높은 성과 탑을 만들 수 있게 되었다. 인간의 지혜에 스스로 감탄하면서 가급적 더 높이 쌓으려고 시도했었다.

그런데 그 장면을 하나님께서 보신 것이다. 그 건물에 문제가 있는 것이 아니라 사람들의 마음을 보신 것이다. 그들이 무슨 마음으로 성을 쌓고 탑을 올리고 있는지 하나님께서 간파하신 것이다. 그래서 하나님은 그들의 하는 일을 가로막고 자신들을 위한 도시를 더 이상 건설하지 못하도록 사람들을 흩어버리셨다.

그 방법으로 언어를 다르게 사용하게 하여 서로 의사소통이 이루어지지 못하도록 한 것이다. 그들이 언어로 하나님 영광을 위해 사용하는 것이 아니라 오히려 하나님을 멀리하고 하나님께 도전하는 도구로 사용하려 했기 때문이다.

이에 그들이 동방으로 옮기다가 시날 평지를 만나 거기 거류하며 서로 말하되 자, 벽돌을 만들어 견고히 굽자 이에 벽돌로 돌을 대신하여 역청으로 진흙을 대신하고 또 말하되 자, 성읍과 탑을 건설하여 그 탑 꼭대기를 하늘에 닿게 하여 우리 이름을 내고 온 지면에 흩어짐을 면하고자 하였더니 여호와께서 사람들이 건설하는 그 성읍과 탑을 보려고 내려오셨더라. 여호와께서 이르시되 이 무리가 한 족속이요 언어도 하나이므로 이같이 시작하였으니 이후로는 그 하고자 하는 일을 막을 수 없으리로다. 자, 우리가 내려가서 거기서 그들의 언어를 혼잡하게 하여 그들이 서로 알아듣지 못하게 하자 하시고 여호와께서 거기서 그들을 온 지면에 흩으셨으므로 그들이 그 도시를 건설하기를 그쳤더라.(창세기 11:2~8)

우리가 살다 보면 크고 작은 행운을 만날 수 있다. 그리고 실제로 그런 일이 자신에게 일어나기를 바라기도 한다. 그러나 그 행운이 진정으로 내 삶에 복이 될 것인지 아닌지를 알기 위해서는 그것이 하나님으로부터 온 것인지 아닌지를 분별해야 한다. 그렇지 않으면 복이라고 생각한 것이 오히려 저주가 될 수 있기 때문이다.

노아의 후손들이 시날 평지에서 벽돌이라는 신문명을 찾아낸 것은 좋은 일이라고 생각할 수 있다. 하지만 그것을 어떻게 받아들이고 어떻게 사용할 것인지에 따라 결과는 정반대로 달라질 수 있다. 노아의 후손들에게는 그것이 결코 복으로 연결되지는 못했다.

왜 그런 결과를 가져왔을까?

첫 번째로 노아의 후손들은 먼저 하나님께 묻지 않았다. 자기들의 지혜에 의지하여 자기들끼리만 의논한 것이다. 이들의 대화 속에 하나님은 없었다. 노아의 방주를 통해 지켜주신 하나님 은혜를 저버리는 행위를 저질렀다.

서로 말하되 자, 벽돌을 만들어 견고히 굽자 이에 벽돌로 돌을 대신하여 역청으로 진흙을 대신하고 또 말하되 자, 성읍과 탑을 건설하여 그 탑 꼭대기를 하늘에 닿게 하여 우리 이름을 내고 온 지면에 흩어짐을 면하고자 하였더니.(창세기 11:3~4)

그들은 영혼의 언어를 사용하지 않았고 세속적인 말로 자기들끼리만 서로 소통하였다. 그 목적도 불순하기 이를 데 없었다. '우리 이름을 내고 온 지면에 흩어짐을 면하고자'한 것이다. 안타깝게도 그들의 바람과는 달리 결과는 정반대로 되었다.

모든 것이 하나님 은혜라고 생각했다면 그리고 기억했다면 그런 우를 범하지 않았을 것이다. 그들이 그들의 지혜로 이루어낸 결과는 바벨탑이었다. 벽돌이라는 기적의 문명이 자기 손안에 들어왔다고 해도 하나님이 동행하지 않으시면 아무 소용없는 흙덩어리에 불과하다. 말하자면 이윽고 무너질 바벨탑이 될 수밖에 없는 것이다. 아무리 좋아 보여도 엄청난 행운처럼 여겨지더라도 하나님께 묻지 않으면 좋은 결과를 기대할 수 없다는 것을 여실히 말해준다.

두 번째로는 노아의 후손들은 하나님 이름을 높이지 않았다. 그들은 자신들의 이름을 드러내고자 열을 올렸을 뿐 하나님은 아예 그들의 의식 속에 없었다. 성경학자들은 바벨탑을 쌓자고 제안한 사람을 니므롯으로 보고 있다.

구스가 또 니므롯을 낳았으니 그는 세상에 첫 용사라 그가 여호와 앞에서 용감한 사냥꾼이 되었으므로 속담에 이르기를 아무는 여호와 앞에 니므롯 같이 용감한 사냥꾼이로다 하더라. 그의 나라는 시날 땅의 바벨과 에렉과 악갓과 갈레에서 시작되었으며 그가 땅에서 앗수르로 나아가 니느웨와 르호보딜과 갈라와 및 니 느웨와 갈라 사이의 레센을 건설하였으니 이는 큰 성읍이라.(창세기 10:8~12)

니므롯은 용감한 사냥꾼으로서 시날 평지에 위세를 떨쳤으며 자기 이름을 높였던 자라는 것을 알 수 있다. 힘의 논리는 또 다른 강한 자를 불러오게 마련이다. 그래서 그는 자신이 힘으로 밀리지 않도록 성을 쌓을 필요성을 느낀 것이다. 그래서 레센이라는 큰 성읍을 건설했다.

누구나 사람은 어느 정도 자신을 드러내고자 하는 욕망을 품고 살아간다. 동서고금을 막론하고 사람들은 자신의 이름을 위해 목숨을 걸고 투쟁하면서 살았다. 오죽하면 옛말에 "짐승은 죽어서 가죽을 남기고 사람은 죽어서 이름을 남긴다"는 말이 있을 정도다. 이는 자신의 정체성과 이름을 동일시하는 우를 범하고 있다.

그런데 중요한 것은 얼마나 하나님을 의지하며 겸손하게 자신을 드러내느냐, 아니면 자기 능력을 뽐내며 교만함을 드러내느냐의 차이에 있는 것 같다. 왜냐하면 겸손한 자는 하나님이 영원히 동행하시지만, 교만한 자는 그럴 수 없기 때문이다.

하나님은 사람이 자기를 자랑하는 것을 싫어하신다는 사실을 알아야 한다. 먼저 하나님의 이름을 영화롭게 하지 아니 하고 자신의 이름을 위해서만 애쓴다면 하나님의 축복은 기대하기 어렵다는 것이다. 하나님이 그토록 강조하는 사랑의 본질에 대해서 말할 때 사도 바울은 자기를 자랑해서는 안 된다고 가르치고 있다.

> 사랑은 오래 참고 사랑은 온유하며 시기하지 아니 하며 사랑은 자랑하지 아니 하며 교만하지 아니 하며 (고린도전서 13:4)

자신의 이름을 내세우는 사람은 자신만의 세계에 갇혀버리지만, 하나님 이름을 높여드리는 사람은 하나님 나라에서 하나님 자녀라 일컬음을 받고 생명과 자유와 평안을 선물로 받을 수 있다. 스스로 높아지려고 하면 한없이 추해지지만 낮아지려고 하면 하나님이 때가 되면 반드시 높여주실 것이다.

예수님 당시 바리새인들이 권위 의식에 사로잡혀 자신들이 평소 높임을 받는 것에 익숙해져 항상 높은 자리 앉기를 당연하게 여기며 사람들 앞에서 교만하게 행동하므로 예수께서는 그들을 불편하게 보셨다. 그래서 예수께서는 다음과 같은 비유로 말씀하시며 그들을 질책하셨다.

> 청함을 받은 사람들이 높은 자리 택함을 보시고 그들에게 비유로 말씀하여 이르시되 네가 누구에게나 혼인 잔치에 청함을 받았을 때 높은 자리에 앉지 말라. 그렇지 않으면 너보다 더 높은 사람이 청함을 받는 경우에 너와 그를 청한 자가 와서 너더러 이 사람에게 자리를 내주라 하리니 그때에 네가 부끄러워 끝자리로 가게 되리라. 청함을 받았을 때 차라리 가서 끝자리에 앉으라. 그러면 너를 청한 자가 와서 너더러 벗이여 올라앉으라 하리니 그때에야 함께 앉은 모든 사람 앞에서 영광이 있으리라. (누가복음 14:7~10)

세 번째로는 노아의 후손들이 하나님께 순종하지 않았다는 점이다.

> 또 말하되 자, 성읍과 탑을 건설하여 그 탑 꼭대기를 하늘에 닿게 하여 우리 이름을 내고 온 지면에 흩어짐을 면하자 하였더니 (창세기 11:4)

사실 노아는 방주를 지을 때 철저하게 하나님 지시에 따라 순종했으며 그 결과는 노아와 가족들에 대한 하나님의 은혜와 축복이었다. 그 방주를 끝까지 하나님이 운행하시면서 그들을 구원하신 것이다.

> 네가 만들 방주는 이러하니 그 길이는 삼백 규빗, 너비는 오십 규빗, 높이는 삼십 규빗이라 거기에 창을 내되 위에서부터 한 규빗에 내고 상 중 하층으로 할지니라. (창세기 6:15~16)

하나님 말씀에 순종하느냐 불순종하느냐의 결과는 노아의 방주와 바벨탑의 차이라고 할 수 있다. 우리가 노아의 방주와 바벨탑 사건을 보면서 느낄 수 있는 것은 무엇을 할 때 먼저 하나님께 묻고 말씀에 경청하는 것이 중요하고 이어서 이 일이 하나님의 이름을 높이는 일인지 자신의 이름을 높이려는 것인지 묵상해볼 필요가 있다.

> 그런즉 너희는 먼저 그의 나라와 의를 구하라 그리하면 이 모든

것을 너희에게 더하시리라. (마태복음 6:33)

그리고 전체적으로 나의 삶이 하나님께 순종적인지 그렇지 않고 나의 고집과 주장이 앞서는 것은 아닌지 살펴보아야 할 것이다. 사람은 누구나 행복한 삶을 살기를 원한다. 그런 마음을 갖는 것이 잘못된 것은 아니다. 하지만 자기 지혜나 세상 지식이 우리에게 행복을 가져다줄 수 있을 것으로 생각한다면 그것은 큰 오산이다. 세상을 어떻게 살아야 행복한지는 만물과 사람을 창조하신 하나님이 가장 잘 아신다.

창세기 12장에는 아브라함에 관한 내용이 나온다. 그는 '믿음의 조상' 혹은 '복의 근원'이라고 여겨질 만큼 믿음이 좋은 사람으로 하나님으로부터 많은 복을 받은 사람이다.

네가 너로 큰 민족을 이루고 네게 복을 주어 네 이름을 창대하게 하리니 너는 복이 될지라. 너를 축복하는 자에게는 내가 복을 내리고 너를 저주하는 자에게는 내가 저주하리니 땅의 모든 족속이 너로 말미암아 복을 얻을 것이라 하신지라. 아브람이 여호와의 말씀을 따라갔고 롯도 그와 함께 갔으며 아브람이 하란을 떠날 때에 칠십오 세였더라. (창세기 12:2~4)

여기서 아브람(아브라함의 개명 전 이름)의 태도를 잘 살펴볼 필요가 있다. 아브람이 복을 받을 만한 사람이 된 데에는 그만한 이유가 있는데 "아브람이 여호와의 말씀을 따라갔다"고 했다. 바로 말씀에 순종했다는 것을 의미한다.

또 하나 하나님께서는 "너의 모든 족속이 너로 말미암아 복을 얻을 것"이라고 하셨다. 그렇다. 하나님은 아브람에게 엄청난 복을 주셨고, 아브람을 통해서 모든 족속이 복을 받을 것이라고 말씀하셨다.

따라서 하나님을 믿는 우리는 모든 족속에게 복을 주는 사람이 되어야 한다. 하나님께서 우리에게 주신 복은 그저 나 혼자 잘 먹고 잘 살라고 주신 복이 아니다. 우리를 통해서 하나님의 복을 전달하시려는 목적이 있으시다. 요컨대 하나님을 믿는 자는 하나님 축복의 통로가 되어야 함을 말해주고 있다.

그런 관점에서 볼 때 우리 기도는 나 혼자만을 혹은 우리 가족과 주변 사람들만을 위한 것이 되어서는 안 된다. 우리의 상상력이 미치는 모든 족속을 향한 기도와 축복이 되어야 한다. 따라서 복 받기에 익숙해질 것이 아니라 자신이 복덩어리가 되고 나아가 복을 주는 사람이 될 수 있어야 한다. 하나님이 내게 주신 모든 복과 은사를 사용하여 하나님의 빛과 소금이 되어야 함을 말한다.

우리 주변에 적지 않은 사람들이 자신이 가지고 있는 것은 모두 자신의 노력이나 능력 때문에 얻은 것으로 착각한다. 거기에 그치는 것이 아니라 그것들을 뽐내고 자랑하는 데 여념이 없다. 그러나 세상은 그렇게 이루어지지 않았다. 누군가의 도움 없이 한날한시도 살아갈 수 없는 것이 세상의 시스템이다.

세상에 사는 동안 우리는 아주 작은 역할만을 하면서도 엄청난 것들을 누리며 살아간다. 자신이 얻은 것의 대부분에 남의 땀이 녹아 있다는 증거다. 사람들은 그것을 까맣게 잊어버리고 자신에게 유익한 것은 모두 자신의 덕이라고 생각하면서도 유익하지 않은 것은 남의 탓으로 돌리는 경향이 있다.

우리가 하나님을 믿고 살면서 가장 오해하기 쉬운 것 가운데 하나가 하나님을 믿고 기도하면 복이 저절로 주어지는 것처럼 생각하기 때문에 이웃을 대하는 자세에 대해서는 소홀하게 생각한다. 그래서 하나님을 사랑한다고 말하면서도 그 사랑이 전혀 이웃에게 선한 영향력을 끼치지 못한다. 하나님은 하나님 당신만을 사랑하라고 강요하지 않으셨다.

예수께서 이르시되 네 마음을 다하고 목숨을 다하고 뜻을 다하여 주 너의 하나님을 사랑하라 하셨으니 이것이 크고 첫째 되는 계명이요. 둘째도 그와 같으니 네 이웃을 네 자신 같이 사랑하라 하셨으니 이 두 계명이 온 율법과 선지자의 강령이니라.(마태복음 22:37~40)

우리는 하나님을 사랑하고 이웃을 사랑하는 사람이 되어야 한다. 그래서 비로소 복을 받을 만한 사람이 되었다는 뜻이 된다. 그런 사람은 온전히 복을 받을 만한 조건을 갖춘 사람이 되는 것이다.

네가 네 하나님 여호와의 말씀을 청종하면 이 모든 복이 네게 임하여 네게 이르리니 성읍에서도 복을 받고 들에서도 복을 받을 것이며 네 몸의 자녀와 네 토지의 소산과 네 짐승의 새끼와 소와 양의 새끼가 복을 받을 것이며 네 광주리와 떡 반죽 그릇이 복을 받을 것이며 네가 들어와도 복을 받고 나가도 복을 받을 것이니

라.(신명기 28:2~6)

하나님을 믿는다는 것은 하나님을 알았다는 것이고 하나님의 뜻을 깨달았다는 것을 의미한다. 무엇을 깨달아야 할까? 하나님은 나 혼자에게만 복을 주시려는 분이 아니시라는 점이다. 가능하면 모든 족속에게 복을 주고 싶어 하신다. 그래서 먼저 깨달은 자들이 하나님의 뜻을 다른 이들에게 전하고 삶으로 모범을 보여야 함을 가르치신 것이다.

하나님은 혼자 일 하시기보다는 먼저 믿는 사람들과 함께 일하시기를 기뻐하신다. 그것에 화답하는 것이 믿음이라고 할 수 있다. 어떻게 하면 하나님이 나를 통해서 주신 복을 이웃들과 함께 나눌 것인가를 고민하는 것이 먼저 믿는 사람들의 바람직한 자세이어야 하지 않을까.

창세기 13장에서는 아브람과 조카 롯 사이의 갈등을 다루고 있다.

아브람의 일행 롯도 양과 소와 장막이 있으므로 그 땅이 그들이 동거하기에 넉넉하지 못하였으니 이는 그들의 소유가 많아서 동거할 수 없었음이니라. 그러므로 아브람의 가축의 목자와 롯의 가축의 목자가 서로 다투고 또 가나안 사람과 브리스 사람도 그 땅에 거주하였는지라. 아브람이 롯에게 이르되 우리는 한 친족이라 나나 너나 내 목자나 네 목자나 서로 다투게 하지 말자. 네 앞에 온 땅이 있지 아니 하냐 나를 떠나거라 네가 좌하면 나는 우하고 네가 우하면 나는 좌하리라.(창세기 13:5~9)

사실 위의 말씀을 통해서 보면 아브람과 롯이 동등한 입장, 아니 오히려 아브람이 롯에게 양보할 입장인 것처럼 느껴질 수도 있다. 하지만 아브람은 조카인 롯을 오랫동안 데리고 있으면서 일자리를 마련해주며 자식처럼 애정을 베풀어왔다. 그런데 그런 아브람의 마음을 헤아리지 못하고 롯은 자신의 권리만을 주장했다. 그래서 다툼의 여지가 생겼고 마침내 아브람은 통 큰 양보를 하게 된다.

그야말로 이 상황은 주인과 종이 전 재산을 반반으로 나누자고 제의한 것과 다를 바 없다. 그럼에도 불구하고 아브람은 땅의 선택권을 조카인 롯에게 먼저 주었다. 이런 아브람이야말로 온전한 믿음을 가진 사람이라고 할 수 있을 뿐 아니라 복을 주는 사람의 전형이라고 할 수 있다. 이에 조카 롯은 아브람이 제시한 대로 먼저 자신이 원하는 땅을 선택하게 되는데 그 땅은 가축을 기르고 사람이 살기에 적합한 땅이었다.

이에 롯이 눈을 들어 요단 지역을 바라본즉 소알까지 온 땅에 물이 넉넉하니 여호와께서 소돔과 고모라를 멸하시기 전이었으므로 여호와의 동산 같고 애굽 땅과 같았더라. 그러므로 롯이 요단 온 지역을 택하고 동으로 옮기니 그들이 서로 떠난지라. 아브람은 가나안 땅에 거주하였고 롯은 그 지역의 도시들에 머무르며 그 장막을 옮겨 소돔까지 이르렀더라. (창세기 13:10~12)

성서에는 롯이 아브람에게 그동안 보살펴주신 것에 감사했다는 기록은 발견되지 않는다. 마치 기다렸다는 듯이 자신이 선택한 땅으로 주저 없이 떠났다. 롯은 눈에 보이는 유익에 급급한 나머지 하나님의 뜻이나 사람으로서의 도리 등을 생각하지 못했다. 반면에 아브람은 눈에 보이는 좋은 것들을 마음속에 두지 아니 하고 하나님의 뜻에 따라 복을 주는 사람이 되기로 작정한 것이다.

우리는 하나님 뜻을 헤아리는 것이 어렵다고 생각하는 경향이 있다. 그런데 꼭 그런 것만은 아니다. 하나님 말씀은 누구나 이해할 수 있게 기록되어 있다. 아브람은 롯과 다투는 것이 너무 싫었다. 왜냐하면 다투는 것은 하나님 뜻이 아니라는 것을 아브람은 잘 알고 있었기 때문이다.

다툼을 멀리하는 것이 사람에게 영광이거늘 미련한 자마다 다툼을 일으키느니라.(잠언 20:3)

우리가 삶 속에서 분을 내고 다투는 일이 발생하는 이유는 무엇일까?

사람은 자기 것과 남의 것이라는 소유의 개념이 분명하다. 그리고 자신의 권리를 절대적으로 중요하게 여긴다. 그래서 조금이라도 자신에게 불이익이 주어질 것 같으면 자신에 대한 보호 본능이 작동하여 화를 내고 다투게 된다.

누가 보더라도 아브람이 굳이 그렇게까지 양보할 상황은 아니었다. 그러나 아브람은 하나님을 믿는 사람으로서 덕이 되지 않는 일을 하고 싶지 않았다. 그래서 자신이 할 수 있는 것, 요컨대 통큰 양보를 선택한 것이다.

사도 바울도 고린도 교회 성도들에게 보낸 서신에서 그 같은 취지의 말씀을 가르친 적이 있다.

모든 것이 가하나 모든 것이 유익한 것이 아니요 모든 것이 가하나 모든 것이 덕을 세우는 것이 아니니 누구든지 자기 유익을 구하지 말고 남의 유익을 구하라. (고린도전서 10:23~24)

위의 말씀에서 덕德은 헬라어로 '그레테'라고 하는데, 그 뜻은 가장 좋은 것, 탁월한 것을 의미한다고 한다. 그렇다. 덕을 세우는 일은 하나님의 뜻을 따라 가장 탁월한 선택을 하는 것이다.

아브람이 그렇게 할 수 있었던 것은 하나님에 대한 믿음과 사랑이 바탕에 있었기 때문이다. 그는 자신에게 주어진 온갖 소유와 은사가 온전히 자신의 것이라고 생각하지 않았다. 하나님의 부름을 받고 자신의 고향을 떠났을 때에도 롯과 재산을 분배할 때에도 그런 가치관이 여실히 드러난다.

사실 우리는 빈손으로 왔다가 빈손으로 돌아가는空手來空手去 존재들이다. 아브라함은 철저히 모든 것을 하나님 것으로 생각했고 잠시 은혜 가운데 위탁받아서 복을 누리고 있다고 생각한 것이다. 그래서 미래에 대한 불안감이나 물질에 대한 욕심을 잠재울 수 있었다. 그는 하나님 사랑을 믿었다. 자신이 필요하면 언제든지 하나님께서 가장 좋은 것으로 주실 것으로 믿었다.

아브람은 하나님의 뜻 안에 있는 것은 하나님의 보호하심을 받지만, 하나님의 뜻이 아닌 것은 보호받을 수 없다는 것을 안 것이다. 당장은 좋은 것처럼 느껴질지라도 앞으로도 반드시 좋을 것이라는 보장은 할 수 없는 것이다. 아브람은 그것을 깨달았다.

하나님은 자신이 만물의 주인이시면서도 만물이 자신의 것이라고 과시하지 않으신다. 오히려 믿음, 사랑, 용서, 인내, 긍휼, 희생,

자비, 온유, 겸손, 감사, 기쁨 등을 우리에게 가르쳐주신다. 여기서 생각해볼 수 있는 것은 아브람의 경우 자신이 어디에 있느냐보다 어떻게 사느냐를 더 중요하게 생각했다는 점이다.

네 앞에 온 땅이 있지 아니 하냐 나를 떠나가라 네가 좌하면 나는 우하고 네가 우하면 나는 좌하리라.(창세기 13:9)

롯은 냉큼 눈으로 보기에 아름다운 땅을 선택했다. 그러나 아브람은 그런 것에 전혀 동요하지 않고 땅에 대한 선택의 우선권을 롯에게 양보했다. 믿음이 좋은 사람은 이렇게 자신감과 여유가 있어야 한다는 것을 깨닫게 해주는 장면이다. 사람이 생각하는 복을 쫓아다니는 것이 아니라 하나님으로부터 복을 불러오는 사람, 또 그 복을 나눌 수 있는 사람, 그런 사람이 바로 아브람이었다. 그는 참으로 복덩이였다.

왜 이렇게 무모할 정도로 자신감이 있었을까?

이는 아브람에게는 어디에 있느냐가 중요한 것이 아니라 내가 어디로 가든 하나님께서 동행하신다는 믿음을 저버리지 않는 것이 더 중요하다고 생각했다. 하나님만 함께하시면 그곳이 하늘나라고 그로 인해 자신은 하나님 백성이 된다는 사실을 믿었기 때문이다.

그 이후 아브람과 롯이 어떻게 되었는지 우리는 잘 알고 있다. 아브람은 어디를 가나 하나님이 동행하시는 믿음의 조상, 복의 근원이 되었고, 반면에 롯은 전쟁에 포로로 끌려가 고초를 겪었고 소돔과 고모라 땅에서 죽을 지경에 이르렀다. 그러나 아브람은 그런

롯을 위해 기도했고 포로된 롯을 구했으며 소돔 땅의 심판에서도 롯과 그 가족들을 구할 수 있었다.

> 여호와께서 하늘 곧 여호와께로부터 유황과 불을 소돔과 고모라에 비같이 내리사 그 성들과 온 들과 성에 거주하는 모든 백성과 땅에 난 것을 다 엎어 멸하셨더라. 롯의 아내는 뒤를 돌아보았으므로 소금 기둥이 되었더라.(창세기 19:24~26)

아브람은 어리석게 보일 정도로 자신의 것을 챙기지 않았지만, 하나님이 동행하시면서 은혜 가운데 살 수 있었고 자손들도 축복을 받았다. 반면, 롯은 약삭빠르게 철저히 자신의 유익을 취했던 사람으로 여러 가지 고초를 겪으며 살았다.

사도 베드로의 권면을 귀 기울여 들을 필요가 있다.

> 그러므로 하나님의 능하신 손 아래에서 겸손하라. 때가 되면 너희를 높이시리라. 너희 염려를 다 주께 맡기라. 이는 그가 너희를 돌보심이라.(베드로전서 5:6~7)

내가 세상에서 인정받고 있고 남들이 부러워하는 위치에 있는 것이 중요한 것이 아니라 하나님께서 나와 동행하느냐가 무엇보다 중요하다. 그렇게 하나님의 품 안에만 있다면 때가 되거나 필요하면 하나님이 높여주신다는 것을 알아야 한다.

그렇다고 인생이 항상 좋을 수만은 없다. 마치 롤러코스터처럼 좋은 날도 있지만 그렇지 못한 날도 있을 수 있다. 그럴 때마다 일희일비ー喜ー悲한다면 정신건강에 좋지 않다. 사도 바울처럼 어떤 형편에 처하더라도 그것에 의해 영향을 받지 않으려면 예수 그리스도의 십자가를 떠올릴 필요가 있다.

내가 궁핍하므로 말하는 것이 아니니라. 어떤 형편에든지 나는 자족하기를 배웠노니 나는 비천에 처할 줄도 알고 풍부에 처할 줄도 알아 모든 일 곧 배부름과 배고픔과 풍부와 궁핍에도 처할 줄 아는 일체의 비결을 배웠노라. 내게 능력 주시는 자 안에서 내가 모든 것을 할 수 있느니라.(빌립보서 4:11~13)

소위 믿음의 조상이라고 일컬어지는 아브람의 경우도 살면서 전혀 부침이 없었을까? 물론 아니다. 그처럼 믿음이 좋았다고 칭찬받았던 사람도 신앙 생활하면서 몇 차례 좌절을 경험한 적이 있다. 그때마다 하나님은 환상 중에 아브람에게 나타나 그와 동행하고 계심을 상기시켜 주셨다.

이후에 여호와의 말씀이 환상 중에 아브람에게 임하여 이르시되 아브람아 두려워하지 말라. 나는 네 방패요 너의 지극히 큰 상급이니라.(창세기 15:1)

사실 아브람은 살면서 엄청난 하나님의 도우심을 경험했었다. 한번은 이웃나라들이 소돔과 고모라를 침략하여 모든 재물과 양식을 빼앗아갔으며 조카 롯마저도 사로잡히고 말았었다. 아브람은 이 소식을 접하고 삼백팔십 명의 가신들을 데리고 가서 사로잡혀 있는 조카 롯을 무사히 찾아오는 데 성공했다. 하나님의 은혜였다. 그런데 그로 인한 기쁨과 감사도 그리 오래가지 못했고 하나님의 은혜를 까맣게 잊어버림으로써 신앙적 슬럼프에 빠지고 말았다.

그렇다면 아브람이 두려워했던 것은 무엇이었을까?

그것은 자신과 사라 사이에 자녀가 없었다는 점이다. 전투에서 승리를 거두었지만, 자기 집에 돌아와 보니 자녀가 없는 것 때문에 우울해졌고 그것이 두려움의 요인이 되었다. 그도 그럴 것이 자신과 자신의 아내 사라의 나이는 점점 늙어가는 데 아이를 가질 수 있을지에 대해 염려하게 된 것이다. 인간적으로 충분히 생각할 수 있는 일이다. 하지만 하나님의 은혜를 경험한 아브람은 그런 생각을 하면 안 되었다. 그런데 그 순간 아브람은 신실하신 하나님 약속을 잊은 채 잠시 의구심을 품은 것이다. 그것이 아브람을 두렵게 한 것이다.

아브람이 그의 조카가 사로잡혔음을 듣고 집에서 길리고 훈련된 자 삼백십팔 명을 거느리고 단까지 쫓아가서 그와 그의 가신들이 나뉘어 밤에 그들을 쳐부수고 다메섹 왼편 호바까지 쫓아가 모든 빼앗겼던 재물과 자기의 조카 롯과 그의 재물과 또 부녀와 친척을 다 찾아왔더라. 아브람이 그돌라오멜과 그와 함께 한 왕들을 쳐부수고 돌아올 때에 소돔 왕이 사웨 골짜기 곧 왕의 골짜기로 나와 그를 영접하였고 살렘 왕 멜기세덱이 떡과 포도주를 가지고 나왔으니 그는 지극히 높으신 하나님의 제사장이었더라.(창세기 14:14~18)

아브람이 이르되 주 여호와여 무엇을 내게 주시려 하나이까 나는 자식이 없사오니 나의 상속자는 이 다메섹 사람 엘리에셀이니이다.(창세기 15:2)

물론 대부분의 사람들이 크고 작은 어려운 일을 겪으며 슬럼프를 경험하며 살아간다. 그런데 아브람의 슬럼프는 다소 의외다. 왜냐하면 어려운 싸움에서 하나님 은혜로 승리를 만끽한 직후였기 때문이다. 신앙의 슬럼프는 때를 가리지 않고 찾아올 수 있음을 알게 해준다. 그렇다면 아브람은 어떻게 신앙의 슬럼프를 극복했는지 성경을 통해 알아보자. 신앙의 슬럼프를 극복하는 첫 번째 방법은 '들음'이었다. 아브람은 여호와의 말씀을 들었다. 말씀을 듣기 시작하면서 다시 믿음이 생긴 것이다.

여호와의 말씀이 그에게 임하여 이르시되 그 사람이 네 상속자가 아니라 네 몸에서 날 자가 네 상속자가 되리라 하시고 그를 이끌고 밖으로 나가 이르시되 하늘을 우러러 뭇별을 셀 수 있나 보라 또 그에게 이르시되 네 자손이 이와 같으리라. 아브람이 여호와를 믿으니 여호와께서 이를 그의 의로 여기시고(창세기 15:4~6)

누구나 슬럼프를 경험할 수 있지만 어떻게 극복하느냐도 중요하다. 하나님 말씀을 듣는 것만큼 우리의 삶에 에너지를 불어넣을 수 있는 것은 없다. 사도 바울도 그 점을 깨달았으며 로마교회에 서신을 통해 다음과 같이 권면했던 사실이 있다.

그러므로 믿음은 들음에서 나며 들음은 그리스도의 말씀으로 말미암았느니라.(로마서 10:17)

하나님은 실의에 빠진 아브람에게 다가와 말씀해주셨다. 하나님 말씀은 한 치의 오류도 없는 진리다. 그래서 믿어야 한다. 그 사실을 진정으로 받아들일 수 있을 때 비로소 우리는 새로운 힘을 얻게 되는 것이다. 믿음은 들음에서 나온다는 사실을 떠올려야 한다.

아브람은 하나님 말씀을 들은 후 여호와를 믿었다고 했다. 우리가 살면서 슬럼프를 겪지 않을 수 없다. 하지만 극복할 방법은 명확하다. 하나님 말씀을 경청하는 것이다. 그로 인해 믿음이 생기기 때문이다. 말씀을 통해 내 존재 의미를 확인하고 삶의 방향을 설정하며 하나님으로부터 진리의 길을 인도받아야 한다.

신앙의 슬럼프를 극복하는 또 하나의 방법은 '드림'이다. 하나님의 말씀을 들으면 한 귀로 듣고 한 귀로 가벼이 흘려버릴 것이 아니라 그에 상응한 순종이 뒷받침되어야 한다. 그 순종은 마음을 드리는 것이다. 바꿔 말하면 믿어드리는 것이다. 나아가 우리의 삶을 통해 드림이 실천되어야 하는 것이다. 그것은 감사感謝하는 것이고 사랑하는 것이다.

요즘 인터넷의 발달로 말씀을 들을 수 있는 기회가 차고 넘쳐난다. 하지만 그것들이 믿음으로 연결되지 못한다면 그 많은 들음이 한낱 소음과 다를 바 없다. 현대인들은 많은 지식과 정보들을 들으며 살지만, 오히려 드림의 삶은 턱없이 부족하다.

그 이유는 천차만별이다. 그 정보가 바르지 않거나 너무 바쁜 탓이기도 하고 성격상 혹은 경제적인 이유 등 다양하다. 이런 상황에서 가장 중요한 것은 믿음과 사랑을 회복하는 일이다. 아브람은 하나님 말씀을 들은 후 하나님께 드림으로써 하나님에 대한 자신의 믿음과 사랑을 증명하였다.

여호와께서 그에게 이르시되 나를 위하여 삼 년 된 암소와 삼 년 된 암염소와 삼 년 된 숫양과 산비둘기와 집비둘기 새끼를 가져올지니라. 아브람이 그 모든 것을 가져다가 그 중간을 쪼개고 그 쪼갠 것을 마주 대하여 놓고 그 새는 쪼개지 아니 하였으며 솔개가 그 사체 위에 내릴 때에는 아브람이 쫓았더라.(창세기 15:9~11)

우리가 주목해야 할 것은 하나님께서 직접 무엇을 어떻게 드려야 하는지 명확히 말씀해주셨다는 점이다. 우리 형편에 따라 우리 생각대로 드리는 것이 아니라 하나님이 기뻐하시는 것을 드려야 함을 말해준다.

구약시대에는 하나님께서 원하시는 제사가 짐승을 바치는 것이었다면, 신약시대에는 예수님이 오셔서 십자가에서 자신을 희생하심으로써 단번에 완전한 제사를 드렸기 때문에 우리가 더 이상 구약시대처럼 제사드릴 필요는 없다.

이제 우리가 드려야 할 것은 제사가 아니라 예배다. 예배라고 하면 교회나 성당에서 드리는 것만을 떠올릴지 모르겠지만, 그것이 전부가 아니다. 우리의 삶 가운데서 하나님 말씀을 듣고 믿고 그 바탕 위에서 사랑, 감사, 기도, 용서, 화목 등을 드림으로써 하나님의 선한 열매를 맺으며 하나님의 자녀라는 신분으로 사는 것을 말한다.

그러기 위해서는 하나님이 누구시고 예수님은 어떤 분이시며 성령은 어떤 역할을 하신 지에 대해 명확한 믿음이 있어야 한다. 그래야 온전히 자신을 맡길 수 있기 때문이다. 그런 의미에서 예수님이 제자들에게 "나를 누구라 하느냐"라는 질문했을 때 베드로가 대답한 내용은 우리에게 좋은 교훈이 되기에 충분하다.

예수와 제자들이 빌립보 가이사랴 여러 마을로 나가실새 길에서 제자들에게 물어 이르시되 사람들이 나를 누구라고 하느냐. 제자들이 여짜와 이르되 세례 요한이라 하고 더러는 엘리야, 더러는 선지자 중의 하나라 하나이다. 또 물으시되 너희는 나를 누구라 하느냐 베드로가 이르되 주는 그리스도이니이다 하매(마가복음 8:27~29)

오늘날 우리는 경제적 부흥에 힘입어 최고로 풍요로운 시대를 살고 있다. 그런데 정신적인 스트레스는 오히려 더 증가하고 있는 것으로 보인다. 적잖은 사람들이 우울증, 조울증, 불면증, 공황장애, 만성 스트레스 등으로 인한 고통을 호소하고 있다. 이를 토대로 생각해보면 물질의 풍요와 사람들의 행복과는 크게 관련이 없다는 것을 짐작할 수 있다.

창세기 26장에는 아브라함이 100세에 낳은 아들 이삭이 등장한다. 이삭은 믿음의 조상의 첫 계보를 잇는 아주 중요한 인물이다.

또한 아브라함의 씨가 다 그의 자녀가 아니라 오직 이삭으로부터 난 자라야 네 씨라 불리리라 하셨으니 곧 육신의 자녀가 하

나님의 자녀가 아니요 오직 약속의 자녀가 씨로 여기심을 받느니라.(로마서 9:7~8)

여호와께서는 아브라함에게 약속했던 복을 변함없이 이삭과 그의 자손들에게도 이행하시겠다고 다시 한 번 상기시키신다.

여호와께서 이삭에게 나타나 이르시되 애굽으로 내려가지 말고 내가 네게 지시하는 땅에 거주하라. 이 땅에 거류하면 내가 너와 함께 있어 네게 복을 주고 내가 이 모든 땅을 너와 네 자손에게 주리라. 내가 네 아버지 아브라함에게 맹세한 것을 이루어 네 자손을 하늘의 별과 같이 번성하게 하며 이 모든 땅을 네 자손에게 주리니 네 자손으로 말미암아 천하 만민이 복을 받으리라.(창세기 26:2~4)

여호와의 신실하신 약속은 이삭과 그의 자손들에게 계속해서 이어진다.

형제들아 너희는 이삭과 같이 약속의 자녀라.(갈라디아서 4:28)

그에게 이미 말씀하시기를 네 자손이라 칭할 자는 이삭으로 말미암으리라 하셨으니 그가 하나님이 능히 이삭을 죽은 자 가운데서 다시 살리실 줄로 생각한지라. 비유컨대 그를 죽은 자 가운데서 도로 받은 것이니라. 믿음으로 이삭은 장차 있을 일에 대하여 야곱과 에서에게 축복하였으며(히브리서 11:18~20)

성경에서 이삭은 매우 중요한 위치를 차지하고 있다. 아브라함이 진취적인 삶을 살았다면 이삭은 오래 기다려서 낳은 아들답게 잘 인내하고 버티는 힘이 있는 인물이었다. 이삭의 성품을 알 수 있는 구절이 있다. 아브라함 때 있었던 흉년이 이삭 때에도 있었다.

아브라함 때에 첫 흉년이 들었더니 그 땅에 또 흉년이 들매 이삭이 그랄로 가서 블레셋 왕 아비멜렉에게 이르렀으니 여호와께서 이삭에게 나타나 이르시되 애굽으로 내려가지 말고 내가 네게 지시하는 땅에 거주하라. 이 땅에 거류하면 내가 너와 함께 있어 네게 복을 주고 내가 이 모든 땅을 너와 네 자손에게 주리라. 내가 네 아버지 아브라함에게 맹세한 것을 이루어 네 자손을 하늘의 별과 같이 번성하게 하며 이 모든 땅을 네 자손에게 주리니 네 자손으로 말미암아 천하 만민이 복을 받으리라.(창세기 26:1~4)

여호와께서 지시한 땅 그랄은 애굽과 가나안의 중간 쯤에 위치한 장소다. 풍요로운 땅 애굽을 코앞에 두고 있는 이삭에게 여호와는 애굽으로 내려가지 말고 자신이 지시한 땅으로 내려가라고 말씀하셨다. 세상 상식으로는 애굽이 흉년의 위기를 벗어나기에 가장 적합한 땅으로 생각할 수 있지만 여호와께서는 애굽이 아닌 다른 곳으로 이삭을 인도하셨다.

우리가 여호와 하나님을 믿는다는 것은 우리 상식에 의존하지 않고 절대적으로 하나님 말씀에 순종하는 것을 의미한다. 여호와께서는 이삭이 순종하면 이삭뿐만 아니라 이삭의 자손, 나아가 만민이 복을 받을 것이라고 천명하셨다. 여호와의 축복은 지금 당장 눈에 보이는 것들이 다가 아님을 말해준다. 이삭은 자기 생각을 버리고 여호와 말씀에 순종하였다. 그로 인해 이삭은 여호와로부터 엄청난 축복을 받았다.

이삭이 그 땅에서 농사하여 그해에 백 배나 얻었고 여호와께서 복을 주시므로 그 사람이 창대하고 왕성하여 마침내 거부가 되어 양과 소가 떼를 이루고 종이 심히 많으므로 블레셋 사람이 그를 시기하여 그 아버지 아브라함 때에 그 아버지의 종들이 판 모든 우물을 막고 흙으로 메웠더라. (창세기 26:13~15)

이삭이 여호와로부터 복을 받은 이유가 또 하나 있는데 '기다림'이라고 할 수 있다. 그는 일상의 지루함을 잘 극복했다. 그 일상 가운데 우물을 판 일이 있는데 우물을 파 놓으면 블레셋 사람들이 메우고 빼앗아 가기를 반복했었다. 그러나 그는 우물 파는 일을 멈추지 않았고 자칫 포기할 만도 한데 그러지 않고 지속되는 지루한 일상을 믿음으로 잘 이겨낸 것이다. 여호와는 그런 이삭을 다 지켜보고 계셨다. 그리고 마침내 하나님 은혜로 안전한 우물을 확보하게 되었다.

이삭이 거기서 옮겨 다른 우물을 팠더니 그들이 다투지 아니 하였으므로 그 이름을 르호봇이라 하여 이르되 이제는 여호와께서 우리를 위하여 넓게 하셨으니 이삭이 거기서부터 브엘세바로 올라갔더니 그 밤에 여호와께서 그에게 나타나 이르시되 나는 네 아버지 아브라함을 위하여 내가 너와 함께 있어 네게 복을 주어 네 자손으로 번성케 하리라 하신지라.(창세기 26:22~24)

가나안 끝자락 그랄에 있었던 이삭이 마침내 가나안 중심부 브엘세바로 올라간 것이다. 하나님은 때를 따라 자신의 복을 주시고자 한 백성들을 인도하시어 약속을 지키시는 분이심을 알 수 있다. 하나님을 믿는다고 해서 항상 좋은 일만 있을 수는 없다. 간혹 감당하기 힘든 상황이 우리 앞에 놓여 있을 수 있다. 그러나 그것은 더 좋은 것을 주시기 위한 하나님의 계획안에 있음을 성서를 통해 배울 수 있다.

하나님은 아브라함, 이삭, 야곱은 물론이고 오늘날도 하나님의 긍휼과 사랑 가운데 우리와 동행하시면서 섬세하게 우리를 인도하고 계신다는 것을 알 수 있다. 성부 성자 성령 삼위일체 하나님이 우리를 온전한 길로 인도하신다. 그 안에 자유와 평안과 영생이 있음을 기억하는 것이 중요하다.

12

호흡이 있는 자마다

어찌 보면
호흡을 내 자력으로 하는 것 같지만,
알고 보면
태어나면서부터 내 몸에 체화된 시스템에 의해
저절로 숨 쉬어지는 것이다.
생명을 주관하신 하나님께서 우리를 경영하고 계신다는 증거다.

나는 지금 2개월 정도의 일정으로 하와이에 와 있다. 여기 교포
이신 써니 누나의 배려로 누나 집에서 먹고 자면서 일상을 보내고
있다. 너무 은혜로운 생활을 하고 있다. 특히 좋은 것은 써니 누나
와 영적 감성이 잘 통해서 함께 나누는 대화가 너무 즐겁다는 점
이다. 누나의 가족은 물론이고 주변 친구들과의 교제도 빼놓을 수
없는 기쁨 가운데 하나다.

하와이에서 만난 현지 분들에게 많은 것들을 배웠다. 그들은 일
종의 소확행을 즐길 줄 아는 것 같다. 지인들과 약간의 음식과 와
인 한 잔 혹은 맥주 캔 하나를 놓고도 함께 소소한 대화를 나누며
즐거워한다. 그들은 쉴 줄 알고 놀 줄 안다는 느낌을 받았다. 해변

에서 공원에서 식당에서 만나는 사람들이 대부분 만면에 미소를 머금고 여유를 부리며 여가를 즐기는 모습들이다. 인생을 의무처럼 사는 것이 아니라 마치 놀이처럼 살고 있다는 느낌이 들었다. 그것은 가진 것이 많아서도 아니고 시간이 많아서도 지식이 뛰어나서도 아닌 것 같다. 무엇이 중요한지를 아는 것이다.

어찌 보면 그리 특별한 것도 없는 평범한 하와이 사람들의 생활에 자꾸 눈길이 가는 이유는 어쩌면 우리나라 사람들로부터 너무 빠르게 혹은 치열하게 살고 있다는 느낌을 받은 탓은 아닐까 생각해본다. 어쨌든 주변이 즐거우니 나도 덩달아 즐거워지는 것은 사실이다.

내가 여기서 가장 중요하게 생각하며 실천하고 있는 것 가운데 하나는 하루 2시간 정도를 걷는 일이다. 최근 잠시 건강을 잃었던 적이 있었던 나로서는 매우 중요한 건강회복 프로그램이기도 하다. 하와이에서 한낮 뜨거운 햇살 아래서 두어 시간 걷는 것은 다소 버거운 일이다. 그래서 생각 끝에 새벽 시간을 선택했다. 새벽 5시 30분에 일어나 채비하고 나면 5시 45분쯤 집을 나서게 된다. 현관문을 열고 나오면 제일 먼저 신선한 공기가 내 볼살을 어루만진다. 공기는 가장 먼저 살갗에 와 닿지만 연신 내 호흡을 통해 깊은 폐부까지 스며들며 마치 속에 있는 찌꺼기들을 청소라도 한 것처럼 말끔해지는 느낌이다.

이렇게 새벽 공기를 마시면서 두 시간 정도를 걷고 나면 온몸에서 독소가 빠져나간 것처럼 상쾌해진다. 한국에서도 걷지 않은 것은 아니지만 오랜만에 맛보는 새벽공기는 새로운 느낌을 주기에 부족함이 없다. 평소 등산하면서 비슷한 느낌을 받은 적이 있다.

하지만 새벽 햇살이 아직 채 이슬을 거두어가지 않은 시간에 상쾌한 공기를 마시며 걷는 일은 실로 즐거운 체험이다. 공기가 주는 기쁨을 너무 당연한 것으로만 여기고 감사하지 않았는데 새삼스럽게 깨끗한 공기를 마시는 것만으로도 이렇게 좋을 수 있다는 것에 감사하게 된다. 사실 호흡은 우리 건강, 나아가 생명을 유지하는 데 결정적인 역할을 한다.

어떤 종교에서는 단전호흡이나 명상을 통해서 수련하며 인간의 행복과 건강이 호흡과 관련이 있음을 강조하기도 한다. 현대인의 호흡, 요컨대 들숨과 날숨의 간격이 너무 짧다는 얘기를 들은 적이 있다. 그래서일까? 몸이 좋지 않아 응급차에 실려갔을 때의 일이다. 응급대원들이 코에 산소호흡기를 씌워주며 가장 먼저하는 말이 호흡하기가 어떠냐고 물었다. 그리고 가능하면 길게 숨을 들이쉬고 천천히 내쉬라고 권한 사실이 기억난다. 생명의 시작은 호흡이다. 태초에 창조주 하나님께서 흙으로 사람을 빚으시고 바로 다음에 하신 일이 하나님의 숨을 사람의 코에 불어넣어주신 일이었다.

여호와 하나님이 땅의 흙으로 사람을 지으시고 생기를 그 코에 불어넣으시니 사람이 생령이 되니라.(창세기 2:7)

숨을 뜻하는 독일어 '아트멘atmen'은 고대 인도의 산크리스트어 '아트만atman'에서 온 말인데 그 뜻은 만물 내부에 존재하는 신성한 영, '내재하는 신'을 가리킨다. 호흡은 단순히 공기를 들이쉬고 내뱉는 과정이 아니라 하나님의 신비를 머금는 일이고 그것으로 생명이 유지된다.

그래서 호흡하는 자는 하나님의 생령을 담게 되는데 그런 의미에서 사람은 분명히 하나님의 일부인 것이다. 호흡은 우리 눈으로 확인할 수 없기 때문에 그 가치를 제대로 알아차리기 쉽지 않다. 하지만 호흡곤란을 한 번쯤 경험한 사람이라면 공감하겠지만 그 평범한 현상이 얼마나 소중한 축복인지 모른다. 우리가 일상적으로 행복을 논할 때 호흡에 대해 얘기하는 사람은 거의 없다. 하지만 호흡이야말로 행복의 가장 기본적인 조건이다.

에크하르트 톨레는 "호흡의 자각은 당신을 현재의 순간으로 오게 한다. 이것이 모든 내적 변화의 열쇠다. 호흡을 의식할 때마다 당신은 절대적으로 현재의 순간에 존재한다. 또한 생각하는 동시에 호흡을 알아차릴 수 있음을 당신은 눈치챌지 모른다. 호흡에 의식을 집중하면 마음 활동이 정지된다. 그러나 이것은 최면에 걸리거나 반쯤 조는 상태와는 전혀 다르며 당신은 완전히 깨어 있고 고도로 민감하다. 생각 아래로 떨어지는 것이 아니라 생각 위로 올라가는 것이다."*라고 했다.

여기서 "생각 아래로 떨어지는 것이 아니라 생각 위로 올라가는 것이다"라는 문장에 자꾸 눈길이 간다. 이것은 형이상학形而上學과 형이하학形而下學을 뜻하는 문장으로 이해된다. 세상에는 인간의 생각으로 만들어진 것들, 요컨대 보이는 것들이 있는 반면, 그 생각을 있게 하신 제1의 원인, 요컨대 보이지 않는 세계가 있다는 것을 유추할 수 있다. 호흡은 보이지 않는 분의 선물이다. 보이지 않는

＊　에크하르트 톨레 저·류시화 역, 삶으로 다시 떠오르기, p.310, 연금술사

분의 실체는 바로 하나님이다. 호흡 속에서 깊은 영성을 발견할 수 있음을 말해주고 있다.

시편 기자는 시편 마지막 구절에서 하나님을 찬양해야 할 사람들이 누구인지 다음과 같이 적어놓았다.

호흡이 있는 자마다 여호와를 찬양할지어다. 할렐루야(시편 150:6)

이스라엘 백성이나 이방인 혹은 하나님을 섬기는 자나 그렇지 않는 자를 막론하고 모두 하나님을 찬양함이 마땅하다는 것을 선포하신 것이다. 이때에도 장차 이방인들이 각처에서 여호와 이름을 위하여 분향하며 제물을 드리는 것이 용납되는 때가 오리라는 것을 알았던 사람이 있었다. 말라기 선지자다. 그는 이 같은 예언을 선포한 바 있다.

만군의 여호와가 이르노라 해 뜨는 곳에서부터 해 지는 곳까지의 이방 민족 중에서 내 이름이 크게 될 것이라 각처에서 내 이름을 분향하며 깨끗한 제물을 드리리니, 이는 내 이름이 이방 민족 중에서 크게 될 것임이니라.(말라기 1:11)

일찍이 선지자 중의 한 사람인 예레미야는 기도를 가리켜 "나의 탄식(호흡)"이라고 말했다.

주께서 이미 나의 음성을 들으셨사오니 이제 나의 탄식과 부르짖음에 주의 귀를 가리지 마옵소서(예레미야애가 3:56)

누구든지 하나님께 기도의 호흡, 감사의 호흡을 해야 한다. 그 들숨과 날숨에 기도와 찬양이 담겨 있어야 함을 말해준다. 호흡하는 것 같이 기도하고 감사한다는 것이 얼마나 어려운지 우리는 잘 안다. 그럼에도 불구하고 그같이 하라고 성서 말씀은 권면한다. 실제로 사도 바울도 쉬지 말고 기도하는 것이 우리를 향하신 하나님의 뜻이라고 가르친 바 있다.

> 항상 기뻐하라.
> 쉬지 말고 기도하라.
> 범사에 감사하라.
> 이것이 그리스도 예수 안에서 너희를 향하신 하나님의 뜻이니라.(데살로니가전서 5:16~18)

이것은 물론 기도의 중요성을 강조하는 말씀이지만 호흡(숨) 속에 그 기도가 섞여 있을 만큼 늘 간절해야 함을 가르쳐 주고 있다. 그래서 어떤 유혹이나 시험에 노출되지 않도록 자그마한 틈새도 주지 말라는 의도가 있는 것 같다.

> 너희 성도들아 여호와를 경외하라 그를 경외하는 자에게는 부족함이 없도다. 젊은 사자는 궁핍하여 주릴지라도 여호와를 찾는 자는 모든 좋은 것에 부족함이 없으리로다.(시편 34:9~10)

사실 호흡이 말해주는 의미는 또 있다. 내가 숨 쉬는 것을 하나하나 의식하며 숨 쉬는 사람은 아마 한 사람도 없을 것이다. 호흡을 하루에 몇 번 하는지 세는 사람은 더더욱 없을 것이다. 어찌 보면 호흡을 내 자력으로 하는 것 같지만, 알고 보면 태어나면서부터 내 몸에 체화된 시스템에 의해 저절로 숨 쉬어지는 것이다. 생명을 주관하신 하나님께서 우리를 경영하고 계신다는 증거다.

어디 호흡뿐이겠는가. 세상에 우리 뜻대로 할 수 있는 것이 얼마나 있겠는가? 우리 생각으로 만물의 섭리나 하나님의 뜻을 얼마나 헤아릴 수 있겠는가? 생각해보면 모든 것이 하나님 은혜이고 선물이라는 것을 절실하게 느낀다.

3년 전 내가 번아웃으로 쓰러졌을 때의 일이다. 한동안 어지러움 증상이 쉬 가시지 않아 도저히 걸을 수 없어 집 밖에 나가지 못했었다. 그때 창밖을 내다보며 활기차게 걷고 있는 사람들을 보면서 부러워했던 적이 있었다. 평소 같았으면 걷는 것은 너무 당연한 일이라고 여기고 유심히 볼 일도 아니었으며 부러워할 만한 일은 더더욱 아니었다.

어리석게도 건강을 잃고 나서야 비로소 건강의 소중함을 깨달은 셈이다. 그래서 나는 그동안 당연하게 여겼던 일들이 모두 기적이었다는 사실을 깨달았다. 하늘을 날아다니는 것, 바다 위를 걷는 것이 기적이 아니라 땅 위를 걸을 수 있는 것이 기적이라는 사실을 절실하게 느낀 것이다. 하나님께서는 온갖 좋은 것들을 땅에 두셨다. 이 땅을 두 발로 걷는 존재는 사람뿐이다. 사람이 기적이다. 이 사실을 깨닫기까지 참으로 오랜 시간이 걸렸다.

만물이 창조된 것도 하나님 은혜요, 내가 지음 받은 것도 하나님 은혜다. 우리가 호흡하는 것도 하나님 은혜다. 이 땅에 예수님을 보내셔서 우리를 죄 가운데서 구원해 주신 것도 하나님의 은혜요 하나님이 그 사실을 믿게 해주신 것도 하나님의 은혜다. 특히 이런 하나님의 긍휼과 사랑을 베푸시기 위해 모든 사람에게 손길을 내미신 것도 하나님 은혜다.

너희는 그 은혜에 의하여 믿음으로 말미암아 구원을 받았으니 이것은 너희에게서 난 것이 아니요 하나님의 선물이라.(에베소서 2:8)

솔로몬은 이스라엘 지혜의 왕으로 유명한데 그런 그도 한때는 자신이 가진 것에 흠뻑 취해 하나님을 실망하시게 한 적이 있었다. 하지만 말년에 다시 회개함으로 믿음을 회복한 후에 이같이 술회하고 있다.

사람마다 먹고 마시는 것과 수고함으로 낙을 누리는 그것이 하나님의 선물인 줄도 또한 알았도다. 하나님께서 행하시는 모든 것은 영원히 있을 것이라 그 위에 더할 수도 없고 그것에서 덜할 수도 없나니 하나님이 이같이 행하심은 사람으로 그 앞에서 경외하게 하려 하심인 줄을 내가 알았도다.(전도서 3:13~14)

믿음의 선진들이 믿음으로 고백한 내용들을 보면 하나같이 하나님 은혜와 사랑을 찬양하고 있다. 그도 그럴 것이 그들은 일생을 통해 하나님 은혜를 직접 맛본 사람들이다. 그래서 그들이 말한 믿음의 고백을 신뢰할 수 있다.

오늘을 사는 우리도 그들과 다르지 않다. 하나님 은혜를 느끼느냐 느끼지 못하느냐는 우리 믿음과 순종에 달려 있다. 그래서 성령의 도움으로 어떻게 기도하느냐가 중요하다. 날마다 숨 쉬는 순간마다 주를 기뻐하고 주께 감사하며 기도하는 길 외에 다른 길은 없다. 호흡이 있는 자마다 여호와를 찬양해야 한다.

구약의 메시지임에도 불구하고 하나님은 차별이 없으시며 모든 사람들을 사랑하고 또 그들 모두로부터 영광을 받고자 하신다. 신약시대의 사도 바울도 그 같은 취지에서 예수님의 메시지를 전하고자 했음을 알 수 있다.

헬라인이나 야만인이나 지혜 있는 자나 어리석은 자에게 다 내가 빚진 자라. 그러므로 나는 할 수 있는 대로 로마에 있는 너희에게도 복음 전하기를 원하노라.(로마서 1:14~15)

호흡이 있는 자는 살아 있는 모든 자를 가리킨다. 하나님은 호흡하는 모든 사람들로부터 찬양받고 싶어 하신다. 그것은 단순히 자신이 숭배받는 것을 좋아하시거나 우쭐대기 위해서가 아니라 모든 사람들에게 만물과 만민의 주인이 하나님이시라는 사실을 알게 하시기 위해서다. 그로 인해 모든 사람이 하나님의 창조 섭리 안에서 영원한 복을 누리기를 바라시는 것이다. 알고 보면 하나님의 헤아릴 수 없는 긍휼과 자비의 마음이 그 말씀에 녹아 있음을 알 수 있다.

하나님이 그것을 가르쳐주시지 않으면 사람들은 마땅히 찬양받으셔야 할 하나님께 찬양드리는 것이 아니라 전혀 엉뚱한 대상에게 찬양을 돌리는 우를 범하기 때문이다. 각자 자신만의 우상을 만들어 그들을 찬양하며 스스로 그들의 종이 되어버리는 것이다. 그것은 과학이 될 수도 있고 문학이나 예술이 될 수 있으며 자연이될 수 있고 사람이 될 수도 있다. 어디 그뿐인가. 돈이 될 수도 있고 권력이 될 수도 있으며 명예가 될 수도 있다.

그것들을 좋아하거나 아끼는 것은 상관없지만, 다 같은 하나님의 피조물이거나 하나님 은혜 가운데 창조된 것들을 숭배하는 것은 진리를 배신하는 꼴이다. 어떤 사상이나 철학도 마찬가지다. 그것은 인간의 지혜이지 하나님의 지혜에 비하면 초등학문에 불과하다. 하나님 말씀은 진리이다. 그래서 가끔 맞는 말씀이 아니라, 시대와 장소를 불문하고 변함없이 옳다.

호흡할 수 있는 은혜가 누구로부터 온 것인가?

그분은 바로 하나님이시다. 그 호흡이 우리를 살게 하고 생각하게 하고 움직이게 한다. 그래서 호흡하고 있는 동안은 하나님을 찬양해야 한다. 그것이 모두 그분의 은혜이기 때문이다.

13

내면의 평안이 주는 행복

진정한 행복은

자기애의 틀에서 벗어날 때 만나는 자유에서 비롯된다.

눈에 보이는 것에 대한 집착에서 벗어날 때 비로소 자유를 맛볼 수 있다.

그 자유 안에서 수확하는 열매가 평안이다.

그것이 바로 우리가 깨달아야 할 영적 비밀이다.

외부에 있는 어떤 것들이 우리 안에 채워짐으로써 충분히 행복해질 수 있다고 생각하는 것은 커다란 착각이다. 왜냐하면 행복은 부자나 빈자 혹은 지식이 출중한 자나 그렇지 못한 자 등 누구에게서든 발견되는 보편적 현상이기 때문이다. 그런데 중요한 것은 외부의 어떤 것을 통해 행복감을 느끼는 것은 그리 오래가지 못하고 행복감을 느끼는 깊이도 한계가 있다는 사실이다. 목욕을 하면 하루가 행복하고 이발을 하면 사흘이 행복하고 새집으로 이사하면 일 년이 행복하고 결혼을 하면 삼 년이 행복하다는 말이 있다. 모두 유효기간이 있다는 뜻이다.

그렇다면 행복을 내면에서 찾아보는 것은 어떨까?

물론 오래전부터 이런 시도를 하지 않은 것이 아니다. 다양한 종교, 철학, 명상, 수련 등 내면에서 행복을 찾고자 하는 시도들이 있었다. 눈에 보이는 것들로 행복을 증명할 수 있었다면 이렇게 오랜 세월 동안 행복을 향한 다양한 시도들이 필요했을까?

그렇다면 우리의 육체적 호사가 진정한 행복은 아니라는 것을 알 수 있는데 그런 의미에서 우리 마음이나 영혼을 살피는 것이 행복을 찾는 바람직한 길일 수 있다. 이와 관련하여 교훈이 될 만한 이야기 하나를 소개하고자 한다. '낙타와 두 개의 보석'이라는 제목의 이야기이다.

중동의 한 상인이 한번은 무심코 시장을 거닐며 자신이 살 수 있는 흥미로운 물건을 찾다가 눈에 띄는 멋진 것을 발견했다. 그것은 다름 아닌 낙타였다. 상인과 낙타 판매상은 뛰어난 협상가였다. 그들은 밀고 당기는 협상을 거듭하다가 마침내 합리적인 가격에 합의했다. 그들은 각각 자신의 협상 능력에 만족하며 거래를 마쳤다. 낙타를 산 상인이 집으로 돌아와 낙타의 안장을 정리하다가 뜻밖에 무거운 주머니 하나를 발견했다. 주머니를 열어보니 놀랍게도 진귀한 보석들로 가득했다. 상인은 당장 시장으로 돌아가서 낙타 판매상에게 보석 주머니를 돌려주었다. 낙타 판매상은 자신이 안전한 낙타 안장에 보석 주머니를 보관했었다는 사실을 깜빡한 것이다. 판매상은 기뻐서 어쩔 줄 몰라 하면서 상인의 행동에 감동받았다. 그래서 감사하는 마음을 담아 말을 건넸는데 여기 있는 보석 가운데 아무거나 하나 골라서 가져가도 좋다고 했다. 상인은 고맙지만 사양하겠다고 손사래 치며 거절했다. 그리고 다음과 같이 말했다. 사실 그 주머니를 돌려주기로 마음먹었을 때 나는 이미 두 개의 보석을 나 자신을 위해 보관했소. 낙타 판매상은 그 말을 듣고 약간 당황했고 그 주머니를 비워 보석을 세어보았다. 그런데 보석은 하나도 틀림없이 그대로 남아 있었다. 그래서 낙타 판매상은 상인에게 물었다. 아니 여기 정확하게 보석이 그대로 남아 있는데 어떤 보석 두 개를 보관하셨다는 말씀인지요? 그러자 상인은 대답했다. 가장 값나가는 보석이지요. 한 사람의 인생을 바꿀 수 있는 두 개의 행운석, 요컨대 나의 진실성과 자존감이 바로 그것이오.[*]

이 이야기는 보이는 것들이 주는 행운 혹은 행복이 분명히 있을 수 있지만 여기 등장하는 상인은 자기 내면의 행복을 더 소중히 여긴 것이다. 사실을 외면한 채 그 보석들을 취할 수도 있었겠지만. 훗날 그 일로 인해 발 뻗고 제대로 잠을 이루지 못할 수도 있다. 또 그것을 잃어버린 낙타 판매상도 억울해서 쉽게 잊지 못하고 괴로워했을 것이다.

우리가 옳은 일을 선택하며 살 때 무언가를 잃는다고 생각할 수 있지만, 돈으로 환산할 수 없는 신뢰를 얻을 수 있다. 우리가 올바른 판단을 하며 살 때 무언가 손해를 감수해야 할 수도 있지만 적어도 잠은 잘 잘 수 있다. 우리가 양심을 따라 살 때 자신에게 유익이 안 된다는 생각을 할 수도 있지만 오랫동안 만족감을 느끼게 해준다. 그런 일이 반복되면 우리가 어떻게 살아야 하는지 영감을 받게 되고 자존감도 높아진다. 보이는 것들 저 너머에 훨씬 고상한 삶의 가치들이 숨겨져 있음을 알 수 있다. 그것들이 이미 우리

* 가우르 고팔 다스 저 · 이나무 역, 아무도 빌려주지 않는 인생책, pp.252~254, 수오서재

내면에 들어와 있다. 그것이 바로 영혼이다.

성서에 의하면 하나님께서 우리를 흙으로 빚으시고 그 육체에 하나님의 호흡, 즉 생기를 불어넣어주심으로써 비로소 사람이 되었다. 여기서 우리가 사람이 될 수 있었던 결정적인 요소는 하나님의 호흡이라는 것을 알 수 있다. 그렇다면 하나님의 호흡으로 인해 형성된 영혼에 관심을 갖는 것이 행복을 찾아가는 중요한 단서가 될 수 있다. 우리 내면, 즉 영혼은 사람마다 외모가 다른 것처럼 각자 고유한 모습의 영혼이 존재할 것이다. 그도 그럴 것이 사람의 영혼은 각자의 성격이나 취향, 말투 등에 의해 여러 가지 형태로 나타난다.

그런데 우리 영혼이 두 개의 자아로 이루어져 있다는 것을 미루어 짐작할 수 있는 근거가 있다. 그것은 창세기에 등장하는 선악과와 밀접한 관련이 있는데 하나님이 절대로 먹어서는 안 된다고 경고했던 선악과를 아담과 하와가 따먹음으로써 우리 영혼에 죄라는 바이러스가 침투한 것이다.

영혼으로 형성된 고유의 특성을 자아自我라고 할 수 있는데 이는 하나님이 최초에 부여해주신 원초적 자아와 선악과 이후에 죄로 오염된 두 번째 자아인 자기애自己愛로 나눌 수 있다. 그래서 원자아原自我와 새로운 자아인 자기애가 내면에서 서로 갈등하면서 사사건건 취사선택하며 살고 있다.

원래 영혼은 하나님과 소통하는 중요한 수단이었다. 그런데 자기애가 형성되면서 자신을 창조한 하나님의 뜻을 생각하기보다는 자기 감각에 의존하여 주어진 자유의지를 더 의존하게 된 것이다. 이로 인해 행복의 본질을 놓치고 잠시 잠깐 쾌락을 주는 것들에게 자신의 영혼을 소비하는 경우가 많다.

따라서 최초로 주어진 원자아를 회복하기 위해서는 자기애를 부추기는 두 번째 자아를 통제하는 방법을 배워야 한다. 가급적 자기애를 비우는 일에 신경을 써야 한다. 왜냐하면 창조주께서 그렇게 말씀하고 계시기 때문이다.

심령이 가난한 자는 복이 있나니 천국이 그들의 것임이요.(마태복음 5:3)

그런 훈련을 위해 필요한 말씀이 있다. 사도 바울은 고린도 교회와 성도들에게 보낸 서신에서 다음과 같은 말씀으로 권면했다.

모든 것이 가하나 모든 것이 유익한 것이 아니요 모든 것이 가하나 모든 것이 덕을 세우는 것은 아니니 누구든지 자기의 유익을 구하지 말고 남의 유익을 구하라.(고린도전서 10:23~24)

사람이 태초에 지음 받았을 때는 자기 유익을 구할 필요가 없었다. 왜냐하면 하나님이 그들의 필요를 미리 알고 다 채워주시고 공급해주셨기 때문이다. 아담을 창조하시고 그에게 돕는 배필 하와를 지어주신 것만 보아도 알 수 있다. 아담이 아내를 달라고 조른 적이 없다. 그러나 하나님은 아담의 적적함을 아시고 알아서 은혜를 베푸신 것이다.

게다가 아담과 하와에게 이미 모든 것이 갖추어져 있는 에덴이라는 낙원을 창조해서 그들에게 깜짝 선물로 주셨다. 아담은 동산에 있는 모든 생물의 이름을 지어주고 그들과 함께 사이좋게 지내며 그것들을 마음껏 누리기만 하면 되었었다.

더 이상, 자기 유익을 구할 필요가 없는 사람이 할 일은 무엇이겠는가?

바로 남의 유익을 구하는 것이다. 지키고 가꾸고 나누어주는 삶을 살면 된다. 아담과 하와는 그런 상황에서 살고 있었다. 그러나 선악과 사건 이후에 인류는 남의 유익보다는 자기 유익을 구하는 쪽으로 변하고 말았다. 왜냐하면 무한한 은혜 가운데 공급하시던 하나님과 더 이상 원활한 소통이 이루어질 수 없게 되었기 때문이다.

그 원인은 무엇인가?

그것은 다름 아닌 신뢰가 무너져버렸기 때문이다. 이것을 회복하시고자 이 땅에 오신 분이 예수 그리스도이시다. 그분은 하나님과 우리 사이가 다시 원활한 소통이 이루어질 수 있도록 가교역할을 하신 것이다. 이제 다시 한 번 기회가 주어졌다. 그것을 회복할 수 있는 길은 선악과를 따먹기 전에 하나님을 무한 신뢰했던 것처럼 이제 예수 그리스도를 전적으로 신뢰하는 일이다. 그것이 바로 성서 말씀이 가르치는 메시지다.

따라서 신앙생활을 한다는 것은 곧 이 땅에 성육신으로 오셔서 하나님의 진리를 가르친 예수님 말씀과 그분의 행함을 우리가 본받아야 한다. 바울은 그리스도를 본받는 것의 본질에 대해 가르쳤는데, 그분은 한없이 낮아지셨다는 점이다. 우리는 기회만 되면 높아지고 싶어 한다. 그러나 바울은 예수 그리스도처럼 자신의 유익을 구하지 말고 남의 유익을 구하라고 했다.

내가 그리스도를 본받는 자가 된 것 같이 너희는 나를 본받는 자가 되라.(고린도전서 11:1)

남의 유익을 구하는 것이야말로 많은 사람을 구원하는 바람직한 방법이기 때문이다. 그래서 우리가 그리스도 안에서 자유인이 되었으므로 모든 것을 할 수 있다. 하지만 그것이 덕이 되고 남에게 유익을 끼치느냐를 생각하라는 것이다. 이것이 바로 그리스도의 마음이다.

우리가 그리스도를 믿는다는 것은 끊임없이 발동하는 자기애를 버리고 원자아를 회복하여 그리스도께서 보여주신 삶을 통해 우리도 그분을 본받아야 함을 말한다. 예수 그리스도 역시 수많은 시험이나 고난에서 자기애의 유혹이 있었지만, 그때마다 하나님 말씀으로 극복하여 승리하셨다.

우리는 스스로 자기애에서 벗어날 수 없다. 하나님이 동행하셔야만 가능해진다. 우리가 말씀으로 세상을 창조하신 하나님께 순종하고 그 말씀을 의지해야 하는 이유다. 우리는 선악과 사건 이후로 우리 마음이 죄로 오염되었기 때문에 우리 스스로 깨끗하게 할 수 없다. 그 전모를 아시는 하나님을 의지해야 한다.

만물보다 거짓되고 심히 부패한 것은 마음이라 누가 능히 알리요마는 나 여호와는 심장을 살피며 폐부를 시험하고 각각 그의 행위와 그의 행실대로 보응하나니 불의로 치부하는 자는 자고새가 낳지 아니 한 알을 품음 같아서 그의 중년에 그것이 떠나겠고 마침내 어리석은 자가 되리라.(예레미야 17:9~11)

진정한 행복은 심히 부패한 마음을 치유 받는 것에서 출발해야 함을 말해주고 있다. 우리가 행복해지고 싶어서 추구하고 있는 소유, 성취, 위상 등에 있지 않음을 알 수 있다.

그렇다고 모든 것을 부인하며 살기란 그리 쉬운 일이 아니라는 것을 우리는 잘 알고 있다. 왜냐하면 실제 그런 것들 안에도 어느 정도 기쁨이 숨겨져 있기 때문이다. 선악과를 통해 인류가 죄인이 되었지만, 그 이후 하나님으로부터 받은 형벌 속에서도 어느 정도 사랑과 기쁨을 발견할 수 있기 때문이다.

> 또 여자에게 이르시되 내가 네게 임신하는 고통을 크게 더하리니 네가 수고하고 자식을 낳을 것이며 너는 남편을 원하고 남편은 너를 다스릴 것이니라 하시고 아담에게 이르시되 네가 네 아내의 말을 듣고 내가 먹지 말라 한 나무의 열매를 먹었은즉, 땅은 너로 말미암아 저주를 받고 너는 네 평생에 수고하여야 그 소산을 먹으리라. (창세기 3:16~17)

비록 아담은 땀을 흘리는 수고를 감당해야 했지만, 그 땀방울 안에 보람이라는 기쁨을 누릴 수 있었다. 또 하와의 경우도 해산의 고통을 겪어야 했지만, 그 고통 속에서 생명을 얻는 기쁨을 맛볼 수 있었다.

어떤 일을 할 때나 특정 사건을 마주할 때 원초적 자아와 이기적 자아는 각각 그 반응이 사뭇 다르다. 원초적 자아는 하나님께 감사하면서 자신을 돌아보지만, 이기적 자아는 잘못된 것은 남을 탓하고 유익한 것은 자신의 공으로 돌리며 점점 자기애를 키워간다. 그래서 그런 사람은 겸손함이 사라지고 교만함을 마음에 가득 채운다.

사람의 마음속에서는 끊임없이 두 자아가 갈등하며 전투가 벌어진다. 원초적 자아는 이기적 자아를 비우려 애쓰고 이기적 자아는 원초적 자아가 빛을 발하지 못하도록 수단과 방법을 가리지 않는다. 원초적 자아 뒤에는 하나님이 계시지만 이기적 자아는 사탄(옛 뱀)과 연결되어 있다. 하나님의 자녀가 되느냐 사탄의 자녀가 되느냐의 싸움이다.

우리의 씨름은 혈과 육을 상대하는 것이 아니요 통치자들과 권세들과 이 어둠의 세상 주관자들과 하늘에 있는 악의 영들을 상대함이라.(에베소서 6:12)

사도 바울은 이 싸움을 어려움 없이 이기기 위해서는 하나님의 전신갑주를 취하라고 가르쳐준다. 바울은 이 무장에 대하여 공격용과 방어용으로 구분하여 상세하게 설명한다. 그것은 군대용 허리띠, 흉배, 각반(군화), 방패, 투구, 그리고 검이다. 이 모든 것들 가운데 등을 위한 것은 아무것도 없다는 것을 알 수 있다. 그것은 등을 적에게 보이지 말라는 뜻이 있을 것이다.

그러므로 하나님의 전신갑주를 취하라. 이는 악한 날에 너희가 능히 대적하고 모든 일을 행한 후에 서기 위함이라. 그런즉 서서 진리로 너희 허리띠를 띠고 의의 호심경을 붙이고 평안의 복음이 준비한 것으로 신을 신고 모든 것 위에 믿음의 방패를 가지고 이로써 능히 악한 자의 모든 불화살을 소멸하고 구원의 투구와 성령의 검 곧 하나님의 말씀을 가지라. (에베소서 6:13~17)

첫째, "진리로 너희 허리띠를 띠고"라는 말씀을 통해서는 진리가 우리 몸의 중심축인 허리의 균형을 잡아준다는 의미에서 진리에 대한 신실함이 얼마나 중요한지를 말하고 있다.

둘째, "의의 흉배를 붙이고"라는 말씀을 통해서는 흉배가 우리 심장을 보호해준다는 의미에서 우리 생명과 밀접한 관계가 있음을 알 수 있다.

셋째, 우리 발의 신발은 결단을 의미한다. "평안의 복음이 준비한 것으로 신을 신고"라는 말씀을 통해 신발은 우리 걸음에 평안을 유지해주는 역할을 해준다는 것을 말해준다.

넷째, 우리의 방패는 믿음이다. "모든 것 위에 방패를 가지고"라는 말씀은 어떤 다른 것보다 믿음이 중요함을 말한다. 믿음이 우리를 전방위적으로 방어해주기 때문이다.

다섯째, '구원의 투구', 요컨대 소망의 목적으로 구원을 이루어야 한다. 사탄은 우리를 절망 속에 밀어 넣어 우리 구원을 방해하려 한다. 소망은 하나님을 의지하게 하여 구원의 마음이 하나님을 향하게 한다. 그 가운데서 기쁨을 얻는 것이다.

여섯째, 하나님 말씀은 성령의 검이라 부른다. 그 이유는 성령이 하나님 말씀을 강하게 하기 때문이다. 성령은 원초적 자아와 이기적 자아의 내적 싸움에서 우리를 보호해주신다.

일곱째, '기도'는 그리스도인의 모든 무장에 대해 물림쇠 역할을 한다. 우리는 이 모든 은혜를 한데 묶어야 한다. 그래서 쉬지 말고 기도해야 한다. 이를 위해 항상 깨어 있어야 하며 인내해야 한다.

바울은 자신을 위해서도 기도해달라고 부탁했다. 요컨대 모든 성도를 위해 구하라고 하는 것에 자신도 포함시킨 것이다.

이렇게 해서 얻어지는 것이 무엇인가?

바로 구원이다. 하나님 자녀가 되는 것이다. 하나님 나라에 입성하게 되는 것이다. 그리스도를 믿음으로 말미암아 그리스도 안에서 하나님 백성으로서 죽음도 그 무엇도 두려워할 것 없이 자유와 평안을 누리며 살게 되는 것이다. 우리 안에 있는 원초적 자아를 회복하는 것이다. 그것은 선악과를 따먹기 전 에덴동산으로의 회복을 의미한다.

따라서 우리는 세속적인 것들이 주는 잠시 잠깐의 유익이 행복이라고 착각해서는 안 된다. 우리 영혼이 기뻐할 수 있는 것이 진정으로 행복한 것이다. 그러나 세상에는 이런 진짜 행복을 찾는 것을 방해하는 자들이 있다. 그들은 사탄의 무리이다. 그래서 우리가 취해야 할 것은 하나님이 허락하신 전신갑주로 무장해야 한다. 그렇게 되면 아무리 교묘한 전략으로 사탄이 유혹할지라도 충분히 이길 수 있다. 우리가 믿을 수 있는 근거는 전지전능하신 하나님의 약속이다.

우리가 이런 싸움에서 이기기를 반복하면 우리 안에서 하나님의 깊은 은혜와 사랑을 맛볼 수 있다. 하나님이 주시는 것은 세상이 주는 것과는 차원이 다르다. 하나님이 주시는 것은 단순히 먹고 마시고 시집가고 장가가는 것들에서 얻을 수 있는 것이 아니다. 하나님은 우리의 근본적인 불행과 두려움의 근원인 죽음 문제를 해결해주신다. 우리 영혼이 구원받는 것이다. 그렇게 되면 하나님 자녀가 되어 하나님 나라에서 영원한 생명을 누리게 된다. 이것이야말로 우리가 그토록 찾고 찾던 행복이라는 것의 실체이다.

이런 행복을 사람들에게 선물해주시기 위해 하나님께서는 철저하게 계획을 세우셔서 사탄을 물리치고 우리를 죄 가운데에서 구원해 주시기 위해 긍휼과 은혜를 베풀어주셨다. 이를 위해 구체적으로 실행에 옮기셨는데 예수 그리스도를 이 땅에 보내심으로 인해 모든 것을 이루게 하신 것이다.

십자가의 죽음과 부활이 그것이다. 십자가의 죽음으로 우리 죄 문제를 해결하셨고 사흘 만에 부활하심으로써 스스로 하나님이시라는 것을 입증하셨다. 그래서 우리는 예수님을 믿음으로써 죽음을 넘어 영원한 생명을 누릴 수 있는 하나님 나라 백성이 될 수 있다는 산 소망을 가지고 살 수 있게 되었다.

모든 행복은 하나님 손안에 있다. 그도 그럴 것이 하나님은 온 우주 만물을 창조하신 분이다. 무엇보다 사람을 특별하게 하나님 형상을 닮도록 창조하신 분이시다. 당연히 우리가 우리를 아는 것보다 하나님이 우리를 더 잘 알고 계신다.

우리가 지금까지 그랬던 것처럼 자신 밖에서 행복을 찾는 것은 아무 소용 없는 짓이다. 세상에는 유한하고 공허한 것들로 가득 차 있기 때문이다. 그 공허한 것들을 밀어내고 우리 안으로 들어오시겠다는 분이 예수님이시다. 그분께 계실 자리를 마련해드리는 것이 우리 행복을 찾는 길이다.

그러므로 너희가 그리스도와 함께 다시 살리심을 받았으며 위의 것을 찾으라 거기는 그리스도께서 하나님 우편에 앉아 계시느니라. 위의 것을 생각하고 땅의 것을 생각하지 말라. 이는 너희는 죽었고 너희 생명이 그리스도와 함께 하나님 안에 감추어졌음이라. 우리 생명이신 그리스도께서 나타나실 그때에 너희도 그와 함께 영광중에 나타나리라. 그러므로 땅에 있는 지체를 죽이라 곧 음란과 부정과 사욕과 악한 정욕과 탐심이니 탐심은 우상 숭배니라. 이것들로 말미암아 하나님의 진노가 임하느니라. 너희도 전에 그 가운데 살 때에는 그 가운데서 행하였으나 이제는 너희가 이 모든 것을 벗어 버리고 곧 분함과 노여움과 악의와 비방과 너희 입의 부끄러운 말이라. 너희가 서로 거짓말을 하지 말라. 옛사람과 그 행위를 벗어버리고 새 사람을 입었으니 이는 자기를 창조하신 이의 형상을 따라 지식에까지 새롭게 하심을 입은 자니라.(골로새서 3:1~10)

우리는 진리이신 예수 그리스도 안에 있어야 한다. 그런데 그 진리 안에 있는 사람, 요컨대 믿음의 사람들이 깨달아야 할 것이 하나 있다. 그것은 사랑하면서 살아야 한다는 것이다. 그 사랑이 하나님 은혜 안에 우리를 안전하게 고정시켜 줄 것이다.

이 모든 것 위에 사랑을 더하라 이는 온전하게 매는 띠니라.(골로새서 3:14)

그리스도 사랑 안에는 우리가 알고 싶어 하는 진리의 모든 비밀이 감추어져 있다. 우리가 사랑하면 예수님은 우리를 제자로 인정해주실 것이다.

새 계명을 주노니 서로 사랑하라 내가 너희를 사랑한 것 같이 너희도 서로 사랑하라. 너희가 사랑하면 이로써 모든 사람이 너희가 내 제자인 줄 알리라. (요한복음 13:34~35)

더불어 감사의 중요성을 깨달아야 한다. 그런데 그 감사는 아무 때나 나오는 것이 아니다. 마음이 평화로울 때 나올 수 있다. 그래서 그리스도의 평강이 우리에게 임할 수 있도록 항상 기도해야 한다.

그리스도의 평강이 너희 마음을 주장하게 하라 너희는 평강을 위하여 한 몸으로 부르심을 받았나니 너희는 또한 감사하는 자가 되라. (골로새서 3:15)

그러면 어떻게 해야 평강을 누릴 수 있고 감사하며 살 수 있으며 하나님을 찬양하며 살 수 있을까? 그러기 위해서는 우리 마음이 그리스도 말씀으로 채워져야 한다.

그리스도의 말씀이 너희 속에 풍성히 거하여 모든 지혜로 피차 가르치며 권면하고 시와 찬송과 신령한 노래를 부르며 감사하는 마음으로 하나님을 찬양하고 또 무엇을 하든지 말에나 일에나 다 주 예수의 이름으로 하고 그를 힘입어 하나님 아버지께 감사하라. (골로새서 3:16~17)

중요한 것은 하나님 나라와 우리 주권은 예수 그리스도께서 가지고 계신다는 것을 잊어서는 안 되겠다. 아울러 우리 행복은 예수님께 달려 있다는 것을 깨달아야 한다. 그래서 모든 일이나 말에나 예수 이름으로 하고 그와 더불어 감사하며 살 수 있어야 한다.

"산이 되기보다는 천하의 깊은 골짜기가 되라"는 노자의 도덕경 가르침이 생각난다. 산이 아무리 높다 하되 모든 물은 골짜기로 흘러 들어간다. 낮아짐의 미학이다. 마찬가지로 예수님도 진리의 말씀으로 우리를 깨우쳐주셨다.

> 네가 누구에게나 혼인 잔치에 청함을 받았을 때에 높은 자리에 앉지 말라 그렇지 않으면 너보다 더 높은 사람이 청함을 받은 경우에 너와 그를 청한 자가 와서 너더러 이 사람에게 자리를 내주라 하리니 그때에 네가 부끄러워 끝자리로 가게 되리라. 청함을 받았을 때에 차라리 가서 끝자리에 앉으라. 그러면 너를 청한 자가 와서 너더러 벗이여 올라앉으라 하리니 그때에야 함께 앉은 모든 사람 앞에서 영광이 있으리라. 무릇 자기를 높이는 자는 낮아지고 자기를 낮추는 자는 높아지리라. (누가복음 14:8~11)

높은 자리, 앞자리에 앉은 사람들은 대개 높은 사회적 위상을 가진 사람들이다. 그래서 그 자리는 매우 민감하게 받아들이는 경향이 있다. 그런데 결국 그런 자리는 그날 참석한 사람들 가운데 가장 높은 위상을 가진 사람들이 앉게 되어 있다. 그 사람들이 일찍 오고 늦게 오는 것과는 관계없다. 그래서 자신이 일찍 왔다고 해서 아무 곳이나 앉아서는 안 된다. 애매할 때는 가장 뒤쪽에 앉는 것이 나중에 자리를 옮기는 곤혹스러운 일이 생기지 않는다.

예수 그리스도께서 가르치시고 실제 몸소 보여주신 것은 겸손이었다. 겸손은 간단한 문제인 것 같지만 실제 우리 자기애가 발동할 때는 그것을 발휘하기 쉽지 않다. 겸손은 많은 사람들을 편하게 하지만 역으로 교만은 많은 사람들을 불편하게 한다. 겸손은 많은 것을 얻게 하지만 교만은 많은 것을 잃게 한다.

교만은 패망의 선봉이요 거만한 마음은 넘어짐의 앞잡이니라. 겸손한 자와 함께 마음을 낮추는 것이 교만한 자와 함께하여 탈취물을 나누는 것보다 나으니라.(잠언 16:18~19)

인류의 집단적인 병들 가운데 하나는 눈에 보이는 것들을 과도하게 의식하거나 집착하여 서로 경쟁하고 헐뜯고 자기 유익을 우선한다는 것이다. 세상은 마치 집단 최면에 걸린 것처럼 자기애에 흠뻑 빠져 있다. 더 심각한 문제는 눈에 보이는 직관적인 것들 너머에 우리가 미처 인식하지 못한 어떤 고상한 것이 존재할 수 있다는 것을 더 이상 인정하지 않으려는 태도이다.

진정한 행복은 자기애의 틀에서 벗어날 때 만나는 자유에서 비롯된다. 눈에 보이는 것에 대한 집착에서 벗어날 때 비로소 자유를 맛볼 수 있다. 그 자유 안에서 수확하는 열매가 평안이다. 그것이 바로 우리가 깨달아야 할 영적 비밀이다. 우리가 추구할 것은 궁극적으로 하나님 나라를 내 안에 받아들이겠다는 결단이다. 그 안에서 행복을 발견하고자 하는 발상의 전환이다. 예수님께서는 하나님 나라에 대해 이렇게 말씀하셨다.

바리새인들이 하나님의 나라가 어느 때에 임하나이까 묻거늘 예수께서 대답하여 이르시되 하나님의 나라는 볼 수 있게 임하는 것이 아니요 또 여기 있다 저기 있다고도 못하리니 하나님 나라는 너희 안에 있느니라.(누가복음 17:20~21)

하나님의 긍휼과 사랑, 요컨대 그분의 은혜가 우리 안에 거할 때 우리는 모든 것을 할 수 있고 어떤 경우에도 기뻐하고 감사할 수 있게 된다. 그분의 창조 능력이 우리 안에서 발휘하게 될 것이며 그 안에서 평화와 행복을 느낄 수 있을 것이다.

우리가 그런 하나님을 느끼고 깨달을 때 우리는 그분의 사랑에 감사하며 찬양할 것이고 우리 삶을 통해 영광을 돌리고자 할 것이다. 궁극적으로 사람은 예수님 안에 있을 때 가장 평안하고 행복하다.

14

하나님의 최고 계시啓示는 예수 그리스도이다

예수님은 성서 속의 어떤 계시보다 완전한 계시인 동시에
실제로 하나님의 계시를 몸소 다 이루신 분이다.
예수님은 이 땅에 오시기 전부터 하나님의 말씀을 통해 줄곧 계시되었다.
하나님의 말씀은 오직 그리스도를 향한 것이다.

예수님은 하나님 아버지의 독생자이자 하나님 자신이시다. 하나님은 태초에 천지를 창조하셨을 때 하나님 형상을 닮은 모습으로 우리를 창조하셨다. 하지만 아담의 선악과 사건 이후 우리에게서 하나님 형상을 찾아보기 어렵게 되었다. 왜냐하면 하나님으로부터 영의 양식을 한사코 거부하였기 때문이다.

어쩔 수 없이 하나님은 창조된 원래 모습대로 우리를 회복시키시기 위해 이 땅에 예수님을 보내셨다. 첫 번째 아담은 사탄의 유혹을 이기지 못하고 하나님과의 신뢰를 저버렸다. 그래서 그의 잘못으로 인해 죄악으로 물든 인류를 구원하시기 위해 위대한 계획을 세우신 것이다. 그 계획의 실존이 바로 예수 그리스도이시다. 말하자면 그분은 마지막 아담으로 이 땅에 오신 것이다.

기록된 바 첫 사람 아담은 생령이 되었다 함과 같이 마지막 아 담은 살려주는 영이 되었나니 그러나 먼저는 신령한 사람이 아니 요 육의 사람이요 그 다음에 신령한 사람이니라. 첫 사람은 땅에서 났으니 흙에 속한 자거니와 둘째 사람은 하늘에서 나셨느니라.(고 린도전서 15:45~47)

첫 번째 아담과 마지막 아담은 차원이 다르다. 첫 번째 아담이 저지른 범죄를 수습하기 위해 마지막 아담으로 예수 그리스도께서 오신 것이다. 아담의 범죄로 단절된 하나님과 우리 사이에 가교역 할을 하러 오신 것이다. 예수님이 하나님과 사람과의 관계를 회복 하시기 위해 오신 이유는 애초에 우리가 마음을 다하고 뜻을 다하 고 힘을 다해서 하나님을 사랑하도록 창조되었기 때문이다. 하나 님을 사랑하라고 한 것은 뜬금없이 신약시대에 와서 하신 말씀이 아니다. 이미 모세를 통해서 이스라엘 백성들에게 기회 있을 때마 다 가르친 내용이었다.

너는 마음을 다하고 뜻을 다하고 힘을 다하여 네 하나님 여호와 를 사랑하라.(신명기 6:5)

그러나 이스라엘 백성은 하나님이 계시는 것은 인정했지만 하 나님을 사랑하는 선에까지는 이르지 못한 것 같다. 그만큼 하나님 에 대한 이해도가 낮았다는 것을 말해준다. 하나님을 사랑하기 위 해서는 그분이 어떤 분인지 알아야 한다. 하나님은 천지를 창조하 신 분이고 우주 만물을 창조하셨으며 자신의 형상을 닮은 인간을 창조하신 분이다.

태초에 하나님이 천지를 창조하시니라.(창세기 1:1)

예수께서 대답하여 가라사대 사람을 지으신 이가 본래 저희를 남자와 여자로 만드시고(마태복음 19:4)

그뿐만 아니라 하나님은 자신이 지으신 모든 것을 지키시며 공중을 나는 새와 들의 백합화까지 섬세하게 관리하시는 분이시다.

공중의 새를 보라 심지도 않고 거두지도 않고 창고에 모아들이지도 아니 하되 너희 하늘 아버지께서 기르시나니 너희는 이것들보다 귀하지 아니 하냐 누가 염려함으로 그 키를 한 자라도 더할 수 있느냐 또 너희가 어찌 의복을 위하여 염려하느냐 들의 백합화가 어떻게 자라는가 생각하여 보라 수고도 아니 하고 길쌈도 아니 하느니라. 그러나 내가 너희에게 말하노니 솔로몬의 모든 영광으로도 입은 것이 이 꽃 하나같지 못하느니라.(마태복음 6:26~29)

구약의 선지자 다니엘은 느브갓네살 왕의 꿈을 해석하는데 하나님을 의지했다. 하나님으로부터 은밀한 것을 환상으로 체험한 후 능력과 지혜의 하나님이라고 찬송하며 이같이 고백했다.

다니엘이 말하여 이르되 영원부터 영원까지 하나님의 이름을 찬송할 것은 지혜와 능력이 그에게 있음이로다. 그는 때와 계절을 바꾸시며 왕들을 폐하시고 왕들을 세우시며 지혜자에게 지혜를 주시고 총명한 자에게 지식을 주시는 도다.(다니엘 2:20~21)

하나님은 의로운 분이시고 하나님 나라는 의로운 곳이다. 그래서 하나님은 우리가 의로운 사람이 되기를 바라신다. 그런데 우리 스스로는 의로운 사람이 될 수 없다. 예수 그리스도의 공로로 우리가 그를 믿으면 의로운 사람이 될 수 있다. 그래서 우리가 그의 나라와 의를 구해야 한다. 의로운 사람이 된다는 것은 예수 그리스도를 믿는 것을 의미한다. 단지 그것이면 충분하다. 예수 그리스도 은혜로 우리가 의인이 될 수 있다. 우리는 예수님의 터 위에 서 있을 때만 의로운 사람이 될 수 있다.

터가 무너지면 의인이 무엇을 하랴. 여호와께서는 그의 성전에 계시고 여호와의 보좌는 하늘에 있음이여 그의 눈이 인생을 통촉하시고 그의 안목이 그들을 감찰하시도다.(시편 11:3~4)

하나님은 긍휼과 사랑으로 충만하신 분이다. 한 시도 눈을 떼지 않고 인생을 감찰하시는 분이다. 하나님이 우리를 얼마나 긍휼히 여기시고 사랑하시는지 말로 다 표현할 수 없다. 하나님은 우리를 위해 독생자를 십자가에 달리게 하셨다. 더 이상 무슨 말이 필요하겠는가.

탕자의 비유는 하나님 아버지의 심경을 적나라하게 드러내는 말씀이다. 아버지의 재산을 미리 물려받은 둘째 아들이 도시에 나가 탕진하고 돌아왔을 때 아버지가 그를 대하는 모습을 유심히 볼 필요가 있다. 이 비유를 통해 하나님이 우리에게 하시고 싶은 말씀이 무엇인지 알 수 있을 것이다.

이에 일어나서 아버지께로 돌아가니라 아직도 거리가 먼데 아버지가 그를 보고 측은히 여겨 달려가 목을 안고 입을 맞추니 아들이 이르되 아버지 내가 하늘과 아버지께 죄를 지었사오니 지금부터는 아버지의 아들이라 일컬음을 감당하지 못하겠나이다 하니 아버지는 종들에게 이르되 제일 좋은 옷을 내어다가 입히고 손에 가락지를 끼우고 발에 신을 신기라. 그리고 살진 송아지를 끌어다가 잡으라 우리가 먹고 즐기자. 이 내 아들은 죽었다가 다시 살아났으며 내가 잃었다가 다시 얻었노라 하니 그들이 즐거워하더라.(누가복음 15:20~24)

이 비유 말씀에 자식에 대한 아버지의 심정이 절절히 녹아 있다. 자식은 속 깊은 부모 마음을 제대로 이해할 수 없다. 더구나 우리가 하나님 마음을 안다는 것은 더욱 어렵다. 그 사랑의 깊이와 높이는 감히 측량할 수 없다. 우리를 향한 하나님의 사랑에 대해 실제로 보여주신 분이 예수 그리스도이시다.

그래서 예수님이 이 땅에 오신 것 자체가 복음福音이다. 기쁜 소식이다. 왜 우리가 기뻐해야 하는가? 죽을 수밖에 없는 우리를 구원하시겠다는 소식을 들고 오셨기 때문이다. 영원히 하나님 나라에서 더불어 영생을 누리자는 최고의 선물을 전하고자 오셨기 때문이다. 하지만 당시 예수님의 제자들도 예수님이 하나님이시라는 것을 곧이곧대로 믿지 못했던 것 같다. 특히 빌립은 하나님 아버지를 직접 보여달라고 요청했다.

> 너희가 나를 알았더라면 내 아버지도 알았으리로다. 이제부터
> 는 너희가 그를 알았고 또 보았느니라. 빌립이 이르되 주여 아버
> 지를 우리에게 보여주옵소서. 그리하면 족하겠나이다. 예수께서
> 이르시되 빌립아 내가 이렇게 오래 너희와 함께 있으되 네가 나를
> 알지 못하느냐 나를 본 자는 아버지를 보았거늘 어찌하여 아버지
> 를 보이라 하느냐. 내가 아버지 안에 거하고 아버지는 내 안에 계
> 신 것을 네가 믿지 아니 하느냐 내가 너희에게 이르는 말은 스스
> 로 하는 것이 아니라 아버지께서 내 안에 계셔서 그의 일을 하시
> 는 것이라.(요한복음 14:7~10)

말씀을 통해 우리가 믿어야 할 것은 예수님이 하신 일은 곧 하
나님이 함께하신다는 사실이다. 그것이 동일하게 우리에게도 적
용된다는 것에 놀라지 않을 수 없다. 하나님이 예수님 안에 거하
신 것처럼 예수님도 우리 안에 거하시는 것이다.

> 내가 너희를 고아와 같이 버려두지 아니 하고 너희에게로 오리
> 라. 조금 있으면 세상은 다시 나를 보지 못할 것이로되 너희는 나
> 를 보리니 이는 내가 살아 있고 너희도 살아 있겠음이라. 그날에는
> 내가 아버지 안에, 너희가 내 안에, 내가 너희 안에 있을 것을 너희
> 가 알리라.(요한복음 14:18~20)

예수님은 우리가 경험할 수 있는 하나님의 최고 계시啓示이다. 우

리는 예수님을 통해서 하나님을 알 수 있다.

예수께서 이르시되 하나님이 너희 아버지였으면 너희가 나를 사랑하였으리니 이는 내가 하나님께로부터 나와서 왔음이라. 나는 스스로 온 것이 아니요 아버지께서 보내신 것이니라.(요한복음 8:42)

그래서 예수님을 부인하는 것은 하나님을 부인하는 것과 같다. 더 놀라운 것은 예수님 믿는 자를 저버리는 것은 예수님을 저버리는 것과 같다고 말씀해주신 부분이다. 우리의 위상이 어떠한지를 잘 보여주고 있는 말씀이다.

너희 말을 듣는 자는 곧 내 말을 듣는 것이요 너희를 저버리는 자는 곧 나를 저버리는 것이요 나를 저버리는 자는 나 보내신 이를 저버리는 것이라 하시니라.(누가복음 10:16)

예수님을 믿는 자는 예수님과 연결되어 있고 하나님과 연결되어 있다는 것을 잊어서는 안 되겠다. 우리가 아무것도 두려워할 것이 없는 이유가 여기에 있다. 믿음으로 사는 자는 슬플 때 우울할 때 두려울 때 넘어질 때, 그 어느 때나 담대하게 살아야 함을 깨닫게 한다. 예수님은 연약한 우리 모습을 보시고 영혼의 언어로 격려해주시고 힘을 주신다.

이것을 너희에게 이르는 것은 너희로 내 안에서 평안을 누리게

하려 함이라 세상에서는 너희가 환난을 당하나 담대하라 내가 세상을 이기었노라.(요한복음 16:33)

세상에 사는 동안 질병이나 가난이나 사람들로부터의 상처 등 어려움을 겪으며 살지 않을 수는 없다. 모든 사람이 예수님의 언어를 사용하는 것이 아니고 예수님을 닮은 사람들만 사는 것도 아니기 때문이다. 그러나 중요한 것은 어떤 어려움에 직면하더라도 이미 예수님께서 십자가에서 승리하셨기 때문에 결국 우리도 승리한다는 것을 믿어야 한다. 그래서 힘든 상황이 오더라도 당황하거나 좌절하지 말고 담대하라는 말씀으로 위로해주신 것이다.

예수님은 성서 속의 어떤 계시보다 완전한 계시인 동시에 실제로 하나님의 계시를 몸소 다 이루신 분이다. 예수님은 이 땅에 오시기 전부터 하나님 말씀을 통해 줄곧 계시되었다. 하나님 말씀은 오직 그리스도를 향한 것이다. 그래서 예수님은 이같이 말씀하셨다.

너희가 성경에서 영생을 얻는 줄 생각하고 성경을 연구하거니와 이 성경이 곧 내게 대하여 증언하는 것이니라.(요한복음 5:39)

이 말씀을 하신 후 곧바로 예수님은 다음과 같이 말씀하셨다.

다만 하나님을 사랑하는 것이 너희 속에 없음을 알았노라.(요한복음 5:42)

물론 우리가 예수님을 믿는 것은 영생이 그분 안에 있기 때문이다. 그리고 더 잘 믿기 위해서 연구하는 것이 중요하다. 하지만 믿음이 사랑으로 연결되지 못한다면 그것은 무언가 잘못되었다는 증거이다. 하나님의 속성인 사랑이 우리 안에 없다면 그것은 큰 문제다. 그 치료제는 무엇일까? '그의 나라와 의를 구하는 것'(마태복음 6:33)이다. 그의 나라와 의는 궁극적으로 사랑이다. 그 사랑의 결정체는 예수님이요 하나님이시다. 온전한 믿음은 하나님의 사랑을 이해하는 것에서 시작된다고 해도 과언이 아니다.

하나님이 우리를 사랑하시는 사랑을 우리가 알고 믿었노니 하나님은 사랑이시라. 사랑 안에 거하는 자는 하나님 안에 거하고 하나님도 그 안에 거하시느니라.(요한일서 4:16)

예수님이 오신 이후로는 하나님을 더욱 자세히 알게 되었다. 하나님께서 예수님 안에 완벽하게 계시되었기 때문이다.

내 아버지께서 모든 것을 내게 주셨으니 아버지 외에는 아들을 아는 자가 없고 아들과 또 아들의 소원대로 계시를 받는 자 외에는 아버지를 아는 자가 없느니라.(마태복음 11:27)

예수님은 하나님의 모든 것을 아시는 유일한 분이시다. 그분의 뜻이 예수님을 통해 전달된 것이다. 예수님은 이렇게 말씀하셨다.

내가 아버지의 이름을 그들에게 알게 하였고 또 알게 하리니 이

는 나를 사랑하신 사랑이 그들 안에 있고 나도 그들 안에 있게 하려 함이니이다. (요한복음 17:26)

예수님을 통해 우리는 하나님을 알 수 있게 되었다. 이 얼마나 놀라운 은혜인가! 금은보화로 가득한 금고의 비밀번호를 알려주신 것보다 더 좋은 선물이다. 일찍이 모세는 하나님을 사랑함으로 우리가 생명을 얻게 될 것이라고 증언한 바 있다.

네 하나님 여호와께서 네 마음과 네 자손의 마음에 할례를 베푸사 너로 마음을 다하여 뜻을 다하여 네 하나님을 사랑하게 하사 너로 생명을 얻게 하실 것이며 (신명기 30:6)

사람들은 오랫동안 모세 율법에 기록된 예언들이 성취되기를 소망하였고 마침내 예수 그리스도께서 오심으로써 성취된 것이다. 이렇게 우리는 예수님을 통해 혹은 하나님의 선지자들을 통해 하나님을 알 수 있게 되었다. 따라서 우리 사명은 더욱 분명해진다. 우리가 서로 사랑해야 한다. 하나님 존재의 본질이 사랑이기 때문이다. 또 사랑하라고 권면하고 명령하셨기 때문이다. 믿음과 사랑은 세상에서는 다른 뜻으로 사용하지만, 사실 영혼의 언어는 서로 연결되어 있다. 믿음이 사랑이고 사랑이 믿음이다.

사랑하는 자들아 우리가 서로 사랑하자 사랑은 하나님께 속한 것이니 사랑하는 자마다 하나님으로부터 나서 하나님을 알고 사랑하지 아니 하는 자는 하나님을 알지 못하나니 이는 하나님은 사

랑이심이라.(요한일서 4:7~8)

믿음이 있노라 하고 사랑하지 않는다면 그것은 하나님을 알지 못하고 있다는 것이고, 반대로 사랑하는 자는 하나님을 알고 있다는 증거이다. 예수님께서 우리에게 그토록 지키라고 강조한 사명이 모두 사랑이다. 예수님은 첫 번째 사명과 두 번째 사명을 구분하여 말씀하셨다. 첫 번째는 하나님을 사랑하는 것이요 두 번째는 이웃을 사랑하는 것이다.

예수께서 이르시되 네 마음을 다하고 목숨을 다하고 뜻을 다하여 주 너의 하나님을 사랑하라 하셨으니 이것이 크고 첫째 되는 계명이요 둘째는 그와 같으니 네 이웃을 네 몸과 같이 사랑하라 하셨으니 이 두 계명이 온 율법과 선지자의 강령이니라.(마태복음 22:37~39)

하나님을 사랑할 수 있어야 이웃도 사랑할 수 있다. 왜냐하면 사랑의 원천은 하나님이시기 때문이다. 하나님이 사랑을 공급해주시기 때문이다. 예수님은 하나님으로부터 오는 사랑은 결코 종교적 행위가 아님을 분명히 가르쳐주셨다.

이르시되 이사야가 너희 외식하는 자에 대하여 잘 예언하였도다 기록하였으되 이 백성이 입술로는 나를 공경하되 마음은 내게서 멀도다 사람의 계명으로 교훈을 삼아 가르치니 나를 헛되이 경배하는도다 하였느니라.(마가복음 7:6~7)

하나님 은혜 가운데 허락하신 사랑은 결코 억지로 하거나 어떤 보여주기식의 행태가 아니라 마음에서 진정으로 우러나오는 것, 요컨대 샘물이 저절로 넘쳐흘러 나오는 것과 같은 것이다. 다만 사랑을 표현함에 있어서는 마음을 다하고 뜻을 다하고 목숨을 다하고 힘을 다하여야 한다고 했다. 그래서 시편 기자도 하나님에 대한 사랑의 중요성을 그토록 강조하였다.

> 하늘에서는 주 외에는 누가 내게 있으리요 땅에서는 주밖에 내가 사모할 이 없나이다.(시편 73:25)

> 내가 여호와께 아뢰되 주는 나의 주님이시오니 주밖에는 나의 복이 없다 하였나이다.(시편 16:2)

예수님은 마지막 때, 요컨대 예수님 재림의 때가 다가오면 세상이 참된 사랑을 잃어버리고 가식적인 행태와 위선이 성행할 것이라고 경고하셨다.

> 거짓 선지자가 많이 일어나 많은 사람을 미혹하겠으며 불법이 성하므로 많은 사람의 사랑이 식어지리라.(마태복음 24:11~12)

우리가 주 안에서 온전한 자인가 아닌가는 오직 내 안에 사랑이 있는가 그렇지 않은가에 달려 있다. 우리가 하나님 앞에서 온전한 자가 되기 위해서는 하나님과 이웃을 향한 사랑의 온도를 예의 주시하면서 예수 그리스도를 닮아가려고 최선을 다하는 수밖에 없다. 그러기 위해서는 오로지 예수 그리스도 안에 거하면서 그분을 푯대 삼아 그분을 닮아가는 삶을 살고자 노력하는 것이 중요하다. 나는 오늘도 다만 하나님의 사랑에 의지하여 마음을 다잡아본다.